DIANA PALMER

UN GUIÑO DEL *destino*

Editado por Harlequin Ibérica.
Una división de HarperCollins Ibérica, S.A.
Núñez de Balboa, 56
28001 Madrid

© 2014 Diana Palmer
© 2018 Harlequin Ibérica, una división de HarperCollins Ibérica, S.A.
Un guiño del destino, n.º 238 - 21.3.18
Título original: Wyoming Strong
Publicada originalmente por HQN™ Books
Traducido por Fernando Hernández Holgado

Todos los derechos están reservados incluidos los de reproducción, total o parcial. Esta edición ha sido publicada con autorización de Harlequin Books S.A.
Esta es una obra de ficción. Nombres, caracteres, lugares, y situaciones son producto de la imaginación del autor o son utilizados ficticiamente, y cualquier parecido con personas, vivas o muertas, establecimientos de negocios (comerciales), hechos o situaciones son pura coincidencia.
® Harlequin, TOP NOVEL y logotipo Harlequin son marcas registradas por Harlequin Enterprises Limited.
® y ™ son marcas registradas por Harlequin Enterprises Limited y sus filiales, utilizadas con licencia. Las marcas que lleven ® están registrados en la Oficina Española de Patentes y Marcas y en otros países.
Imagen de cubierta utilizada con permiso de Harlequin Enterprises Limited. Todos los derechos están reservados.

I.S.B.N.: 978-84-9170-569-7
Depósito legal: M-34939-2017

A Becky Hambrick, mujer muy querida que nunca se perdió una firma de libros. Me bordó pequeños estropajos de tela para mi pila, que todavía conservo. Pienso en ella cada vez que los uso.

Y a J.L. Smith, que sirvió en Cornelia, Georgia, durante muchos años como agente de policía. James fue al instituto con él. Era un hombre bueno y amable.
Y era nuestro amigo.

CAPÍTULO 1

Lo que irritaba a Sara Brandon no era tanto la larga cola como la compañía que la componía. Y no ya la compañía, sino la manera en que la estaba mirando un elemento particular de la misma.

El tipo estaba recostado en el mostrador de la farmacia de Jacobsville, con una actitud risueña a la vez que arrogante, observándola con unos ojos color azul hielo que parecían traspasarla. Como si supiera exactamente lo que ocultaba bajo la ropa. Como si pudiera ver su piel cremosa. Como si...

Se aclaró la garganta y lo fulminó con la mirada. Lo cual pareció divertirlo aún más.

—¿La estoy molestando, señorita Brandon? —murmuró.

Era un hombre impresionante. Físicamente devastador. De caderas estrechas, bronceado, hombros anchos, manos grandes y fuertes. Llevaba muy calado el sombrero Stetson sobre los ojos, de manera que apenas se distinguía su pelo engominado bajo el ala. Al final de sus largas y fuertes piernas, ceñidas por los tejanos de marca, asomaban bajo el dobladillo unas caras botas de piel. El cuello abierto de su camisa de cambray dejaba ver un triángulo de vello negro, espeso, rizado.

El muy animal era consciente de su efecto... estimulante. Era precisamente por eso por lo que se había dejado sin abrochar los botones superiores de la camisa. Ella, por su parte, era incapaz de disimular del todo su reacción, y él lo sabía. Lo cual era algo que la desquiciaba.

—Usted no me molesta, señor Patterson —repuso con una voz un tanto ahogada, debido a sus esfuerzos por mantenerla firme.

Aquellos ojos azules recorrieron su esbelta y elegante silueta, con sus ceñidos pantalones negros y su suéter de cuello alto, del mismo color. Su sonrisa se amplió cuando ella se cerró la cazadora de cuero y se la abrochó, ocultando así el suéter. La larga melena negra le llegaba casi hasta la cintura, enmarcando en ondas su delicioso rostro. Tenía unos labios perfectos, la nariz recta y unos ojos negros y bien separados. Era toda una belleza. Pero no se vanagloriaba de ello. De hecho, detestaba su propio aspecto. Detestaba la atención que suscitaba.

Cruzó los brazos sobre sus senos, encima de su cazadora, y desvió la vista.

—Oh, no sé yo... —masculló él con su voz profunda, de lenta cadencia—. A mí no me parece que esté usted tan tranquila como dice.

—Dígame entonces qué es lo que le parezco.

Se apartó del mostrador para aproximarse a ella. Era alto. Se acercó todavía más, como para obligarla a que levantara la cabeza para mirarlo y tomara así una mayor conciencia de su elevada estatura. Ella retrocedió un paso, nerviosa.

—Me parece más bien una joven potrilla... que estuviera dando sus primeros pasos en un prado —respondió en voz baja.

—Llevo mucho tiempo en los prados, señor Patterson, y no estoy nada nerviosa.

Él se limitó a arquear una ceja y frunció sus sensuales labios.

—Bueno, pues a mí me parece que está nerviosa. Se ha dejado los monos voladores en casa, ¿eh?

Sara se lo quedó mirando boquiabierta.

—¡Oiga usted, yo…! —esbozando una mueca al ver que varias cabezas se volvían hacia ella, se apresuró a bajar la voz—: ¡Yo no tengo… monos voladores en mi casa!

—Oh, eso ya lo sé. Probablemente los tendrá ocultos ahí fuera, en el bosque. Junto con la escoba.

Ella apretó los dientes.

—¿Señorita Brandon? —Bonnie la llamó desde la caja registradora—. Ya tengo su medicamento.

—Gracias —dijo Sara, y se apartó rápidamente de la amenaza que suponía el cuerpo de Wofford Patterson. Lo llamaban «Wolf», lobo, como apodo. Entendía bien por qué. Era un verdadero depredador.

Pagó el importe de su medicamento contra el ardor de estómago, sonrió a Bonnie, fulminó a Wofford Patterson con la mirada y se dirigió hacia la puerta.

—Intente no volar demasiado rápido —le aconsejó él, risueño.

Ella se giró de golpe, sacudiendo su larga melena.

—Si realmente tuviera yo monos voladores, haría que lo alzaran en el aire y lo dejaran caer sobre la balsa de estiércol líquido más grande de todo Texas… ¡y tiraría luego yo misma en ella un fósforo encendido! —le espetó.

Todo el mundo se echó a reír, especialmente Wofford Patterson. Ruborizada, Sara escapó prácticamente a la carrera del edificio.

—Haría que le disparasen —mascullaba para sí misma mientras se dirigía a su Jaguar blanco—. Y luego haría que lo despedazasen, y que…

—Conque hablando sola. Vaya, vaya…

Lo oyó detrás de ella. La estaba siguiendo.

Se volvió.

—¡Es usted el hombre más odioso, insoportable, aburrido, irritante y mezquino que he conocido nunca! —vociferó.

Él se encogió de hombros.

—Lo dudo. Es usted quien inspira disgusto en la gente.

Sara cerró los puños, estrujando la bolsa de la farmacia que llevaba en una mano.

De repente desvió la mirada y descubrió a Cash Grier, el jefe de policía de Jacobsville, acercándose por la acera.

—¡Quiero que lo arreste! —gritó, señalando a Wofford.

—Pero ¿qué es lo que he hecho yo? —inquirió él—. Simplemente la estaba aconsejando que condujera con cuidado, porque me preocupo por su salud —y esbozó una sonrisa angelical.

Cash se esforzó por disimular una sonrisa.

—Hola, señorita Brandon.

Pero Sara, que estaba temblando de ira, fue ya incapaz de contenerse y le lanzó a Wolf la bolsa con las pastillas. La bolsa rebotó contra su pecho y fue a parar al suelo.

—¡Me acaba de agredir! —exclamó Wolf—. La agresión es un delito, ¿verdad?

—Oh, me encantaría agredirle —masculló Sara por lo bajo.

—Seguro que sería usted capaz de hacerlo, cariño —murmuró él mientras la veía recoger su bolsa del suelo, y sonrió.

Ella hizo amago de soltarle una patada.

—Si le das esa patada, me veré obligado a ejercer de agente de la ley, Sara —le recordó Cash.

Parecía tan exasperada como se sentía.

—¿No podría al menos, eh… bueno, dispararle? —suplicó, lastimera—. ¿Aunque sea un poco?

Cash intentó no reírse y fracasó.

—Si le disparara, tendría que detenerme a mí mismo. E imagínate qué imagen daría.

—Debería marcharse a casa —la aconsejó Wolf con burlona preocupación—. Apuesto a que no ha dado de comer a sus monos voladores en todo el día.

Sara dio un pisotón en el suelo, furiosa.

—¡Cerdo!

—La semana pasada era una serpiente... ¿Estoy subiendo de categoría?

Dio un paso hacia él, pero Cash se interpuso entre ambos.

—Sara, vete a casa. Ahora mismo. Por favor... —añadió.

Apartándose un rizo de la cara con un resoplido, se volvió hacia el Jaguar.

—Debí haberme mudado al infierno. Allí habría disfrutado de una mayor tranquilidad.

—Los monos voladores se habrían sentido como en casa, desde luego —murmuró Wolf.

—Un día, yo... —le amenazó ella, alzando un puño.

—Yo siempre estoy en casa —le informó él con una sonrisa—. Pásese cuando quiera. Seguro que en alguna parte tengo unos guantes de boxeo.

—¿Serán capaces de parar una bala? —le espetó acalorada, y añadió unas cuantas palabras en lengua farsi. De hecho, añadió muchas, y con tono alto y furioso. Incluso dio algunos pisotones en el suelo como para subrayar su significado.

—Su hermano se quedaría consternado si escuchara ese lenguaje en boca de su hermanita pequeña —comentó Wolf con altivez, y se volvió hacia Cash—. Usted habla farsi. ¿No puede arrestarla por insultar a mi familia de esa manera?

Cash pareció vacilar.

—Me voy a casa —informó de pronto Sara, furiosa.

—Ya lo había notado —repuso Wolf, burlón.

Ella le dijo entonces lo que podía hacer con su vida... en farsi.

—Oh, se necesita otra persona para eso —replicó él en la misma lengua.

Sara subió por fin a su coche, arrancó y partió a toda velocidad.

—Algún día... —le dijo Cash a Wolf—, ella te matará. Y yo tendré que declarar en el juicio que fue en defensa propia.

Wolf se limitó a soltar una carcajada.

Sara se saltó el límite de velocidad. Seguía temblando para cuando aparcó frente a la casa que su hermano, Gabriel, había comprado en Comanche Wells, en las afueras de Jacobsville. Ojalá Michelle hubiera acabado ya sus estudios en la universidad y se encontrara allí de vuelta, con ellos. Michelle la habría escuchado, se habría compadecido de ella. Ella sí que la habría entendido. Sabía mucho más sobre Sara que la gente de la localidad.

Michelle sabía, por ejemplo, que Sara había sido agredida sexualmente por su padrastro. Si no llegó a violarla, fue porque Gabriel tuvo que tirar abajo la puerta de su dormitorio para impedirlo. Sara tuvo que testificar en el juicio que envió a su padrastro a prisión, sentarse en el banco de los demandantes y relatar a unos perfectos desconocidos lo que aquella bestia le había hecho. Y todas las cosas repugnantes que le había dicho mientras lo hacía. No pudo obligarse a sí misma a contarlo todo.

El abogado defensor había presentado una imagen de Sara como una jovencita tentadora que, de alguna forma, había empujado a su padrastro a forzarla. Por absurdo que fuera, estaba segura de que algunos miembros del jurado se habían creído aquella versión.

Su padrastro, al final, había ido a la cárcel. Y había muerto nada más salir. Sara se estremeció con violencia al recordar el episodio y sus circunstancias. Su madre les había echado a ella y a Gabriel de casa una vez que se hizo pública la sentencia, dejando a sus propios hijos en la calle. Uno de los abogados de oficio que estuvo al lado de Sara en el segundo juicio, cuando su padrastro fue abatido por la policía, tenía una tía soltera que acabó por acogerlos, los mimó hasta el extremo y, al morir, les dejó la mayor parte de su cuantioso patrimonio.

Cuando Sara y Gabriel se negaron en principio a aceptar la herencia, el abogado de oficio no quiso escuchar una sola palabra. Todavía pensaban en él como si fuera un familiar de verdad, por lo tremendamente bueno que había sido con ellos cuando el resto del mundo les había dado la espalda.

La madre de los Brandon se había marchado, dolida por la muerte de su segundo marido y negándose en redondo a mantener contacto alguno con sus hijos. Lo cual había resultado devastador, sobre todo para Sara, que se había sentido responsable.

La experiencia la había afectado mucho, convirtiéndola en una especie de ermitaña. A sus veinticuatro años, y bonita como era, Sara estaba completamente sola. No salía con nadie. Nunca.

La manera en que Wolf Patterson la miraba, sin embargo... resultaba tan novedosa como inquietante. A ella... le gustaba. Pero no podía dejárselo saber. Porque, si él la rondaba, y las cosas se calentaban, acabaría descubriendo su secreto. Y ella no podía disimular sus reacciones a cualquier tipo de intimidad física. Lo había intentado una vez, solo una vez, con un chico que le había gustado en el instituto. Aquello había terminado con ella llorando y él marchándose rabioso y llamándola «calentona estúpida». Después de aquello, ya no había vuelto a salir con nadie.

Cerró la puerta a su espalda, arrojó el bolso sobre la mesa y subió las escaleras. Había tomado una comida ligera antes de ir a la farmacia, así que el resto del día era suyo para hacer lo que se le antojara. No tenía que trabajar. Pero no tenía vida social alguna. Al menos, no en el mundo real. En el virtual, sin embargo...

★★★

Encendió su moderno ordenador y entró en la web de World of Warcraft. Sara era una jugadora secreta. A nadie le había hablado de su vicio por los videojuegos. Gabriel era el único que lo sabía. Tenía un personaje propio de Blood Elf Horde, una mujer de cabello rubio platino y ojos azules: el reverso físico de ella misma, tal como le gustaba pensar, riéndose para sus adentros. Y que estaba a un mundo de distancia de la morena de pelo negro que era realmente.

Sacó su personaje, de nombre Casalese, una poderosa guerrera, y entró en el juego. Nada más conectarse, alguien le propuso: *¿Quieres hacer un raid conmigo?* Se trataba de un caballero de Blood Elf llamado Rednacht, de nivel 90. Los dos habían coincidido en una fiesta virtual, empezaron a hablar y llevaban cerca de un año siendo amigos on line. No compartían sus identidades, de modo que no tenía la menor idea de quién era él realmente. Ella no quería un amante. Solo quería un amigo. Pero lo cierto era que habían terminado haciendo amistad, usando la identidad genérica de su cuenta, de modo que Sara siempre sabía cuándo se conectaba él, y viceversa. Ambos habían alcanzado el nivel 90 al mismo tiempo. Lo habían celebrado en una taberna virtual con una tarta y un zumo, activando el espectáculo de fuegos artificiales al que habían tenido derecho como ganadores en la campiña del país de Pandaria.

Había sido una noche mágica. Rednacht era divertido. Nunca hacía comentarios personales, aunque de cuando en cuando sí que mencionaba cosas que le pasaban en la vida real. Y ella también, pero solo de una manera genérica. Sara era ferozmente celosa de su intimidad. Debido a la profesión de Gabriel, tenía que poner en ello un cuidado especial.

La mayoría de la gente ignoraba lo que hacía su hermano para ganarse la vida. Era un contratista militar independiente que solía trabajar para Eb Scott. Un mercenario bien entrenado. Sara se preocupaba por él, porque solamente se tenían el uno al otro. Pero entendía que no pudiera renunciar a la excitación que le proporcionaba su trabajo. No de momento, al menos. Se preguntó de qué manera podría cambiar eso cuando Michelle, que se había convertido en su tutelada tras la súbita muerte de su padrastro, terminara de graduarse en la universidad. Pero todavía faltaba algún tiempo para eso.

Me apetece más una batalla, tecleó ella. *Una mañana dura.*

Él le contestó: *LOL,* acrónimo de «Lo mismo digo». *OK. ¿Despedazamos a la Alianza hasta apagar la sed se nuestras espadas?*

Sara se rio por lo bajo. Aquello sonaba muy bien.

Un par de horas de juego después, se sentía como una mujer nueva. Se despidió de su amigo, apagó el ordenador, se preparó una cena ligera y se fue a la cama. Sabía que se estaba escondiendo de la realidad en su campo de juegos virtual, pero eso, al menos, le reportaba algo de vida social. Porque en el mundo real no tenía ninguna.

Sara adoraba la ópera. El teatro de la ópera de San Antonio había cerrado hacía poco, aquel mismo año, pese a que se había fundado una nueva compañía. Sin embargo, ella necesitaba su dosis operística. El único teatro que tenía al alcance era el de Houston. Era un viaje largo, pero el Gran Teatro de la Ópera de Houston estaba programando *A Little Night Music.* Una de las canciones era *Que salgan los clowns,* su favorita. Era una mujer adulta. Tenía un buen coche. No había razón alguna por la que no pudiera hacer ese viaje.

Así que subió a su Jaguar y se marchó, con antelación suficiente. Ya se preocuparía después de la vuelta a altas horas de la noche.

Le encantaba el arte en general, incluido el teatro, la música clásica y el ballet. Tenía entradas para la Sinfónica y el Ballet de San Antonio, para toda la temporada. Pero esa noche iba a regalarse un espectáculo de lo más especial.

Estaba ya instalada en su butaca, leyendo el programa de mano, cuando sintió un movimiento a su lado. Se volvió cuando un recién llegado se sentó junto a ella... y, al alzar la vista, se encontró con los ojos claros y risueños de su peor enemigo.

«Oh, maldita sea». Eso era lo que habría debido decirle. Pero lo que dijo en realidad fue mucho menos convencional, y en farsi.

—Qué boquita la tuya... —replicó él por lo bajo, en la misma lengua.

Sara apretó los dientes, esperando su siguiente comentario. Habría sido capaz de pisotear sus botazas y marcharse luego corriendo del edificio si se hubiera atrevido a pronunciar una palabra.

Pero lo cierto era que parecía más que entretenido con su atractiva compañera. Al igual que la otra mujer con la que Sara le había visto, en otro espectáculo, por cierto, aquella era una rubia espectacular. No parecían gustarle las morenas, lo cual redundaba ciertamente en ventaja de Sara.

¿Por qué diablos tenía siempre que sentarse a su lado? Casi gruñó en voz alta. Compraba sus entradas con semanas de antelación. Presumiblemente, él también. Pero entonces, ¿cómo se las arreglaban para sentarse siempre juntos, no solo en San Antonio, sino en cualquier evento al que asistían, y en Houston también? Se prometió a sí misma que la próxima vez esperaría a ver dónde se sentaba él antes de ocupar su asiento. Dado que las butacas estaban numeradas, sin embargo, eso podría significar un problema.

La orquesta empezó a afinar sus instrumentos. Minutos después, se alzó el telón. Cuando empezó a sonar la brillante partitura de Stephen Sondheim, y los bailarines comenzaron a ejecutar sus majestuosos valses por el escenario, Sara tuvo la impresión de encontrarse en el paraíso. Recordaba valses como aquellos en una fiesta en la que había participado en Austria. Ella misma había bailado con un caballero mayor de cabello plateado, un conocido de su guía turístico, que bailaba divinamente el vals. Aunque había hecho el viaje sola, había compartido eventos como aquel con otra gente, la mayoría mayor. Sara no viajaba en grupos de solteros, porque no quería tener nada que ver con los hombres. Había viajado mucho, pero con Gabriel o con gente de edad.

Disfrutó con el exquisito tema, cerrando los ojos mientras gozaba con una de las canciones más hermosas jamás compuestas: *Que salgan los clowns*.

Llegó el descanso, pero ella no se movió. La compañera de Wolf se marchó, pero él no.

—Te gusta la ópera, ¿verdad? —le preguntó, clavando de repente sus ojos en ella con una especial intensidad, como embebiéndose de su larga melena negra y del vestido del mismo color que se ceñía a su silueta como un guante, con su discreto corpiño y sus mangas japonesas. Tenía la cazadora de cuero colgada del respaldo del asiento, porque hacía calor en el teatro.

—Sí —respondió con los dientes apretados.

—El barítono es bastante bueno —añadió él, cruzando una pierna—. Vino aquí procedente del Metropolitan Opera House. Decía que Nueva York le estaba hartando. Quería vivir en un sitio con menos tráfico.

—Sí, ya lo he leído.

Su mirada estaba fija en sus manos. Sara las tenía recogidas en el regazo, apretando con fuerza su pequeño bolso, con las uñas clavadas en la piel. Aparentaba la mayor indiferencia del mundo, pero por dentro estaba tensa como un cable de acero.

—¿Has venido sola?

Ella se limitó a asentir con la cabeza.

—Houston está lejos, y es de noche.

—Ya lo he notado.

—La última vez, en San Antonio, estabas con tu hermano y tu tutelada —recordó él, y entrecerró los ojos—. Nada de hombres. ¿Nunca?

Ella no respondió. En sus manos, su bolso parecía latir al ritmo de su corazón.

Para su asombro, una mano grande y hermosa, de largos dedos, empezó a acariciar suavemente los suyos.

—¡No!

Sara se mordió el labio inferior y alzó rápidamente la mirada hacia él, desprevenida, con la angustia de los años pasados reflejándose en sus preciosos ojos oscuros.

Él pareció sorprenderse de su reacción.

—¿Qué diablos te pasó para que reacciones así a una simple caricia? —le preguntó en un susurro.

Ella retiró las manos de golpe, se levantó, se puso la cazadora y se dirigió hacia la salida. Para cuando llegó al coche, estaba llorando.

Era tan injusto… Hacía años que no sufría un pinchazo. Y había sufrido uno precisamente aquella noche, en el oscuro callejón de una desconocida ciudad a muchos kilómetros de distancia de su apartamento de San Antonio. Cuando Gabriel y Michelle se marcharon, a ella no le gustó la idea de quedarse en la pequeña propiedad de Comanche Wells. Estaba aislada, y era peligrosa, si acaso alguno de los enemigos de Gabriel deseaba vengarse. Eso era algo que ya había ocurrido en el pasado. Afortunadamente, Gabriel había estado en casa cuando ocurrió.

Ya había avisado a la grúa, aunque su cuenta bancaria iba bastante justa. Le prometieron que estarían allí en cuestión de minutos. Cortó la comunicación y se sonrió, triste.

Un coche se acercó por la dirección en que se encontraba

el teatro, redujo la velocidad y se detuvo justo delante. Un hombre bajó del mismo y se acercó a su ventanilla.

Se quedó helada cuando descubrió quién era. El hombre dio unos golpecitos en el cristal para que bajara la ventanilla.

—Este es un lugar pésimo para sufrir un pinchazo —le espetó Wolf Patterson, lacónico—. Vamos. Te llevo a casa.

—Pero tengo que quedarme aquí, con el coche... Ya he llamado a la grúa, y en unos minutos estarán aquí.

—Esperaremos a la grúa en el mío —repuso él con tono firme—. No me marcharé dejándote aquí sola.

Sara se sintió agradecida. No quería tener que decírselo.

Él se rio por lo bajo cuando descubrió su expresión mientras abría la puerta.

—Aceptar ayuda del enemigo no te producirá urticaria.

—¿Quieres apostar? —replicó ella. Pero, con un suspiro de resignación, subió a su coche.

Era un Mercedes. Ella nunca había conducido uno, pero conocía a un montón de gente que sí. Era un vehículo prácticamente indestructible, que duraba toda la vida.

Observó con curiosidad las ventanillas. Eran muy extrañas. Y lo mismo las puertas.

Él se dio cuenta.

—Blindado —explicó—. A prueba de balas.

Se lo quedó mirando fijamente.

—¿Te suelen atacar con misiles anticarro?

Wolf se limitó a sonreír.

Aquel hombre la desconcertaba. Hablaba lenguas extrañas y no era muy conocido en la localidad, pese a que llevaba varios años viviendo en el condado de Jacobs. Según los minúsculos retazos de información que había podido recabar sobre él, antaño había trabajado para la selecta Unidad de Rescate de Rehenes del FBI. Pero, aparentemente, había estado involucrado en otras actividades desde entonces, de ninguna de las cuales había soltado prenda.

Gabriel, su hermano, lo encontraba divertido. Lo único que decía de él era que se había trasladado a Jacobsville buscando un poco de paz y tranquilidad. Nada más.

—Mi hermano te conoce.

—Ya.

Lo miró. Estaba concentrado en su teléfono móvil, pasando pantallas como si estuviera enviando correos electrónicos a alguien.

Desvió la vista. Pensó que probablemente estaría comunicándose con su novia, disculpándose quizá por haberle hecho esperar.

Quiso decirle que podía marcharse cuando quisiera, que ya esperaría ella sola a la grúa, que no le importaría. Pero sí que le importaba. Le daba miedo la oscuridad, la gente que pudiera acecharla mientras se encontraba tan indefensa. Detestaba su propio miedo.

Bajó la mirada a sus manos. Estaba retorciendo de nuevo su bolso.

Él se guardó por fin el móvil.

—Yo no muerdo.

Como reacción, Sara dio un salto en el asiento. Tragó saliva.

—Perdona.

Wolf entrecerró los ojos. Era consciente de que llevaba mucho tiempo provocándola, casi desde que ella chocó con su coche y lo acusó luego a él de haber causado el golpe. Se había mostrado siempre muy agresiva. Pero en aquel momento, estando a solas con él, se notaba que le tenía miedo. Mucho miedo. Pensó que era una mujer tan bella como compleja.

—¿Por qué estás tan nerviosa? —le preguntó en voz baja.

—No estoy nerviosa —respondió ella forzando una sonrisa y mirando a su alrededor, a la espera de ver aparecer los faros de la grúa.

Wolf seguía observándola con los ojos entrecerrados.

—Ha habido una colisión múltiple justo en las afueras del centro —le explicó—. Era eso lo que estaba comprobando en mi móvil. Dentro de poco estará aquí la grúa.

Ella asintió.

—Gracias —dijo, tensa.

Él enarcó una ceja.

—¿Realmente te consideras tan atractiva? —le preguntó con tono perfectamente tranquilo.

—¿Perdón? —lo miró asombrada.

Había una frialdad de hielo en su mirada, en su actitud. Aquella mujer le despertaba recuerdos odiosos. Recuerdos de otra bella morena, provocativa, sibilina, manipuladora.

—Parece como si temieras que fuera a saltar sobre ti de un momento a otro —sus sensuales labios se curvaron en una fría sonrisa—. Tendrías suerte si ese fuera el caso —añadió provocativamente—. Soy muy selectivo con las mujeres. No cumplirías ni un solo requisito de los míos.

Sara dejó de retorcer su bolso.

—Pues sí que tengo suerte —respondió con una sonrisa igualmente helada—. ¡Porque no te habría querido ni en bandeja!

A Wolf le brillaron los ojos. Por muchas ganas que tuviera, no podía dejarla allí sola. Aquella mujer lo enervaba.

Ella hizo amago de bajar del coche, pero él activó el seguro de la puerta.

—No irás a ninguna parte hasta que llegue la grúa —y se inclinó bruscamente hacia ella, sin previo aviso.

Sara se apretó contra la puerta, temblando de pronto. Tenía los ojos desorbitados de terror. Su cuerpo estaba tenso como un cable de acero. No hacía otra cosa que mirarlo, estremecida.

Él maldijo por lo bajo.

Ella tragó saliva. Una, dos veces. Ni siquiera se atrevía a mirarlo. Detestaba mostrarse tan vulnerable. La amenaza de agresión física siempre le producía ese efecto. Era incapaz de superarlo.

De repente aparecieron unos faros a su espalda.

—Es la grúa —dijo—. Por favor, déjame bajar —le pidió con voz ahogada.

Él desactivó el seguro. Ella bajó apresurada y corrió hacia el camión grúa.

Wolf bajó también, maldiciéndose a sí mismo por haberle provocado aquella reacción de terror. Ella no le había dado motivo alguno para que la atacara así... nada excepto mostrar aquel miedo. No era propio de él atacar a las mujeres, o amenazarlas. Además, se había quedado consternado por la intensidad de su propia reacción hacia ella.

—Gracias por haberte quedado conmigo —le dijo entonces ella, con tono temeroso—. El técnico me dejará en mi casa y llevará el coche al taller —añadió con voz estrangulada señalando al empleado, un hombre mayor—. Buenas noches.

Dicho eso, corrió hacia el camión grúa y trepó al asiento del pasajero mientras el técnico se ocupaba de cargar el coche en la plataforma.

Wolf seguía allí de pie cuando se alejó el camión. Sara ni siquiera volvió la cabeza.

Gabriel volvió a casa por unos días. Sara se acercó a Comanche Wells para verlo.

Él advirtió enseguida su gesto abatido.

—¿Qué te pasa, cariño? —le preguntó con tono suave mientras tomaban café en la cocina.

Ella esbozó una mueca.

—Pinché una rueda cuando volvía a casa del Teatro de la Ópera de Houston.

—¿De noche? —inquirió él, sorprendido—. ¿Y cómo es que conducías tú? ¿Por qué no tomaste una limusina?

Sara se mordió el labio inferior.

—Estoy intentando… madurar un poco —dijo, forzando una tímida sonrisa—. O lo estaba intentando, al menos.

—Detesto imaginarte sentada en mitad de la noche esperando a una grúa —comentó él.

—El señor Patterson me vio allí y se detuvo. Me quedé esperando en su coche hasta que llegó el camión grúa.

—¿El señor Patterson? ¿Wolf también estaba en Houston?

—Parece que le gusta la ópera, como a mí, y en estos momentos no hay aquí ninguna compañía —pronunció entre dientes.

—Entiendo.

—Él… él no me hizo nada —le explicó de repente Sara, con expresión atormentada—. Simplemente se quedó en su asiento y se inclinó un poco hacia mí, sin ninguna intención… Pero yo… reaccioné como una histérica.

—Ya hemos tenido esta conversación antes —empezó Gabriel.

—Detesto a los psicólogos —estalló Sara, acalorada—. ¡El último me dijo que lo que yo quería era que la gente me compadeciera, y que probablemente había exagerado mi reacción por lo que ocurrió en el pasado!

—Que él… ¿qué? —exclamó Gabriel—. ¡Eso nunca me lo dijiste!

—Tenía miedo de que fueras a buscar a ese psicólogo y terminaras en la cárcel —repuso ella.

—Y así habría sido —reconoció él con voz ronca.

Sara suspiró profundamente y bebió un sorbo de café.

—Sea como sea, eso no me ayudó —cerró los ojos—. No puedo superarlo. Sencillamente, no puedo.

—Hay hombres buenos en el mundo —le recordó él—. Y algunos viven aquí mismo, en Jacobsville.

Ella esbozó una sonrisa escéptica, como si estuviera cansada del mundo.

—Aun así, eso no supondría diferencia alguna.

Gabriel sabía por lo que había pasado ella. Aunque, en ese entonces, no había sido consciente de que aquel intento de violación no había sido el primero. Ni de que su padrastro se había pasado meses haciéndole comentarios vergonzantes, intentando tocarla, intentando convencerla de que se acostara con él mucho antes de que se decidiera a usar la fuerza con ella. Y eso, combinado con su declaración en el juicio, la había amargado hasta el punto tal que Gabriel sufría y temía por su futuro. Porque, con trece años, lo que había vivido había sido verdaderamente un infierno.

—Tú adoras a los niños —le dijo él en tono suave—. Y te estás condenando a ti misma a pasar el resto de tu vida sola.

—Tengo mis distracciones.

—Vives en un mundo virtual —le echó en cara Gabriel, irritable—. Y eso no puede ser un sustituto de la vida social.

—Yo no puedo tener vida social alguna —replicó ella—. Eso es algo de lo que estoy completamente segura —se levantó y le dio un beso en la frente—. Déjame que te prepare una tarta de manzana.

—Eso es soborno.

Sara se echó a reír.

—Y que lo digas.

Gabriel se encontraba en el supermercado el viernes siguiente cuando entró Wolf Patterson. El hombre estaba frunciendo el ceño antes siquiera de descubrir a Gabriel.

—¿Está ella contigo? —le preguntó Wolf.

Gabriel supo enseguida a quién se refería. Negó con la cabeza.

—¿Qué le pasa a esa mujer? Te juro por Dios que no hice otra cosa que quedarme sentado a su lado en mi coche, sin tocarla, hasta que llegara la grúa... ¡y ella reaccionó como si yo la hubiera agredido!

—Te estoy agradecido por lo que hiciste —le dijo Gabriel, eludiendo la pregunta—. Debió haber tomado una limusina hasta Houston, para que la llevara y la trajera luego de vuelta. Me aseguraré de que lo haga la próxima vez.

Wolf se tranquilizó, pero solo un poco. Hundió profundamente las manos en los bolsillos de sus tejanos.

—Ella me dio un golpe con el coche, ¿lo sabías? Y luego me echó a mí la culpa. Ahí fue donde empezó todo. Detesto a las mujeres agresivas.

—Tiene reacciones algo exageradas —declaró Gabriel, sin comprometerse.

—A mí ni siquiera me gustan las morenas —comentó Wolf con tono cortante. Le brillaban los ojos claros—. Ella no es mi tipo.

—Y tú tampoco eres el suyo —replicó el joven con una sonrisa.

—¿Qué clase de mujer es? —quiso saber Wolf—. ¿Una de esas locas que van por ahí abrazando árboles?

—A Sara… no le gustan los hombres.

Wolf enarcó una ceja.

—¿Le gustan las mujeres?

—No.

Wolf entrecerró los ojos.

—No me estás diciendo nada.

—Efectivamente —reconoció Gabriel. Frunció los labios—. Pero te diré una cosa. Si alguna vez mi hermana mostrara algún interés por ti, la sacaría del país a la mayor rapidez posible.

Wolf lo fulminó con la mirada.

—Ya sabes a lo que me refiero —añadió Gabriel en voz baja—. No te querría liado con ninguna mujer viva, y mucho menos con mi hermana pequeña. Todavía no has superado tu pasado, después de todo este tiempo.

Wolf estaba rechinando los dientes.

Gabriel le puso una mano en el hombro.

—Wolf, no todas las mujeres son como Ysera.

Se apartó bruscamente. Gabriel sonrió. Sabía bien cuándo su amigo estaba enfadado.

—¿Y bien? ¿Qué tal van tus juegos de guerra?

Era una zanahoria, y Wolf la mordió.

—Ha salido una versión nueva —respondió, y sonrió—. La estoy esperando con ansia, ahora que cuento con una buena pareja de combate.

—Tu misteriosa mujer —Gabriel se rio.

—Supongo que es una mujer —repuso él, encogiéndose de hombros—. En estos juegos, la gente no suele ser lo que parece—. Una vez felicité a una de estas parejas por la madurez de su estilo de juego, y él me informó de que tenía doce años —se rio—. Nunca sabes con quién estás jugando.

—Tu mujer podría ser un hombre. O un niño. O una mujer hecha y derecha.

Wolf asintió.

—Yo no busco relaciones en los videojuegos.

—Sabia actitud —Gabriel no le dijo lo que hacía Sara para entretenerse. Ni cuál era su videojuego favorito. Vacilando, desvió la vista hacia la calle—. Corre un rumor por ahí.

Wolf volvió la cabeza.

—¿Qué rumor?

—Ysera desapareció —le recordó Gabriel—. Nos hemos pasado un año buscándola. Pero ahora uno de los hombres de Eb cree haberla visto, en una pequeña granja de las afueras de Buenos Aires.

La expresión de Wolf se tensó de pronto, casi como si le hubieran descerrajado un tiro.

—¿Alguna pista de por qué está allí?

Gabriel asintió, sombrío.

—Venganza —contestó sin más, y entrecerró los ojos—. Necesitas contratar a un par de hombres más. Ella haría que te rebanaran el cuello si pudiera.

—Y yo le devolvería el favor si pudiera hacerlo legalmente —replicó Wolf con tono venenoso.

Gabriel hundió las manos en los bolsillos de sus tejanos.

—Todos los demás diríamos lo mismo. Pero tú eres el único que está en peligro, si es que realmente ella sigue viva.

A Wolf no le gustaba recordar a aquella mujer, ni las cosas que había hecho por culpa de sus mentiras. Seguía teniendo pesadillas. Su mirada se había vuelto fría, distante.

—Creía que estaba muerta. Lo esperaba, más bien —confesó en voz baja.

—Matar a una serpiente grande siempre es difícil —sentenció Gabriel, rotundo—. Simplemente... ten cuidado.

—Vigila tu propia espalda —replicó Wolf.

—Siempre lo hago —quiso advertirle que se mantuviera alejado de su hermana, para evitar cualquier posible tragedia. Pero su amigo no parecía verdaderamente interesado en Sara, y él era reacio a compartir cualquier detalle íntimo del pasado de su hermana con alguien con quien parecía llevarse tan mal. Esa era una decisión que traería consecuencias, y en aquel momento no podía imaginarse cuántas.

CAPÍTULO 2

Gabriel regresó a su trabajo, y Sara pasó unos días con Michelle en el rancho de Wyoming, durante las vacaciones de primavera. Luego Michelle volvió a la universidad y ella hizo un viaje de compras a San Antonio.

Compró primero ropa para la primavera y fue a ver mantillas en el enorme mercado de la ciudad, disfrutando con sus aromas y sonidos. Minutos después, cargada con sus compras, se sentó ante una pequeña mesa en el paseo del río, a ver pasar las barcas. Era abril. El tiempo era seco y templado. Las plantas de las macetas que rodeaban la terraza de la cafetería estaban florecidas. Aquel era uno de sus lugares favoritos.

Dejó las bolsas debajo de la mesa y se recostó en la silla, dejando que la brisa le acariciara el cabello. Llevaba unos pantalones negros, zapatillas deportivas y una blusa de color rosa que resaltaba su silueta. Le brillaban los ojos mientras escuchaba a una animada banda de mariachis.

Tuvo que mover su silla para hacer sitio a los dos hombres que se sentaron de repente detrás de ella. Uno de ellos era Wolf Patterson. El corazón le dio un vuelco en el pecho. Se apresuró a apurar su café, recogió sus bolsas y fue a pagar a la barra.

—¿Huyes? —le preguntó una voz sedosa y brillante a su espalda.

—Ya me he terminado el café —explicó ella con tono tenso, sonriendo y dando las gracias al camarero mientras recibía su cambio.

Cuando se volvió, él le estaba bloqueando la salida. Sus ojos claros brillaban de hostilidad. Parecía como si le hubiese gustado freírla en una parrilla.

Procuró sobreponerse al nerviosismo que la asaltaba cada vez que aquel hombre estaba cerca. Intentó retroceder, pero no tenía espacio. Sus grandes y bellos ojos se desorbitaron de miedo.

—¿Cuándo vuelve tu hermano? —le preguntó él.

—No estoy segura —respondió—. Supongo que quizá para el fin de semana.

—¿De qué tienes miedo? —inquirió Wolf por lo bajo.

—De nada, señor Patterson —replicó ella, utilizando de repente un tono formal para guardar las distancias—. Porque no soy su tipo.

—Tienes toda la razón.

Sara se disponía a pasar de largo delante de él, frustrada más allá de todo punto racional, cuando lo llamó su compañero.

Aprovechando la distracción, se escabulló y abandonó el lugar a todo correr. Ni siquiera le importó que la gente se la quedara mirando.

Para aquella misma semana estaba programado un espectáculo de ballet. A Sara la encantaba el ballet. Le encantaban los colores, el vestuario, las luces, todo. Había estudiado arte en su infancia. Antaño, había soñado con convertirse en una *prima ballerina*. Pero los largos años de aprendizaje y los sacrificios que exigía habían sido demasiado para una jovencita que apenas había estado descubriendo la vida.

Aquellos habían sido días felices. Su padre todavía vivía por entonces. Su padre había sido un hombre amable, aunque distante. Evocó con una sonrisa agridulce los felices tiempos que habían compartido juntos. Cuán diferente habría podido ser su vida si su padre no hubiera muerto...

Pero volver la mirada al pasado carecía de sentido, se dijo a sí misma. Tenía que afrontar con su vida tal como era en realidad.

Ocupó una butaca de primera fila, sonriendo mientras ojeaba el programa. La *prima ballerina* era una conocida suya, una chica dulce que adoraba su trabajo y a la que no le importaban las largas horas de trabajo y el sacrificio que conllevaba. Lisette era bonita, alta y rubia, de grandes ojos castaños.

El ballet era *El lago de los cisnes*, uno de sus favoritos. El vestuario era llamativo, los bailarines selectos, la música mágica. Volvió a sonreír de emoción mientras esperaba con ansia el delicioso espectáculo.

De repente oyó un movimiento cercano y casi sufrió un infarto cuando vio a Wolf Patterson con otra atractiva rubia acercándose para ocupar sus asientos. A punto estuvo de soltar un gruñido en voz alta.

La mujer se detuvo para hablar con un conocido. Wolf se dejó caer en la butaca contigua a la de Sara y dedicó un breve escrutinio a su discreto vestido negro y a su cazadora de cuero. El feroz ceño con que la miró habría asustado a un toro que hubiera cargado contra él.

—¿Me estás siguiendo?

Sara contó hasta diez. Atenazado entre sus dedos, su programa de mano se estaba convirtiendo en un gigantesco confeti.

—Me refiero a que, hace un par de semanas, estabas en la ópera de Houston y esta noche estás aquí, en el ballet de San Antonio, y sentada precisamente a mi lado —explicó—. Si hubiera sido un hombre vanidoso... —añadió con su voz lenta y vibrante.

Ella lo fulminó con sus ojos negros y le dedicó un comentario en farsi que le puso los pelos de punta. Un comentario al que él replicó en la misma lengua y tono.

—¿Se puede saber qué clase de idioma es ese? —inquirió de repente su rubia acompañante con una carcajada.

Wolf todavía soltó algunas palabras más mientras Sara volvía de nuevo la cabeza para intentar concentrarse en el telón del escenario. La orquesta empezó a afinar sus instrumentos en aquel preciso instante.

—¿No vas a presentarme? —insistió la rubia, asistiendo a la incomodidad de Sara con gesto sinceramente preocupado.

—No —dijo Wolf—. El telón está a punto de levantarse —añadió, cortante.

Sara quería levantarse de la butaca y marcharse de allí. Estuvo a punto de hacerlo, pero no se resignaba a darle aquella satisfacción. Así que se sumergió en los colores y en la belleza del espectáculo, contemplando con el corazón en la garganta cómo los bailarines secundarios cedían su protagonismo al personaje principal, y Lisette aparecía en escena. La exquisita belleza de su amiga resultaba deslumbrante incluso de lejos. Giraba sobre sí misma y hacía piruetas, ejecutando los pasos con tanta precisión como elegancia. Sara no pudo por menos que envidiar su talento. Años atrás se había imaginado a sí misma encima de un escenario, luciendo un vestido tan bello como el que lucía Lisette en aquel momento.

Por supuesto, la realidad había truncado aquel triste sueño. Ya no podía imaginarse apareciendo ante tanta gente, siendo objeto de todas las miradas. No después del juicio.

Su expresión se tensó cuando evocó el juicio, las pullas del abogado defensor, la furia reflejada en el rostro de su padrastro, la angustia en el de su madre.

No se había dado cuenta de que había estrujado el programa entre sus finos dedos, como tampoco de la trágica expresión de su rostro, que estaba llamando la atención, reacia en un principio, de su vecino de asiento.

Wolf Patterson había visto antes aquella misma expresión, muchas veces, en los frentes de guerra. Era parecida a lo que llamaban «la mirada de los mil metros», muy familiar entre los veteranos de guerra: la cruda y torturada expresión de aquel que recordaba cosas que ningún mortal hubiera debido presenciar. Pero Sara Brandon era una joven mimada, acaudalada, hermosa. ¿Qué razón podía tener una mujer como ella para reaccionar de una forma así?

Se rio para sus adentros, con un leve gesto de desprecio reflejándose en sus duros rasgos. La pequeña y bella Sara tentando a los hombres, humillándolos, poniéndolos de rodillas y luego riéndose de ellos. Riéndose de desdén y de disgusto. Diciendo cosas...

De repente sintió una mano sobre la suya. La rubia que tenía a su lado lo estaba mirando ceñuda.

Obligándose a volver a la realidad, dejó de mirar a Sara. Se las arregló para lanzar una reconfortante sonrisa a su acompañante, pero era mentira. Sara le inquietaba. Le recordaba cosas del pasado, cosas imposibles de soportar. Ella representaba de algún modo todo lo que odiaba en una mujer.

Pero la deseaba. Le dolía la sola vista de su cuerpo esbelto y elegante. Había pasado mucho tiempo desde la última vez. Después de Ysera no había sido capaz de volver a confiar en una mujer, de desearla.

En el fondo de su mente seguía latiendo el ridículo, las risas. No había sido capaz de controlar su deseo, e Ysera lo había encontrado divertido. Le había encantado manipularlo, atormentarlo. Y, cuando ella se había cansado de humillarlo en la cama, le había encargado bajo engaño una misión de venganza personal.

Cerró los ojos. Un estremecimiento recorrió su poderoso cuerpo. No podía escapar del pasado. Ese pasado continuaba torturándolo. Afortunadamente no había habido consecuencias. Pero la posibilidad había existido. Ysera debería haber sido castigada por ello, pero había conseguido abandonar el país antes de que la detuvieran. Durante cerca de un año no habían vuelto a tener noticias de ella. Wolf había llegado a pensar que finalmente había tenido lo que se merecía: que estaba muerta. Pero ahora que había vuelto, que seguía viva, su presencia continuaba torturándolo. Jamás conocería la paz, durante el resto de su vida.

—Wolf —le susurró la rubia con tono urgente, cerrando la mano sobre su puño apretado—. ¡Wolf!

Sara se dio cuenta, demasiado tarde, de que algo estaba pasando a su lado. Giró la cabeza a tiempo de ver una expresión de tal angustia en el rostro tenso de Wolf que la preocupación logró imponerse a su habitual resentimiento.

Sobre el brazo de la butaca, tenía el puño apretado con fuerza. La rubia estaba intentando tranquilizarlo.

—Señor Patterson —le susurró Sara, recurriendo de nuevo al tono formal—. ¿Se encuentra usted bien?

Él la miró, volviendo de repente del pasado, pero con el dolor todavía visible en los ojos. Los entrecerró, como si la odiara profundamente.

—¿Qué diablos te importa a ti? —masculló.

Ella se mordió el labio inferior hasta casi hacerse sangre. Tenía un aspecto agresivo, como si estuviera a punto de pegarle. Mortalmente pálida, se obligó a concentrar de nuevo su atención en el escenario. «Más estúpida soy yo, por preocuparme», pensó.

Wolf estaba intentando luchar con recuerdos que lo estaban matando. Sara le recordaba muchas de aquellas cosas que solo quería olvidar. Demasiadas. Maldijo por lo bajo en farsi, se levantó de su asiento y abandonó el teatro. La rubia miró a Sara con una mueca, como si quisiera explicarse con ella, disculparse. Se limitó luego a sonreír con tristeza y lo siguió fuera de la sala.

★★★

Aquella atormentada expresión que había visto Sara en el rostro de Wolf Patterson la persiguió durante el resto de la semana. No podía sacársela de la cabeza. Durante unos segundos, se la había quedado mirando con verdadero odio. Pero empezaba a darse cuenta de que ese odio no tenía por qué haber estado necesariamente dirigido a ella. Quizá se tratara de alguien a quien ella le recordara. Se sonrió, triste. Qué mala suerte la suya: precisamente cuando sentía por primera vez en su vida algo parecido a una atracción por un hombre, resultaba que ese hombre la odiaba porque ella le recordaba a otra mujer. Una antigua llama, quizá, de alguien a quien había amado y perdido.

Intentó consolarse diciéndose que, en todo caso, era inútil seguir buscando en esa dirección. Ella solo había estado realmente a solas con Wolf una vez, y se había humillado lo suficiente cuando él se le acercó demasiado. Todavía se ruborizaba cuando recordaba cómo había huido de su lado cuando el episodio de la rueda pinchada. Él nunca entendería por qué había reaccionado de aquella manera. Y ella no podía decírselo.

Aquella noche se puso el pijama, se metió en la cama con el portátil y conectó su videojuego. Su amigo estaba activo.

Hola, tecleó ella.

Hola, fue la respuesta de Rednacht. Habitualmente no era tan lacónico.

¿Problemas?, preguntó ella.

No. Malos recuerdos, contestó él al cabo de un rato.

De eso entiendo algo, escribió Sara, triste.

Siguió un breve silencio.

¿Quieres hablar de ello?, le ofreció Rednacht.

Ella se sonrió.

Hablar no ayuda, ¿Qué tal una batalla?

Él tecleó *LOL* en la pantalla, la invitó a un grupo y aguardaron turno para una batalla.

¿Por qué la vida tiene que ser tan dura?, escribió ella mientras esperaban.

Silencio.

No lo sé.

No puedo librarme del pasado, tecleó Sara. No podía contárselo todo, pero sí que podía hablar un rato. Era el único amigo que tenía. Lisette era dulce y amable, pero siempre tenía muy poco tiempo para hablar.

Ni yo, escribió él al cabo de un rato. *¿Tienes pesadillas?*, le preguntó de repente.

Sara esbozó una mueca y tecleó: *Todo el tiempo.*

Yo también. Hubo una vacilación. *Somos gente rota.*

Silencio

Sí.

Ayudándonos entre nosotros, añadió él, seguido de un *LOL.*

Ella tecleó otro *LOL*, y se sonrió. *BRB*, escribió a continuación: el acrónimo para «vuelvo ahora mismo». *Necesito un café.*

Buena idea. Prepararé un poco y te enviaré una taza, tecleó él.

Sara se rio por lo bajo. Aquel tipo era una buena compañía. Se preguntó quién sería en la vida real, si sería un hombre o una mujer, o incluso un niño. En cualquier caso, era agradable tener a alguien con quien charlar, aunque solo fuera mediante textos casi monosilábicos...

Él volvió antes de que apareciera la cola de jugadores. *Deberíamos conseguirnos un programa de chat. Ventrílocuo, por ejemplo,* comentó, *para así poder hablar directamente en vez de escribir.*

A ella el corazón casi se le salió del pecho.

No.

¿Por qué?

Sara se mordió el labio inferior. ¿Cómo podía decirle que eso interferiría en la fantasía? ¿Que ni quería ni necesitaba saber si era joven o viejo, hombre o mujer?

Estás asustada, escribió él.

Ella vaciló, con los dedos sobre el teclado. *Sí.*
Lo entiendo.
No, no lo entiendes, replicó ella. *No se me da bien la gente. La mayoría, al menos. Yo no... no dejo que la gente se acerque demasiado a mí.*
Bienvenida al club.
Pero en un juego como este, la cosa cambia, intentó explicarle Sara.
Sí. Hubo una vacilación. *¿Eres mujer?*
Sí.
¿Joven?
Sí. Una pausa. *¿Tú eres hombre?*
Esa vez no hubo ninguna vacilación. *Ni lo dudes.*
¿Casado?, tecleó Sara.
No. Y no es probable que lo esté alguna vez. Otra pausa. *¿Y tú?*
Tampoco. Lo mismo digo, y añadió el emoticono de una sonrisa.
¿Trabajas?
Ahora sí que había llegado el momento de las mentiras. *Soy peluquera,* mintió. *¿Qué haces tú?*
Hubo una vacilación.
Cosas peligrosas.
A Sara le dio un vuelco el corazón.
¿Las fuerzas de la ley?, tecleó ella.
¿Cómo has llegado a esa conclusión?
No lo sé. Pareces un tipo muy honesto. Ayudas a los demás jugadores cuando se meten en problemas. Siempre intentas favorecer a los jugadores de nivel inferior. Esas cosas.
Hubo un largo silencio.
Con eso, también te estás describiendo a ti misma.
Sara se sonrió.
Gracias.
Gente rota, tecleó de nuevo él. *Ayudándonos entre nosotros.*
Ella asintió.

Eso suena... bonito, escribió.

Sí.

Por supuesto, ambos podían estar mintiendo. Ella no trabajaba, no tenía necesidad de hacerlo, y él podía no trabajar para las fuerzas de la ley. Pero no importaba, dado que era muy probable que nunca llegaran a conocerse en persona. Ella no se atrevería a intentarlo. Había sufrido demasiados falsos comienzos en su adolescencia, intentando escapar del pasado. Nunca sería capaz de hacerlo. Aquello era todo lo que podía esperar: una relación on line con un hombre que quizá pudiera no gustarle en el mundo real. Pero, extrañamente, eso casi le bastaba.

Hora de irse, tecleó él cuando el logo de «Incorpórate a la batalla» apareció de golpe.

Después de ti, escribió ella. Lo cual no era más que una broma, dado que al estar integrados en un grupo, entraban a la vez en combate.

Sara estaba sentada en un banco del parque, dando de comer a las palomas. En realidad era una estupidez, dado que los pájaros eran una molestia. Pero le había sobrado pan de su solitario almuerzo, y era agradable ver a las palomas arremolinándose en torno a las migas.

Llevaba un suéter verde con escote de pico, tejanos y botines. Ofrecía un aspecto muy juvenil con la larga trenza negra que le caía por la espalda y la cara limpia de maquillaje, con apenas un brillo en los labios.

Wolf Patterson la miraba fijamente, presa del mayor torbellino de sentimientos contradictorios que había experimentado en su vida. Aquella mujer parecía dos personas a la vez, completamente distintas. Una era feroz, colérica, temperamental. La otra, en cambio, era temerosa y vulnerable. No estaba seguro de cuál de las dos era la verdadera Sara.

Se había sentido culpable por la manera en que se había comportado con ella en el ballet. No había sido algo deliberado. Los recuerdos lo habían devorado por dentro. El solo hecho de saber que Ysera seguía viva en alguna parte, todavía conspirando, lo había llenado de inquietud. Y a ese recuerdo seguían otros, todos horribles, los mismos que Sara le había evocado.

Ella sintió su mirada y volvió ligeramente la cabeza. Allí estaba él, a unos pocos pasos de distancia, de pie, con las manos en los bolsillos, ceñudo.

A Wolf le fascinó ver la forma en que reaccionó. Su esbelto cuerpo se quedó paralizado, con la bolsa de migas en la mano. No hizo otra cosa que mirarlo, con un brillo de aprensión en sus grandes ojos negros.

Se le acercó.

—Un ciervo que maté una vez tenía esa misma expresión —le comentó—. Como si hubiera estado esperando la bala.

Ella se ruborizó y bajó la vista.

—Ya no cazo —añadió él, plantándose a su lado—. Antes, me dedicaba a cazar hombres. Esas cosas te quitan todo gusto por la sangre.

Sara se mordió el labio inferior, con fuerza.

—No hagas eso —le pidió Wolf con tono suave, el más tierno que ella le había oído usar nunca—. No te haré ningún daño.

Aun así, ella se puso a temblar. Logró forzar una ligera carcajada. ¿Cuántas veces en su vida había escuchado aquella frase en los labios de hombres que la habían deseado, que habían querido cazarla?

Wolf clavó entonces una rodilla en tierra y la obligó a alzar la vista.

—Hablo en serio —le aseguró en voz baja—. Hemos tenido nuestras diferencias. Pero, a nivel físico, tú no tienes nada que temer de mí.

Sara tragó saliva. Con fuerza. Cuando lo miró, el miedo y el dolor parecían desbordar sus ojos.

Él entrecerró sus ojos azul hielo. Aunque en lo oscuro no podía distinguir bien sus rasgos, su reacción no le pasó desapercibida.

—Alguien te hizo daño. Un hombre.

Sara intentó hablar, pero las palabras no llegaron a salir de su boca. Apretaba la bolsa con tanta fuerza que tenía los nudillos blancos.

Tanta vulnerabilidad lo dejó conmovido.

—No puedo imaginarme a un hombre tan cruel como para hacer daño a un ser tan hermoso —comentó en voz muy baja.

A Sara empezó a temblarle el labio inferior. Una lágrima furtiva se le escapó por el rabillo del ojo.

—Oh, Dios, lo siento —murmuró él con voz ronca.

Ella se quedó sin aliento y se enjugó la lágrima con rabia, como si eso la hubiera puesto furiosa.

—¿Estás dando ayuda y asistencia al enemigo? —le espetó.

Wolf sonrió. La hostilidad era preferible a aquellas silenciosas lágrimas. Le hacían daño.

—¿Firmamos una tregua?

Ella lo miró a los ojos.

—¿Una tregua?

Él asintió.

—No queremos asustar a las palomas, ¿verdad? Obviamente tienen hambre. Las estás inquietando.

Ella lo estaba inquietando a él también, aunque no quería admitirlo. Se sentía culpable por todas las cosas que le había dicho antes. No se había dado cuenta de lo destrozada que estaba. Aquella mujer poseía un espíritu tan bravo y tan fuerte que él jamás había esperado encontrar aquella vulnerabilidad de fondo.

Sara se irguió un poco y echó algunas migas más a las palomas, que volvieron a arremolinarse a su alrededor.

—Supongo que, si un policía me ve en este momento, me arrestará. Las palomas no le gustan a nadie.

Él se incorporó y se sentó en el banco a su lado, lo suficientemente lejos como para no ponerla nerviosa.

—A mí sí. Bien cocinadas, claro.

Una ligera carcajada escapó de la garganta de Sara. Sus negros ojos se encendieron de pronto como luces en la noche.

—Las probé en Marruecos, una vez que tuve que viajar hasta allí por un caso —explicó él.

—Yo también las comí allí. En ese precioso hotel que está en lo alto de una colina, en Tánger.

—El Minzah —dijo él sin pensar.

—Vaya… sí —dejó de echar migas a las palomas, perpleja.

—Tenían un chófer de nombre Mustafá, con un gran Mercedes negro —continuó él, sonriendo.

Ella se echó a reír. Cuando se reía, su belleza se acentuaba aún más.

—Me llevó a las cuevas de las afueras de la ciudad, donde los piratas berberiscos escondían sus botines.

—¿A ti? ¿Sola? —inquirió él con tono suave.

—Sí.

—Tú siempre estás sola —observó, pensativo.

Sara titubeó, pero finalmente asintió con la cabeza. Se volvió de nuevo hacia las palomas.

—No me… no me mezclo bien con la gente —le confesó.

—Yo tampoco —reconoció Wolf, gruñón.

Ella lanzó otro puñado de migas a las palomas.

—Tú tienes esa mirada.

—¿Perdón?

—Mi hermano también la tiene —dijo ella sin mirarlo—. La llaman «la mirada de los mil metros».

Wolf ladeó la cabeza, mirándola con los ojos entrecerrados. No dijo una sola palabra.

Ella alzó la vista entonces y esbozó una mueca.

—Lo siento —se disculpó, ruborizándose—. Contigo, siempre estoy metiendo la pata —se removió inquieta—. Me pones nerviosa.

Él soltó una corta carcajada.

—Ya. Yo y todo el ejército ruso, quizá.

Giró la cabeza hacia él. No le entendía.

Wolf escrutó lentamente sus negros ojos. Durante más tiempo del que le habría gustado.

—Tú te mantienes en tu sitio. Aguantas —le explicó él—. Y luchas. Admiro ese espíritu tuyo.

Ella volvió a desviar la mirada.

—Tú también luchas.

—La costumbre.

Sara le lanzó algunas migas más a las palomas.

—A ti no te gustan realmente las mujeres, ¿verdad? —le espetó Sara, pero enseguida se ruborizó, esbozando una mueca—. ¡Perdón! No quería decir...

—No —la interrumpió él, y su mirada se volvió fría—. No me gustan las mujeres —declaró, irónico—. Y menos aún las morenas.

—Eso ha estado fatal por mi parte —se disculpó de nuevo, sin mirarlo—. Ya te he dicho que no me mezclo bien con la gente. No sé ser diplomática.

—A mí no me importa hablar claro y directo —le confesó él, sorprendiéndola—. Pero ahora me toca a mí —esperó a que lo mirara antes de continuar—: Sufriste un daño muy grande, moral y físico, a manos de un hombre en el pasado.

La bolsa de migas cayó al suelo. Sara se abrazó estremecida.

Wolf quiso atraerla hacia sí y reconfortarla de alguna forma. Pero, cuando fue a acercarse, ella se levantó rápidamente del banco, con la cabeza baja.

—Dios mío, Sara, ¿qué fue lo que te pasó? —le preguntó entre dientes.

Ella tragó saliva. Dos veces.

—No puedo… hablar de ello.

Tendría que descubrirlo por Gabriel. No tenía derecho a ser curioso, pero aquella mujer era demasiado hermosa y demasiado brillante para llevar una vida tan aislada, tan encerrada en sí misma. Él también se levantó, pero no se acercó a ella.

—Deberías hacer terapia —le dijo con tono suave—. Esta no es vida para ti.

—¿Que debería hacer terapia? —replicó ella con una carcajada—. ¿Y qué me dices de ti?

—¿Qué pasa conmigo?

—En el ballet —le dijo Sara—. Tenías un aspecto…

Wolf alzó la barbilla. Le brillaban los ojos.

—Estábamos hablando de ti.

—Algo te sucedió a ti también —insistió, terca—. Yo creía que me odiabas por culpa del golpe con el coche. Pero eso no es lo único, ¿verdad? Me odias porque me parezco a ella. Porque te recuerdo a ella.

Su rostro parecía haberse vuelto de piedra. Cerró los puños.

—Tú… la amabas —adivinó Sara.

Fue como si el azul de sus ojos se resquebrajara de pronto, en heladas astillas que se clavaron en su rostro.

—Maldita sea —masculló con tono venenoso. Y se giró en redondo para marcharse.

Sara, mientras lo veía alejarse, no se sintió en absoluto ofendida. Comenzaba a comprenderlo, solo un poco. Había algo traumático en su pasado, también. Algo que lo mantenía constantemente en tensión, que no lo dejaba en paz. Había amado a aquella mujer de su pasado. Podía leerlo en sus ojos.

Quizá había muerto. O lo había abandonado por otro hombre. Fuera cual fuera la razón, seguía atado a aquella nefasta experiencia, amargado. No podía superarlo, como tampoco ella podía olvidar lo que le habían hecho.

«Gente rota», pensó, y sonrió triste. Recogió la bolsa de migas, la tiró en la papelera más cercana y regresó a su apartamento.

★★★

Gabriel volvió a casa aquel fin de semana. Parecía cansado. Y serio.

—¿Una mala semana? —le preguntó Sara. Estaban en el rancho de Comanche Wells. Ella solo se quedaba allí cuando volvía su hermano. Estar tan lejos de Jacobsville siempre la llenaba de inquietud.

—Fatal —respondió él—. Estamos teniendo problemas con las plantas petrolíferas. Terroristas, secuestros… lo de siempre —añadió con una sonrisa—. ¿Qué tal tú?

Parecía una frase tópica, pero se la quedó mirando fijamente a los ojos, de una manera muy intensa, a la espera de su respuesta.

—Yo… como siempre. ¿Por qué lo preguntas?

—Porque Wolf Patterson me llamó para preguntarme qué era lo que te había pasado. Me dijo que saltabas como un muelle cada vez que se acercaba demasiado a ti.

A Sara le dio un vuelco el corazón en el pecho.

—No tenía ningún derecho a… —empezó, furiosa.

—Me recordó que una noche se quedó esperando contigo a que llegara la grúa para arreglarte una rueda, cuando regresabais de Houston, y que tú prácticamente saltaste dentro del camión cuando apareció. Luego me habló de una conversación que tuvisteis en el parque. Dijo que lo miraste con pavor cuando se te acercó demasiado.

—Solo porque estaba siendo sarcástico y grosero conmigo —le espetó—. ¡No soporto a ese hombre!

Gabriel entrecerró los ojos.

—Te conozco demasiado bien como para creerme eso —le dijo—. Lo encuentras atractivo.

Ella se ruborizó.

—Pasó por un verdadero infierno por culpa de una mujer

que se parecía mucho a ti —le informó él con un profundo suspiro, al cabo de una larga pausa—. No es un hombre malo. Jamás te haría daño deliberadamente. Pero podría no ser capaz de evitarlo… Tiene cicatrices. Muy profundas.

—¿Vas a decirme por qué?

Su hermano negó con la cabeza.

—Es demasiado personal.

—Entiendo.

—Tuvo muy malas experiencias con las mujeres. Su madre le odiaba.

—¿Qué?

—Ella no quería tener un hijo, pero su padre sí. Cuando él murió, ella fue colocando a Wolf en una familia tras otra. En uno de esos hogares de acogida, resultó que el padre era alcohólico. Lo maltrató físicamente hasta que Wolf fue lo suficientemente mayor como para defenderse. Su madre biológica se tomó a risa que las autoridades intentaran convencerla de que lo acogiera de nuevo. Les dijo que ella no tenía nada que ver con un mocoso lloriqueante al que ni siquiera había querido concebir.

Sara se quedó helada.

—Pero terminó enrolándose en las fuerzas de la ley. Estuvo en el FBI —recordó ella, ya que le había oído decir eso mismo.

Gabriel casi tuvo que morderse la lengua para no replicar.

—Estuvo un tiempo de policía en San Antonio. Cambió de trabajo, y después lo fueron derivando a distintas agencias con los años. Pero dejó atrás aquella antigua vida cuando se vino aquí y se compró el rancho.

—No parece que encaje muy bien en una población tan pequeña como esta —observó ella.

—Esta es una población pequeña, sí, pero muy particular —repuso él—, Wolf tiene enemigos. Y Jacobsville está a reventar de mercenarios y antiguos militares. Aquí tiene amigos. Yo entre ellos.

Sara frunció el ceño.

—¿Tiene enemigos?

—Mortales —respondió él—. Y ya han hecho un intento.

—¿Alguien ha atentado contra él? —exclamó, consternada, detestando su propia reacción. Porque le importaba demasiado que alguien hubiera intentado acabar con su vida.

Gabriel se dio cuenta de ello.

—Sí. Lo cual lo convierte en un blanco móvil, a él y a cualquiera que se le acerque demasiado —le tomó una mano—. Tú ya has sufrido suficientes tragedias y traumas en tu vida. No te quiero cerca de Wolf.

Ella se mordió el labio inferior.

—Sea lo que sea lo que sientas por él —le dijo Gabriel, escogiendo cuidadosamente sus palabras—, no terminará bien. Él no ha superado su pasado más de lo que tú has superado el tuyo. Los dos podéis haceros daño mutuamente. Mucho daño.

—Entiendo.

—Él no es el hombre adecuado para ti. Yo no puedo contarle lo que te sucedió, y sé con seguridad que tú tampoco lo harás. Es agresivo con las mujeres que quiere. Y yo no puedo permitir que te haga eso. ¿Lo entiendes?

—Sí —tragó saliva.

—Lo siento.

Sara aspiró profundo, forzó una sonrisa y cambió de tema.

—¿Te apetece un trozo de tarta? He hecho una de chocolate.

Él le sonrió a su vez.

—Eso sería estupendo.

CAPÍTULO 3

Sara experimentó un lacerante dolor al recordar lo que Gabriel le había contado sobre Wolf Patterson. Hasta entonces, no se había dado cuenta del cambio que se había operado en su actitud hacia él. Cuando Wolf se arrodilló ante ella en el parque, para hablarle con aquella voz tan tierna, su corazón había empezado a derretirse.

Que se mostraba agresivo con las mujeres a las que deseaba: eso era lo que le había dicho Gabriel. De manera que su hermano sabía cosas sobre él. Sabía que había mantenido relaciones.

Eso no tenía por qué sorprenderla. Wolf era un hombre atractivo. Cuando no la estaba provocando o mostrándose sarcástico, era encantador. Aquellas jóvenes rubias en cuya compañía lo había visto parecían ciertamente encantadas con él, reflexionó con amargura. Rubias. Siempre rubias. Detestaba a las morenas. Y ella era morena...

Cuánto más pensaba sobre ello, más le dolía. Se había enterrado en sus estudios durante años, había aprendido idiomas, había viajado, había hecho cualquier cosa con tal de librarse de aquellos horribles recuerdos. En ocasiones lo conseguía durante días enteros, aunque las pesadillas la acosaban con frecuencia, y se despertaba por las noches gritando.

Por el día tenía un remedio. Podía montar a caballo. Le encantaban los caballos y era una consumada amazona. La libertad que le proporcionaba cabalgar por las praderas a lomos de Seda Negra, el más veloz de los potros de Gabriel, era algo inefable. Ahuyentaba el dolor. Le regalaba la paz.

Seda Negra era un espíritu libre, un poco como la propia Sara. Ensilló en aquel momento el caballo, apretó las cinchas y montó con elegancia. Una vez en la pradera, lo puso al galope. Riéndose, con su esbelta figura inclinada sobre el animal, la larga melena negra flotando al viento, componía una estampa magnífica, una que a cualquier artista le habría encantado pintar.

Pero el hombre que la estaba observando en aquel preciso instante mientras conducía por la carretera tenía una expresión llena de horror. ¡Aquella mujer podía romperse el cuello cabalgando así!

Aceleró hasta llegar al final de la valla del prado, cruzó el coche sobre la carretera y bajó un segundo después de apagar el motor.

Sara, consternada, lo vio y frenó a Seda Negra ante la valla, acariciándolo en un intento por tranquilizarlo. Lo guio luego hasta un abrevadero cercano, y allí lo dejó bebiendo mientras un furioso Wolf Patterson saltaba la cerca para dirigirse directamente hacia ella.

—Baja —le ordenó con una voz que habría podido cortar un cubo de leche.

Sin palabras, Sara se quedó inmóvil, mirándolo.

Él la alzó entonces de lomos del caballo como si no pesara nada. Con ella en brazos, clavó su furiosa mirada en sus sorprendidos ojos negros.

—¡Pequeña estúpida…! ¡Podías haberte matado! —masculló.

—Pero… yo siempre monto… así —empezó ella.

Su rostro de rasgos duros estaba pálido. Le brillaban los ojos como si fueran fuegos artificiales. Recorrió con la mirada su hermoso semblante, aquellos ojos negros tan separados, el fino dibujo de sus labios. Gruñó, estremeciéndose casi de ansia, y de repente se apoderó de aquella boca sin la menor vacilación.

Sintió la tensión de su cuerpo. Su boca insistió, pero cuanto mayor era la intensidad del beso, más parecía resistirse ella. Al cabo de unos segundos, se dio cuenta de que estaba aterrada.

Se obligó a serenarse, pese a que aquella boca era el néctar más dulce que había probado en años. Le acarició tiernamente los labios con los suyos, tentándola en medio de un silencio únicamente roto por el rumor de su propio jadeo y el atronador latido del corazón de ella.

—No te haré daño alguno —susurró Wolf—. No luches conmigo. Abre la boca. Déjame saborearte...

Sara nunca había experimentado nada parecido. Tenía las manos aferradas a su cuello, frías y trémulas mientras se dejaba besar. Habían pasado años desde la última vez que había tolerado que la besaran. La boca de Wolf era sensual, firme, muy hábil. No sabía qué hacer, pero se relajó un tanto. Sabía bien... maravillosamente bien. Nada que ver con el hombre de sus pesadillas...

Él alzó la cabeza por unos segundos y contempló sus negros ojos, brillantes de curiosidad.

—No sabes besar —constató él con un tono vibrante, casi sorprendido.

Ella tragó saliva. Podía saborearlo en su boca: un sabor a café y a algo parecido a la menta.

Wolf estaba fascinado. Se inclinó para besarla de nuevo, acariciándole tiernamente los labios con los suyos, sonriendo levemente, porque ella ya no se estaba resistiendo.

—Se hace así —susurró, y procedió a enseñarle la técnica de aquellas levísimas caricias, tan excitantes como lentas y delicadas.

Sara probó a su vez, con el corazón acelerado. Wolf era su

peor enemigo, y sin embargo se estaba dejando besar por él. Y no solo eso. Lo estaba besando… ella misma. Sabía a miel.

—Eso es, cariño —susurró él—. Sí. Justo así…

Wolf tensó los brazos, y abrió la boca, obligándola a abrir a su vez los labios. Se estaba excitando mientras la abrazaba. No había sentido nada tan potente en mucho tiempo. Su boca era la miel más dulce que había saboreado nunca.

Ella sintió la fuerza de sus musculosos brazos, el calor de su ancho pecho contra sus senos. Gimió por lo bajo, atravesada por aquellas insólitas sensaciones.

Él oyó su leve gemido y de repente la estrechó contra su pecho, febril. Fue entonces cuando sintió su repentina rigidez.

Se obligó a levantar la cabeza. Sara tenía los ojos desorbitados de asombro, pero, en aquel momento, también de miedo. Se preguntó por qué. Tenía los pezones duros, como diminutas piedras presionando contra su pecho. ¿Sería consciente del motivo por el cual le sucedía eso? Porque se estaba comportando como una mujer ante su primera experiencia sexual.

Alzando la barbilla, la miró con arrogancia.

—¿Has estado alguna vez con un hombre? —le preguntó con un murmullo, ronco y profundo.

Su reacción lo sorprendió. Emitió un ruido parecido a un sollozo y lo empujó frenética.

—Bájame. ¡Bájame, por favor!

La bajó al suelo. Lo miraba con una expresión de angustia en los ojos.

Él no había tenido intención de tocarla. La manera en que la había visto cabalgar lo había asustado. Solo el cielo sabía por qué. Lo único que había pretendido era mantenerla a salvo. Pero ella se había apartado de su lado como si hubiera cometido algún acto abominable.

Ofendido, entrecerró sus ojos claros.

—Tu vida amorosa no me interesa en absoluto —le espetó—. Pero ha sido una buena actuación.

—¿Una actuación?

Wolf esbozó una sonrisa fría, sarcástica.

—El truco de la virgen asustada —explicó. Hundió las manos en los bolsillos mientras odiosos recuerdos asaltaban su mente: los de otra morena, pudorosa y tentadora, inocente. Solo que aquella morena no había sido nada inocente. Lo había torturado, le había destrozado la vida. Y todo había empezado de la misma manera.

Sara se abrazó. Sentía frío por todo el cuerpo. Técnicamente, seguía siendo virgen. Pero poco había faltado para que dejara de serlo por culpa de su padrastro, que lo había intentado hasta que Gabriel forzó la puerta del dormitorio a tiempo.

Cerró los ojos, y una oleada de pura náusea la barrió por dentro. De pronto se encontraba otra vez en su habitación, pidiendo a gritos una ayuda que no había confiado en que llegaría. Su madre había salido a comprar. Gabriel estaba en el instituto. Solo que había adelantado la salida. ¡Gracias a Dios que lo había hecho!

Se estremeció de nuevo.

Wolf, que continuaba observándola, se sentía desgarrado por sentimientos contradictorios. Parte de él ardía con el monstruoso deseo de tumbarla sobre la hierba y poseerla allí mismo. Otra, más cuerda, estaba convencida de que se trataba de una actuación. Una mujer sofisticada, habituada a viajar… ¿tenía miedo de unos cuantos besos? Había estado simulando, seguro. En su coche, después de la ópera, en el parque, y ahora también allí. Tentándolo, fingiendo sentir miedo para debilitarlo. Para cuando lo tuviera a su merced, sacar los cuchillos. Exactamente lo mismo que había hecho Ysera.

Ysera. Cerró los ojos con un silencioso gruñido. La había amado. Y lo que ella le había hecho había sobrepasado toda crueldad.

Sara se había girado para volver a montar en su caballo.

—Llevo montando a caballo desde que tenía tres años —pronunció entre dientes, sin mirarlo—. Más adelante, practiqué incluso rodeo. Sé manejar a estos animales.

—Y ahora ya lo sé, ¿verdad? —Wolf le sonrió. Pero no era una sonrisa amable. Era humillante, arrogante—. Ah, por cierto, no me gustan las morenas. Tal vez hayas notado que las mujeres con las que salgo son todas rubias.

Ella no contestó.

—El truco de la virgen asustada no te volverá a funcionar —añadió él—. Tendrás que pensar en algo más original. Soy un viejo zorro, cariño. Conozco a las mujeres.

Sara sintió un escalofrío todo a lo largo de la espalda. Alzó la barbilla.

—Al margen de lo que puedas pensar, a mí no me van las tórridas aventuras amorosas —le espetó, altiva—. Y menos aún contigo.

Wolf sonrió.

—Tú te lo pierdes.

Sara tuvo que luchar contra el recuerdo de lo muy tierno que había sido con ella. No quería recordar. Empuñó con fuerza las riendas. Luego, involuntariamente, recordó lo que le había contado Gabriel sobre la madre de Wolf, y se encogió por dentro. Aquella mujer le había hecho un daño horrible, inenarrable. Y sin duda alguna había habido otra mujer que, recientemente, le había dejado otras cicatrices. Era el ser más desconfiado que había conocido nunca. Ella tampoco confiaba en la gente y, además, con él no se podía hablar. Su presencia lo disgustaba. Pero entonces, ¿por qué la había besado? No lograba entender la rapidez con que había pasado del ardor a la frialdad con ella...

Wolf estaba examinando de cerca a su caballo.

—¿Te preocupa algo? —le preguntó Sara con frialdad.

—¿Qué pasa? ¿No puedes arrancar esa escoba de bruja que tienes?

Sus ojos negros brillaron como rayos.

—¡Si tuviera una escoba, te pegaría con ella!

—Sabes perfectamente lo que haría yo si se te ocurriera algo así, ¿verdad? —su voz era profunda, aterciopelada. Sus ojos eran sensuales, al igual que aquella boca firme y bien cincelada, que le sonreía como si supiera perfectamente lo que estaba sintiendo.

Sara, a su vez, podía ver también en su mente lo que estaba pensando. Podía verlo arrancándole la escoba de las manos para estrecharla contra su pecho, bajar la cabeza y...

Tragó saliva con fuerza, obligada a luchar contra un nuevo e inquietante impulso.

—Tengo que irme a casa —dijo, y volvió grupas con elegancia.

—¿Hora de alimentar a tus monos voladores?

Fue a decirle algo, pero finalmente se mordió la lengua y se alejó al galope, toda acalorada.

A Gabriel le desagradaban las fiestas por principio, pero siempre tenía que haber una excepción. Jacobsville había convocado un acto benéfico, de apoyo al refugio de animales de la localidad. Habría un baile en el centro cívico, al que asistiría todo el mundo. Cada año se celebraban varios, y ese era el de primavera.

Sara fue con su hermano. Michelle pronto regresaría a casa, pero había tenido una entrevista de trabajo en San Antonio, de manera que había preferido quedarse el fin de semana allí, en el apartamento que tenía allí Sara. Como resultado, estaban los dos solos en el baile.

Se había dejado la melena suelta, que le caía densa y negrísima hasta la cintura. Lucía un vestido largo, blanco, que favorecía su cutis levemente aceitunado a la vez que resaltaba sus ojos negros. Y se adornaba con un pequeño collar de perlas con unos pendientes a juego.

Estaba deslumbrante. De una belleza exquisita.

Wolf Patterson la odiaba especialmente con aquel vestido. Recordaba que Ysera había llevado uno igual cierta noche que salieron de copas por Berlín. Al final de la velada, él se lo había quitado. Ella lo había seducido, le había susurrado lo mucho que lo deseaba. Y luego lo había humillado, se había reído de él, lo había ridiculizado.

Sara advirtió en aquel momento la expresión de su rostro y no entendió nada. Desvió la vista y sonrió a un hombre mayor que ella, un ganadero que parecía haberse presentado solo al baile.

—Una jovencita como tú no debería perder el tiempo con un granuja como yo —se burló—. Deberías salir a la pista y bailar.

Ella sonrió tristemente, con un refresco en la mano.

—Yo no bailo —sí que bailaba, pero no soportaba acercarse a Wolf. Ya no.

—Eso sí que es una pena. Deberías pedirle a nuestro jefe de policía que te enseñara —el ganadero se rio entre dientes mientras señalaba a Cash Grier, que se hallaba en la pista con su bella esposa, la pelirroja Tippy, bailando de maravilla un vals.

—Tropezaría yo sola y mataría a alguien —replicó ella, riéndose.

—Hola, Sara —la saludó en aquel instante uno de los hombres de Eb Scott.

Lo conocía. Gabriel lo había invitado a la casa un par de veces. Era alto y moreno, muy guapo, de luminosos ojos verdes.

—¿Bailas conmigo?

—Lo siento —declinó ella con una sonrisa—. Yo no bailo…

—Eso es una tontería. Yo puedo enseñarte. Vamos —le quitó la copa para dejarla a un lado y le tomó la mano.

Ella reaccionó mal. Dio un respingo y retrocedió, ruborizada.

—Ted, no —dijo con tono cortante, resistiéndose.

Ted había tomado al menos una copa de más. No se daba cuenta de lo que le estaba haciendo.

—¡Oh, vamos! ¡Si no es más que un baile!

De repente, Wolf Patterson lo agarró del cuello de la chaqueta para apartarlo bruscamente de Sara.

—Te ha dicho que no quiere bailar —le recordó con una actitud lo suficientemente amenazadora como para que Ted recuperara la sobriedad. Afortunadamente se hallaban en un rincón de la sala, con lo que no llamaron la atención de nadie. Sara ya se sentía suficientemente avergonzada.

—Vaya. Perdona, Sara —se disculpó Ted, ruborizado, y miró a Wolf Patterson, cuyos ojos brillaban como el hielo.

—No hay problema —repuso ella con voz ronca. Pero le temblaban las manos.

Ted esbozó una mueca, asintió con la cabeza en dirección a Wolf y se esfumó.

Sara tragó saliva. Una, dos veces. Seguía temblando. Cualquier clase de contacto mínimamente brusco con un hombre, por inofensivo que fuera, bastaba para hacerle perder el control.

—Ven conmigo —le pidió Wolf en voz baja, y se hizo a un lado, señalándole una puerta lateral.

Ella lo siguió fuera del edificio. Hacía una noche fría y ella tenía su abrigo en el guardarropa, con los demás.

Wolf se quitó entonces la cazadora y se la echó sobre sus hombros desnudos. Estaba caliente. Despedía un aroma masculino.

—Te enfriarás —protestó Sara.

Pero él se hundió las manos en los bolsillos, encogiéndose de hombros.

—No soy friolero.

Se quedaron mirando la ancha pradera que se abría al final de la zona boscosa que envolvía el centro cívico. El silencio era absoluto, salpicado únicamente por los lejanos aullidos de un perro. Podían verse el uno al otro gracias al resplandor de la luna en cuarto creciente.

—Gracias —le dijo ella sin mirarlo.

Wolf soltó un profundo suspiro.

—Estaba bebido. Se disculpará contigo la próxima vez que te vea.

—Sí.

—Tienes un problema serio con los hombres —comentó él al cabo de un rato.

—No, yo...

Se volvió rápidamente hacia ella. Y ella dio un respingo y retrocedió un paso, sin poder evitarlo.

—¿Ah, no? —Wolf soltó una fría carcajada.

Sara se mordió el labio inferior y bajó los ojos.

—Piensas que puedes superar las cosas —le confesó de pronto con tono deprimido—. Pero el pasado siempre lo llevas contigo. No puedes escapar de él, por muy rápido o muy lejos que huyas.

—Eso no lo dudes —reconoció él con amargura.

—Siento haber reaccionado como lo hice.

—Tú me recuerdas a ella —la interrumpió—. Era muy bonita, también. Morena, ojos negros, tez aceitunada... —vaciló de pronto—. ¿Te recuerdo yo al hombre que te hizo daño? —le preguntó bruscamente.

—Era rubio —explicó ella, insegura.

—Entiendo.

Sara cerró los ojos.

—Gabriel se niega a contarme una sola palabra sobre ti —le reveló él.

—Pues en eso estamos empatados. Porque él tampoco piensa decirme nada sobre ti.

—Sientes curiosidad por mí, ¿verdad? —Wolf forzó una débil carcajada.

—No… de esa manera —repuso Sara por lo bajo.

—¿De veras? —él se acercó un poco más—. Allá, en la pradera, me devolviste el beso.

—Me tomaste… —se ruborizó— por sorpresa.

—¿Cuánta experiencia tienes en realidad? —le preguntó él, brusco—. Esa inocencia tuya, ¿es una actuación? ¿Una técnica para desarmar a un hombre y despertar su instinto protector?

Ella se envolvió mejor en su cazadora.

—Yo vivo en mi mundo interior —reconoció al cabo de un rato—. No… no necesito a los demás.

—Yo siento lo mismo, también, la mayor parte del tiempo. Pero luego están esas largas y vacías noches… que solo puedo superar si tengo a una mujer al lado.

El rostro de Sara se encendió.

—Qué afortunada será entonces esa mujer… —masculló.

Wolf alzó una mano, muy lentamente, para apartarle un largo y sedoso mechón de la cara.

—Y que lo digas. Soy un amante muy tierno —dijo con tono suave.

Retrocedió un paso, nerviosa. No le gustaban las imágenes que estaban empezando a asaltar su mente.

—Sara, ¿te encuentras bien? —le preguntó de repente Gabriel desde el umbral de la sala.

Ambos se volvieron para mirarlo.

—Sí —respondió ella.

—Deberías entrar —lanzó a Wolf una elocuente mirada—. Hace frío.

—Enseguida —le prometió.

Gabriel asintió con la cabeza y volvió a entrar, reacio.

—Tu hermano no me quiere cerca de ti —le dijo Wolf.

—Sí. Él me contó que tú… —se ruborizó al recordar lo

que Gabriel le había dicho acerca de que Wolf se mostraba agresivo con las mujeres a las que deseaba—. Que tenías un pasado que aún no habías superado.

—Como tú —replicó él.

Sara asintió.

—Me dijo también que los dos podíamos hacernos mucho daño.

—Y tiene razón —reconoció Wolf, entornando sus ojos oscurecidos—. Pasado un cierto punto, ya no sería un amante tan tierno. Y creo que es precisamente la violencia lo que más te aterroriza.

—Yo no puedo... hacer eso —le confesó de pronto.

—¿Hacer el qué?

—Dormir... con alguien.

La expresión de Wolf se endureció.

—Entonces no deberías enviar señales de que estás disponible, ¿no te parece?

—¡Yo no he hecho eso!

—Dejarte abrazar como si fueras una muñeca y entregarme tu boca... —pronunció en voz baja, vibrante y sensual, para luego inclinarse hacia ella con tono cómplice—. Eso es una señal.

—Me tomaste por sorpresa —le espetó ella.

—A ti no te gusta que los hombres se te acerquen —le dijo él, como si estuviera reflexionando en voz alta—. Ted te dio miedo. Pero te gusta que te toque yo, Sara.

—Yo... ¡no!

Wolf alzó un dedo hasta su deliciosa boca y delineó su contorno en un gesto lento y sensual que la hizo temblar.

Se acercó un poco más, contemplando cómo levantaba su rostro hacia él sin poder evitarlo, mientras sentía la rápida, involuntaria caricia de su aliento.

—Tu hermano tenía razón —susurró al tiempo que inclinaba la cabeza. Acarició con la boca sus labios entreabiertos, rozándolos apenas, tentador—. Soy mucho más peligroso de lo que parezco.

Sara quiso apartarse. Lo hizo, de hecho. Pero la sensación de su cercanía, el seductor calor de su boca, tan querido y familiar, la volvió atrevida. Nunca había querido realmente que la besara un hombre. Pero le encantaba que lo hiciera Wolf. Él conseguía ahuyentar los malos recuerdos.

Sus dedos subían y bajaban en aquel momento por su largo cuello, trazando pequeños y sensuales dibujos mientras continuaba acariciando sus labios con los suyos.

—Podrías convertirte en una adicción —susurró él—. Eso podría ser lo peor que pudiera hacerte.

Sara abrió los ojos a tiempo de ver el duro brillo de su mirada.

—Hablo en serio —añadió con voz áspera—. Odio a las morenas. Yo no querría tomar venganza de una antigua ofensa con alguien como tú, pero existe la posibilidad de que no lograra evitarlo —le dio un beso duro y rápido—. A ella le gustaba volverme loco en la cama, para luego reírse de mí cuando yo perdía el control.

Sara contuvo el aliento ante las imágenes que aquella confesión suscitó en su mente.

—Estoy seguro de que ella no sentía para nada lo mismo. Pero lo fingía, al principio. Me contó que era virgen. Incluso se comportaba como si lo fuera… —se apartó bruscamente de Sara. Le brillaban los ojos—. Hacía lo mismo que tú —masculló por lo bajo—. Retraerse para provocarme, y fingir después que yo había destruido sus defensas, que yo no era como los otros hombres, que la asustaban.

Sara estaba empezando a comprender lo que le había dicho Gabriel. De repente experimentó una sensación de pérdida, de vacío. Aquel hombre estaba todavía más roto que ella.

—¿Has hecho terapia alguna vez? —le preguntó, triste.

—Terapia —Wolf soltó una carcajada—. Durante dos años,

esa mujer se reía de mí cada vez que me echaba a sus brazos, obligándome a que le mendigara un poco de satisfacción. ¿Qué clase de maldita terapia podría curar eso? —replicó él con voz ronca.

Sara esbozó una mueca.

—Por eso salgo con rubias. No me despiertan malos recuerdos y puedo hacerles perder el control, hacer que ellas me supliquen a mí —sonrió con expresión triste—. Es como una compensación.

Se sintió enferma por dentro. Wolf le haría eso mismo a ella, si alguna vez llegaban a relacionarse. Le haría pagar todas esas cicatrices que aquella otra mujer le había dejado. Solo entonces tomó conciencia de que lo que sentía por él era algo completamente diferente de lo que había sentido con otros hombres.

—¿Te he sorprendido? Pareces en estado de shock —comentó él, sarcástico.

—Sí —reconoció Sara en voz baja—. Yo... nunca he... Bueno, eso no es del todo cierto —bajó la mirada—. Mi padrastro intentó... poseerme. Era un hombre brutal y violento. Hubo un juicio... y yo tuve que testificar contra él. Fue a la cárcel.

—¿Lo provocaste? —le preguntó Wolf, fríamente—. ¿Le volviste loco hasta que no pudo contenerse?

¿Por qué había pensado que él habría podido reaccionar de manera diferente a los otros hombres? Se rio para sí misma, irónica. Luego se quitó la cazadora y se la devolvió.

—Claro. Seguro que eso fue lo que hice —replicó—. Tuvo que ser culpa mía.

Wolf no podía verle el rostro. No se dio cuenta, por tanto, de que estaba siendo sarcástica.

—Pobre diablo. Puedes estar segura de que no te daré la oportunidad de que lo intentes conmigo.

—Señor Patterson —le dijo, volviendo a utilizar un tono formal para mantener las distancias—, jamás se me pasaría por la cabeza que fuese usted a ser tan estúpido. Y ahora, si me disculpa...

Pasó de largo a su lado y regresó a la sala del centro cívico. Encontró a Gabriel de pie junto a la mesa del ponche. Conservaba la compostura, pero estaba muy pálida.

—Por favor, me gustaría irme a casa —dijo con tono dolido.

Gabriel miró por encima de su cabeza y se encontró con la fría expresión de Wolf Patterson. Fulminó a su amigo con la mirada. Sara parecía como si no pudiera esperar más.

—Sí —le dijo—. Vamos.

Sara preparó café. Se sentaron en la cocina a tomarlo.

—¿Qué te dijo?

—Lo de siempre —Sara suspiró—. Pero me habló de aquella mujer.

—¿Ysera?

Ella alzó la vista.

—¿Es ese su nombre?

Gabriel asintió con gesto sombrío.

—La odiábamos. Sabíamos lo que le estaba haciendo, pero es imposible apartar a un hombre de la mujer de la que está enamorado —frunció el ceño—. Nunca se lo ha contado a nadie. Ni siquiera a mí. Yo lo sé por una chica que trabajaba con ella. Esa chica pensaba que estaba mentalmente trastornada. No puedo por menos que estar de acuerdo con eso.

—Él me citó su caso para ahuyentarme —le confesó ella. Sacudió la cabeza—. No puedo imaginarme a un hombre soportando eso.

—La amaba —repuso Gabriel.

Sara suspiró profundamente y bebió un sorbo de café.

—Me dijo que dudaba que cualquier terapia pudiera ayudarlo.

—¿Qué más te dijo?

Sara soltó una amarga carcajada.

—Que suponía que yo seduje a mi padrastro hasta que se volvió loco por mí.

—¡Le romperé el maldito cuello!

—¡No! —le prohibió ella, tirándole de la manga para obligarlo a sentarse de nuevo—. Él no sabe nada sobre mí.

—¡Tenías trece años! Eras una niña, y mucho más inocente que las otras niñas de tu edad. Estuvo meses enteros detrás de ti, acosándote.

—¡Yo no te conté eso! —exclamó ella, avergonzada.

—El fiscal me lo dijo. Estaba lívido. En su opinión, deberían ejecutar a los agresores de casos como esos.

Sara bajó la mirada a la mesa.

—Yo ya no tengo paz. Tengo pesadillas —sonrió, triste—. Está ese hombre con el que juego al WoW, al World of Warcraft —recordó—. Él dice que también sufre pesadillas. Por supuesto ese jugador podría ser un hombre, una mujer o un niño, en realidad no lo sé, pero él… me proporciona paz. Esa paz de la que carezco. Nos llevamos muy bien juntos. Me comentó que no podía escapar de su pasado. Sé lo que se siente.

Gabriel no se atrevió a revelarle que su compañero de WoW no era otro que Wolf Patterson. Aquel jugador parecía ser la única persona en quien su hermana confiaba de verdad, aparte de él mismo. Ese videojuego era uno de los escasos elementos de felicidad de su triste vida. Y quizá fuera lo único que Wolf tenía, también.

—¿Sabes quién es ese compañero de juegos en el mundo real? —le preguntó, simulando un tono de naturalidad.

—Oh, no. Ni quiero saberlo —añadió Sara—. El videojuego no es como la vida real. Simplemente nos divertimos jugando juntos, como niños —se echó a reír—. Es tan divertido… Yo no tengo amigos, ya lo sabes. Pero a él sí que lo tengo como amigo. Podemos hablar. No es que entremos en detalles, pero es una persona bondadosa.

—Como tú.

Sara sonrió.

—Procuro serlo.

—Sara, ¿entiendes ahora por qué te dije que no podías permitir que Wolf se acercara a ti?

Ella asintió.

—Alguien me dijo que Ted insistió mucho en bailar contigo —le espetó, brusco.

—Sí. Intentó arrastrarme hasta la pista de baile —explicó, inquieta—. Patterson lo agarró del cuello y casi lo lanzó contra la pared —se estremeció—. Da mucho miedo cuando pierde la paciencia.

—Eso es porque nunca la pierde —repuso Gabriel—. Es el típico hombre al que nadie querría hacer enfadar. Bueno, si eres un hombre, quiero decir. Nunca le he visto pegar a una mujer —la estudió—. Con Ted... ¿se mostró agresivo?

—Sí.

Gabriel no quiso expresar la suposición evidente, que por otro lado estaba a la vista. Ted había estado intentando acercarse a Sara, y Wolf se había mostrado muy protector con ella. ¿Estaba celoso? Era posible.

—Esto nunca terminaría bien —dijo Gabriel, reflexionando en voz alta.

—¿Te crees que no lo sé? —le preguntó ella—. Él incluso me dijo que... de alguna manera se venga con otras mujeres por lo que le hizo aquella morena —explicó, ruborizada.

—Wolf nunca habla de eso con nadie —repitió su hermano—. ¿Cómo es que te lo contó a ti?

—Yo tampoco lo entiendo —le confesó ella—. Odia a las morenas.

—Tienes que asegurarte de que no se aficione demasiado a ti —le aconsejó Gabriel con tono firme.

Sara asintió. Estaba recordando lo que había sentido al besarlo, y no quería. No se atrevió a confesarle a su hermano hasta qué punto su relación con Wolf se había vuelto física.

—No te preocupes —le dijo con tono suave, y sonrió—. No tengo tendencias suicidas.

Al cabo de unos pocos días, tuvo ocasión de recordar aquellas palabras.

CAPÍTULO 4

Sara estaba pasando por delante del rancho de Wolf Patterson a primera hora de la tarde del domingo, de camino a casa después de comprar el pan en el supermercado, cuando distinguió una gran forma oscura tendida en medio de la carretera.

Frenó de golpe justo a tiempo de no arrollarlo: se trataba de un enorme rottweiler. Estaba todo ensangrentado.

Aparcó en el arcén. Por desgracia no había tráfico, de manera que nadie podía ayudarla. Examinó al perro. Era enorme, pero quizá pudiera levantarlo. Si lograba meterlo en su coche, podría llevarlo al veterinario. Confiaba en que no la mordiera. Tendría que arriesgarse: lo que no podía hacer era quedarse allí de brazos cruzados. Se agachó, hablándole en voz baja y acariciándolo con ternura.

—Pobrecito... —susurró, y deslizó las manos bajo su pecho para levantarlo.

Llevaba un suéter amarillo y pantalones negros. Se manchó de sangre el suéter mientras se esforzaba por levantar al enorme animal. Justo en aquel momento oyó un vehículo acercándose y volvió a dejarlo en el suelo. Corrió hacia la camioneta, agitando frenéticamente los brazos.

—¿Qué diablos...? —exclamó Wolf Patterson, bajándose rápidamente. Vio enseguida que Sara estaba cubierta de sangre y experimentó una punzada de miedo. ¿Había resultado herida?—. ¡Sara!

Fue entonces cuando descubrió a Hellscream, tendido en la carretera.

—¿Qué ha pasado? Es mi perra.

—No lo sé. Estuve a punto de arrollarla cuando la vi tendida en la carretera. ¡Alguien tuvo que haberla atropellado y salir luego huyendo! ¡Maldito sea quien lo hizo! Yo intenté levantarla con la idea de meterla en mi coche y llevarla al veterinario, pero pesa demasiado…

—Yo la llevaré —dijo él, y los miró a Sara con los ojos entrecerrados por la sorpresa—. Tienes el suéter empapado de sangre.

—Ya me lo lavaré —repuso ella—. ¡Oh, date prisa! ¡Está sufriendo mucho!

Rápidamente Wolf acomodó a la perra en al asiento del copiloto de su camioneta y partió a toda velocidad.

Sara se duchó y puso su ropa a lavar. Esperaba que la perra se encontrara bien. Gabriel había ido a ver a Eb Scott. Ojalá hubiera estado en casa: de haber sido así, le habría pedido que llamara a Wolf para preguntar por el animal. Todavía se sentía demasiado intimidada para hacerlo por sí misma.

Se hallaba sentada a la mesa de la cocina tomando café cuando oyó llegar un coche.

Fue hacia la puerta, para asomarse por la reja del portal, y descubrió a Wolf Patterson subiendo los escalones del porche.

Llevaba la ropa de trabajo del rancho: tejanos, camisa de cambray, sombrero Stetson negro y botas de cuero que habían conocido mejores días. Y unos amplios zahones por encima de los tejanos.

Abrió la puerta antes de que llegara a llamar.

—¿Qué tal está? —le preguntó,

Wolf asintió con la cabeza.

—Se pondrá bien. Es domingo y la plantilla libraba, así que tuve que ayudar al doctor Rydel a sujetarla mientras le limpiaba y cosía las heridas. El golpe fue en una pata. El médico dice que se recuperará —pareció vacilar—. Gracias por detenerte para ayudarla.

—Yo nunca habría dejado a un animal herido en la carretera.

—Pues alguien lo hizo. Y averiguaré quién fue —añadió él con frialdad.

Mirando aquellos ojos claros tan penetrantes, Sara no pudo por menos que alegrarse de no haber sido la persona que dejó a aquel perro sangrando en la carretera.

—¿Te... te apetece un café? —le preguntó.

—Sí. ¿Está Gabe?

—Fue a ver a Eb Scott, pero volverá pronto. ¿Necesitabas verlo?

—Sí. Lo esperaré, si te parece bien.

—Por supuesto.

Sara sirvió una taza de café y él se sentó a horcajadas en una silla. La siguió luego con la mirada mientras se movía por la cocina para recoger la leche y el café, que dejó sobre la mesa.

—¿Tú cocinas? —le preguntó de pronto.

Ella se rio por lo bajo.

Wolf estaba mirando la fila de libros de recetas que había sobre la encimera.

—¿Cocina francesa?

—Me gusta la repostería francesa —le dijo—. Como nunca hemos vivido lo suficientemente cerca de una gran ciudad para comprar esa clase de pasteles, aprendí a hacerlos. A mi padre le encantaban los *éclairs* —evocó con una triste sonrisa.

—¿Cocinaba tu madre?

Su expresión pareció cerrarse de golpe.

—¿Tomas leche y azúcar con el café?

Wolf contempló con ojos entrecerrados su semblante repentinamente pálido. Sacudió la cabeza.

—Tu madre te culpó de lo sucedido —adivinó.

Sara se sentó entonces, agarrando su taza con las dos manos.

—Sí.

—Te vería como una rival, supongo.

Lo dijo como si pensara que Sara había sido ya una joven adulta cuando sucedió aquello. Pero era un tema demasiado doloroso para hablarlo.

—Me odiaba. Nunca más volví a verla, tras el juicio. Murió algún tiempo después.

Wolf se llevó su taza a los labios y arqueó una ceja.

—Una herradura podría flotar aquí dentro —comentó, irónico.

Ella forzó una sonrisa.

—Me gusta el café bien fuerte.

—A mí también —bebió otro sorbo—. Mi madre empezó a rechazarme cuando yo tenía unos cuatro años. Odiaba a mi padre. Yo tuve la mala suerte de parecerme a él.

Sara no le dijo que Gabriel ya le había contado aquella parte de su pasado.

—Lo siento. Yo nunca supe verdaderamente lo que es el amor de una madre. La nuestra nunca nos dio mucho.

Wolf empezó a girar el tazón entre los dedos.

—Ni yo.

—¿Vive todavía?

La mirada que él le lanzó fue terrible.

—No lo sé. Ni me importa.

Sara suspiró.

—Yo sentiría lo mismo, si la mía siguiera viva.

Wolf bebió otro sorbo de café.

—Ese suéter que llevabas parecía condenadamente caro —comentó él al cabo de un rato—. Pese a ello, no dudaste en levantar a Hellie y mancháretelo.

—¿Es ese su nombre? ¿Hellie? —inquirió Sara con una sonrisa.

Wolf asintió. No añadió que era el diminutivo de Hellscream. Pensó que ella tampoco entendería la referencia, de todas formas. Hellscream era un orco macho de su videojuego: se le ocurrió que sería divertido ponerle ese nombre a su perra. Detestaba a Hellscream como líder que era de las fuerzas de La Horda.

—La compré cuando me vine aquí. Tiene tres años. Es mi chica favorita —añadió con una sonrisa, una de las pocas sonrisas que ella había llegado a ver en su rostro de rasgos duros.

Se quedó estudiando el dorso de sus manos. Estaba surcado de pequeñas cicatrices.

Él alzó una ceja.

—¿Hay algo que quieras preguntarme?

—Dijiste un día que te habías hecho cicatrices en las manos de cuando estuviste rapelando desde helicópteros en el FBI —le recordó ella.

—Sí.

—¿Pero entonces cómo puedes hacerte cicatrices en el dorso de las manos cuando estás rapelando? Además, llevarías guantes, ¿no?

Sus ojos habían adquirido una extraña expresión.

—Eres muy observadora.

—Lo que quiere decir que no piensa usted decirme nada, señor Patterson.

Wolf buscó su mirada y después desvió la vista. A veces se mostraba tan irritantemente formal con él... Bueno, ella era joven y él no. Treinta y siete años contra veintipocos. Eso le hacía sentir una especie de frío por dentro, todos aquellos años que los separaban. Incluso aunque se sintiera tentado de relacionarse con ella, cosa que era un hecho, ella era demasiado joven para un hombre con tanto pasado como él. Por no hablar de que tenía amistad con su hermano. No, no podía permitirse liarse con ella. Era una mujer misteriosa, y al parecer había seducido a su propio padrastro. Podía hacerse la inocente, pero... ¿lo era de verdad? Ysera había intentado aquel truco con él. No confiaba en las mujeres. Muchas eran unas seductoras mentirosas...

—Tú nunca te quedas aquí en el rancho cuando Gabe está de viaje, ¿verdad? —le preguntó con tal de romper el incómodo silencio.

—No —reconoció ella—. Me pongo... nerviosa si estoy sola por las noches.

—Tienes un apartamento en San Antonio, ¿no? Allí también estás sola.

—Allí tengo vecinos a los que conozco bien —replicó Sara—. Pero aquí, en el campo, estoy solo yo —tragó saliva—. Gabriel tiene enemigos. Uno de ellos fue a por mí, hace ya tiempo. Tuve suerte de que Gabriel estuviera presente en ese momento.

Wolf frunció el ceño. No se le había ocurrido que el trabajo de Gabe pudiera ponerla a ella en peligro. Pero, por supuesto, era lógico. Él también tenía enemigos personales. Uno había intentado matarlo, aunque no había podido por menos que preguntarse si no lo habría enviado la propia Ysera. Ella le había jurado venganza cuando él la denunció a las autoridades.

Bajó la mirada a la blusa azul de seda que llevaba, con botones de perlas a lo largo de la pechera. Debajo podía distinguir el dibujo de sus senos, firmes y erguidos. Experimentó una punzada de deseo.

—¿Podrías... podrías no hacer eso, por favor? —le pidió ella, cruzando los brazos sobre el pecho.

Él se recostó en la silla y se limitó a mirarla. Sus ojos claros parecían reflejar todo un mundo de sensual sabiduría.

—A veces parece como si fueras dos personas diferentes —le comentó—. Una atrevida y exaltada, y la otra nerviosa y vulnerable.

—Todos tenemos aspectos muy diferentes de nuestra personalidad, supongo. ¿Más café? —le preguntó ella, por decir algo.

Wolf asintió. Su mirada era calculadora, pero Sara no se dio cuenta hasta que fue demasiado tarde. Cuando ella se estiró para recoger su taza, él la agarró y fue a sentarla suavemente sobre su regazo.

—No pesas nada —le dijo con voz profunda y suave, aterciopelada. Su mano grande se apoderó de su mejilla, obligándola a ladear la cabeza para poder contemplar sus negros ojos. Eran enormes en aquel rostro tan bello, tristes y llenos de aprensión—. Tu hermano vendrá en cualquier momento —le recordó.

Así era. Pero la preocupaba lo que pudiera suceder entre tanto. Apoyó una mano sobre su ancho pecho, y tropezó de pronto con el espeso vello que asomaba por el cuello abierto de la camisa. Con el aliento contenido, intentó retirar la mano.

Pero él se la agarró y la introdujo aún más profundamente en la abertura, mirándola a los ojos mientras apretaba sus largos y fríos dedos contra su vello. Ella se estremeció ligeramente ante aquel contacto tan íntimo. Bajo el vello, podía tocar el músculo duro, cálido. Su corazón latía rápidamente, como el suyo. Se dijo que debería protestar y apartarse de él...

Pero antes de que pudiera hacerlo, él le acarició el labio inferior con el pulgar, separándoselo del superior. Le arrancó otro estremecimiento.

Resultaba obvio para Wolf que no había tenido un amante que supiera lo que hacer con ella. Nunca. Y él no debería estar tocándola en aquel momento, por supuesto. Con eso solamente iba a conseguir empeorar las cosas.

Mientras reflexionaba sobre ello, inclinó la cabeza en un impulso y le acarició los labios con los suyos, entreabriéndoselos con ternura. Fue como el día aquel de la pradera, cuando la desmontó del caballo, aterrado de que pudiera matarse. Desde entonces no había sido capaz de quitarse su tímida reacción de la cabeza. Aquel recuerdo lo había perseguido.

Una vez más se recordó que aquella inocencia podía ser fingida. Ysera le había enseñado eso.

Deslizó los dedos arriba y abajo por su largo cuello, haciéndole contener el aliento, mientras su boca continuaba explorando sus suaves labios.

Era un hombre roto. Y ella también, en cierta manera. Quizá su padrastro la hubiera maltratado. Frunció el ceño cuando recordó que ella había mandado a un hombre a prisión por haber mantenido relaciones íntimas con él. Aquello lo llenaba de inquietud.

Alzó la cabeza y contempló sus ojos fascinados, bien abiertos. Entrecerró los suyos conforme el calor empezaba a extenderse por todo su cuerpo. Había pasado mucho tiempo desde la última vez. Demasiado. La deseaba. Y se detestaba a sí mismo por ello.

Su ancha mano bajó hasta cerrarse sobre un seno. Acarició el pezón con el dedo índice hasta que lo sintió duro, y percibió la tensión de todo su cuerpo.

Fue entonces cuando se perdió. Se apoderó de su boca, febril: sabía a miel. Su cuerpo se había vuelto cálido y blando en sus brazos. La volvió hacia sí, de manera que sus senos quedaron apretados contra su pecho. Gruñó por lo bajo, inflamado de deseo.

Sara quería protestar. Pero la sensación de su boca contra la suya la estaba embriagando... Se aferró a él, gimiendo suavemente mientras sentía cómo su cuerpo empezaba a despertarse. Nunca había experimentado nada parecido, nunca había deseado tanto sentir la boca de un hombre sobre la suya, exigente, insistente. Ni siquiera tenía miedo. Era un comienzo.

Wolf se levantó entonces, con ella en sus brazos. Una especie de relámpago azulado brillaba en sus ojos. En aquel momento era incapaz de pensar en otra cosa que no fuera su propio desahogo. Se dio cuenta de que podía tumbarla en el sofá del salón y tenderse sobre ella. Podía arrancarle los tejanos y penetrarla, duro y rápido, hacerle gritar de placer.

Solo que estaban a plena luz del día, y podía ver también el rostro burlón de Ysera, riéndose de él… «Eres un flojo», se había burlado ella cada vez que él se había rendido a sus brazos. Un flojo que no podía dominar su deseo, que se ridiculizaba a sí mismo cada vez que su rostro se volvía tenso de necesidad, anhelante de alcanzar su propia satisfacción…

Se estremeció.

Sara llegó a ver aquellas pesadillas en sus ojos claros. Que la levantara en brazos la había llenado de inquietud, temerosa de lo que pudiera pretender. Estaban solos, y en realidad no estaba del todo segura de que Gabriel fuera a volver. Nunca había intentado mantener relaciones íntimas con nadie. Tenía sus razones para estar completamente incapacitada para ello, y una era muy física. Una razón que no deseaba compartir con nadie, especialmente con un hombre como Wolf Patterson.

Pero el nerviosismo la abandonó cuando alzó la mirada hasta sus ojos. Tenía una expresión atormentada. Olía tan bien, a un aroma tan limpio y tan masculino, como si se hubiera duchado justo antes de presentarse allí… Pensó que debía de haberlo hecho, porque él también se había manchado de sangre cuando recogió al perro.

En aquel momento, sin embargo, su expresión era de verdadera angustia.

—Tranquilo —le dijo con tono suave, y alzó una mano para acariciar la áspera mejilla—. No pasa nada —musitó.

Él se estremeció. Apretó la mandíbula.

—¡Maldita sea! —masculló.

La sentó en la silla y abandonó de golpe la casa. Sara oyó el portazo. Pero no el motor de su coche al arrancar.

No entendía sus propias reacciones hacia Wolf. Sentía una especie de afinidad hacia él, como si compartieran secretos que nunca podrían compartir con nadie. Comprendió que esa vez no iba a marcharse. Ignoraba por qué lo sabía, pero estaba segura.

Y así fue, ya que al cabo de pocos minutos regresó. Llevaba calado el sombrero hasta las cejas. Su mirada era fría como el hielo.

De vuelta en la cocina, se quedó plantado ante ella, mirándola.

—No necesito piedad, ni compasión, ni ninguna otra cosa de ti.

—Ya lo sé —repuso ella en voz baja. La compasión brillaba en sus ojos. Entendía su furia y su dolor: había vivido con ambos el tiempo suficiente como para reconocerlos—. Siéntate. Te he servido más café.

—¿Sabías que volvería? —murmuró con punzante sarcasmo.

Sara soltó un profundo suspiro.

—A veces, lo más terrible de estar roto es que no puedes decírselo a nadie —comentó ella, con la mirada clavada en su tazón de café—. Ni siquiera Gabriel lo sabe todo. No... no pude decírselo.

Wolf sintió entonces una especie de conexión especial con ella, un parentesco que no tenía nada que ver con la sangre. Se quitó el sombrero, lo lanzó sobre una silla vacía y volvió a sentarse a horcajadas en la silla, ante su tazón de café. Un dolor sordo brillaba en sus ojos.

—¿Cuánto tiempo estuviste con ella? —le preguntó Sara, ofreciéndole la oportunidad de poder hablar.

Wolf bebió un trago de café.

—Tres años —respondió en voz baja—. Ella estaba con otro hombre de mi unidad, pero lo dejó por mí. Al principio, fue algo halagador. Ella era... extraordinariamente bonita. Tocaba el piano, hablaba varios idiomas, cantaba... Yo había estado con mujeres. Pero ella era sofisticada, especial. Sabía más que yo. Nunca había estado con alguien tan desinhibido.

A Sara le dolió escuchar aquello. Estaba más que sorprendida, pero se las arregló para disimularlo.

—Al principio, fue algo embriagador —le confesó, sin mirarla—. Yo me metí de cabeza en la relación. No pensaba más que en ella. Me enamoré. Y estaba seguro de que ella sentía lo mismo. Ella siempre estaba haciendo cosas por mí, me hacía regalos, y en la cama era como el sueño más erótico de todo hombre —soltó un lento suspiro—. Yo nunca había hecho el amor con la luz encendida —apretó los dientes—. Tenía inhibiciones. Un par de casas de acogida en las que estuve viviendo eran profundamente religiosas. Me educaron en el concepto de que el placer sensual era un pecado. Algo que solamente podía hacerse en el matrimonio. E Ysera era un placer muy culpable.

Sara escrutó su expresión. Parecía tornarse más duro conforme los recuerdos lo iban llenando de tristeza.

—Quería verme alcanzar el orgasmo. Mirarme a los ojos mientras me corría. Eso fue lo que me dijo una noche —miró de repente a Sara y casi tuvo que reprimir una carcajada al ver su expresión—. ¿Qué pasa? ¿Estoy siendo demasiado directo? —le preguntó con tono suave.

Ella tragó saliva. Se ruborizó, pero negó con la cabeza.

—No puedes hablar de esto con nadie más, ¿verdad?

—Así es —reconoció Wolf entre dientes.

—Lo que pasa es que yo… no sé mucho de eso. Pero estoy dispuesta a escucharte.

Wolf se preguntó hasta qué punto sería eso cierto. Parecía sinceramente avergonzada, pero él tenía que hablar de ello. Por dentro, el pasado le supuraba como una herida.

—Así que una noche dejé las luces encendidas. Ella me miró justo… en aquel momento. Y empezó a reírse de mí —cerró con fuerza los dedos alrededor del tazón de café—. Y cuanto más me excitaba yo, más me humillaba ella. Cuando todo terminó, se rio como un demonio y me dijo que había estado ridículo.

Sara esbozó una mueca de dolor.

Él se dio cuenta de ello. Bebió otro sorbo de café. Se quemó la garganta, pero apenas lo notó.

—Por supuesto, se disculpó después. Me dijo que era demasiado inocente, y que no se había dado cuenta del daño que me había hecho al reírse. Me prometió que no volvería a hacerlo. Pero lo hizo. Una y otra vez. Me excitaba hasta un punto de locura para luego encender las luces y reírse de mí cuando más vulnerable me encontraba —cerró los ojos, ajeno a la compasión que se dibujaba en el rostro de Sara—. Irónicamente, cuanto más daño me hacía, más la deseaba yo. Podía encenderme con mayor facilidad de lo que lo había hecho ninguna otra mujer nunca. Es imposible de explicar —suspiró profundamente y bebió más café. El recuerdo de aquel dolor crispaba su rostro—. El ego de un hombre es su punto débil. No nos gusta mostrarnos tan vulnerables. Aprendí a odiarla. Pero… no podía renunciar a ella. No podía dejar de desearla. Entonces…

Pareció vacilar. Sara le cubrió una mano con la suya.

Bajó su tazón de café y le rodeó los dedos con los suyos. El inesperado consuelo que ese gesto proporcionó a Wolf hizo que le resultara más fácil seguir hablando de ello.

—Estábamos en una zona peligrosa, en las afueras de un recinto militar en una nación africana desgarrada por la guerra. Habíamos recabado información sobre un líder rebelde que estaba torturando a mujeres muy jóvenes. Ysera dijo que sabía quién era. Sacó un mapa e hizo que uno de sus informantes nos llevara directamente hasta la puerta de su residencia —volvió a cerrar los ojos, estremecido—. Nos dijo que el tipo estaba fuertemente armado y que además sabía que íbamos. Y que, si no actuábamos con contundencia, no tendríamos ninguna posibilidad. Así que lo hicimos.

Le apretó los dedos con fuerza, pero ella no dijo una sola palabra. Simplemente esperó.

—Entramos en la casa disparando, y matamos a un hombre, a su esposa… a su hijo de tres años.

Sara se quedó sin aliento.

—Fue una venganza. Era un hombre atractivo. Ysera había andado detrás de él, pero él no había querido saber nada de ella. El tipo le dijo que su mujer valía diez veces más. Aquello la enfureció. Y se vengó.

Tenía una expresión terriblemente desconsolada. Sara se levantó de la silla y lo acercó hacia sí para acunar su cabeza contra sus senos, acariciando su oscuro cabello.

—Lo siento —susurró—. Lo siento... ¡lo siento tanto!

Wolf se estremeció. Rodeándole la cintura con los brazos, la estrechó contra sí. Nunca se lo había contado a nadie. Solamente los compañeros de su pequeña unidad lo habían sabido. Era la mayor vergüenza de su vida. La razón por la que había vuelto allí, por la que había dejado su unidad, por la que se había cerrado al mundo.

—¿Hace mucho tiempo de eso? —le preguntó ella.

—Un año largo. Casi dos —gruñó—. Fue un sincero error por nuestra parte, y es verdad que la casa había sido utilizada por los insurgentes. No fueron presentados cargos y la prensa jamás llegó a enterarse. Pero tuvimos que vivir con ese peso sobre nuestras conciencias. Uno de mis hombres no lo consiguió. Se suicidó. El otro se convirtió en alcohólico.

Sara apretó la mejilla contra su cabello, espeso y suave.

—Fue por eso por lo que te viniste aquí.

—No. Me vine hace unos tres años. Cargaba con otros recuerdos, no tan horribles, pero inquietantes. Ansiaba un cambio de lugar, de escenario. Pensé que eso me ayudaría.

Sara soltó un profundo suspiro.

—Pero uno siempre carga con sus propios recuerdos —reflexionó en voz alta, recordándole lo que él mismo había dicho antes—. No puedes dejarlos atrás. Te acompañan siempre.

—Lo sé. Tengo... pesadillas.

—Yo también —susurró ella.

Seguía apretando la cabeza contra su pecho. Él la giró de

repente y su boca encontró un seno, que comenzó a explorar a través de la fina tela.

Sara se estremeció.

—Déjame —le pidió él con voz ronca, cuando la sintió tensarse—. ¡Oh, Dios mío, déjame!

Se levantó. Se apoderó entonces de su boca, y se estremeció mientras la cargaba en brazos para llevarla al salón. La tumbó sobre el sofá y se cernió sobre ella, sin dejar de devorar sus dulces labios.

—No he tocado a ninguna mujer desde entonces —musitó contra su boca—. No he confiado en ninguna mujer desde entonces. Por eso estoy tan condenadamente... ¡hambriento!

Las palabras terminaron en un gruñido. Deslizó un largo muslo entre los de ella, presionando. Sara perdió el aliento y lo empujó, realmente asustada.

Él alzó la cabeza. Tenía la boca hinchada. Entrecerró los ojos, que le brillaban.

—¿Realmente eres tan inocente? —le preguntó entre dientes—. ¿O acaso me estás seduciendo, como hizo ella?

Sara tragó saliva, con fuerza. Se humedeció los labios con la lengua, paladeando su sabor.

—¿Sabes... lo que es un himen... imperforado? —le preguntó, ruborizándose.

Lo sintió tensarse. Sus ojos parecían la única cosa viva de su rostro, súbitamente petrificado.

—Sí —respondió al cabo de un rato.

—Yo... no puedo hacerlo —le confesó. Le temblaban los labios. Desvió la vista—. Esa malformación fue lo único que me salvó cuando él intentó... —volvió a tragar saliva—. Gabriel tuvo que tirar abajo una puerta para impedirlo —las lágrimas inundaban sus ojos.

Wolf no le dijo lo que estaba pensando: que su cuerpo habría sido capaz de tentar a un santo, de volver probablemente loco a aquel pobre hombre, de la misma manera que Ysera lo había vuelto loco a él. Pero no quería hacerle daño. Ella tenía sus propias cicatrices. Había sido buena y dulce con él. Más de lo que se merecía. Lo había escuchado sin juzgarlo. Le había ofrecido el primer consuelo que había disfrutado nunca.

Rodó a un lado hasta quedar tumbado boca arriba y la atrajo hacia sí, estremecido. Dolorosamente excitado.

Ella empezó a deslizar una mano por su pecho. Pero él se la agarró, deteniéndola.

—No hagas eso —le espetó.

—¿Que-qué?

—Oh, Dios mío, ¿realmente eres tan ingenua? —gruñó él. Sin pensar, le bajó la mano hasta su entrepierna.

Ella dio un respingo como si hubiera tocado una serpiente. Sus ojos desorbitados descubrieron lo que acababa de tocar. Se levantó tan precipitadamente del sofá que a punto estuvo de caerse. Estaba recordando. Eso mismo era lo que había hecho su padrastro con ella, aquella noche. Le había dicho cosas, cosas procaces, sobre su estado y sobre lo que deseaba que ella le hiciera. La había obligado a tumbarse en la cama y le había desgarrado la ropa. Ella se había puesto a chillar...

—¡Sara!

Se estremeció. Tenía una mirada enloquecida. Sus ojos eran como grandes y negras órbitas en un rostro blanco como el papel. Wolf se encontraba de pie ante ella, estupefacto ante su reacción.

No parecía que estuviera fingiendo. Parecía genuinamente aterrada ante la posibilidad de tener cualquier intimidad.

—No voy a forzarte —le aseguró con tono suave—. Yo jamás haría algo así. ¡Te lo juro!

Ella se abrazó al tiempo que bajaba la vista al suelo.

—Ojalá me hubiera muerto... —musitó con voz temblorosa.

—¡Sara!

Se giró en redondo para volver corriendo a la cocina. Al

asomarse a la ventana, distinguió a lo lejos una nube de polvo y reconoció la camioneta negra que se acercaba por la carretera.

—Es Gabriel —pronunció con voz ahogada, consciente de la presencia de Wolf a su espalda.

Él la tomó dulcemente de la mano y la guio hasta una silla.

—Siéntate. Prepararé otra cafetera.

Sara se mordió el labio inferior.

—Lo siento.

—No. Lo siento yo por responder a una sincera compasión con un ataque de deseo. Me avergüenzo de lo que te he hecho.

Ella alzó la mirada, sorprendida.

—La próxima vez —añadió él con tono suave, escrutando su pálido rostro—, será tu turno de hablar.

—No... no creo que pueda.

—Yo te he contado cosas que jamás habría soñado que podría decirle a alguien, y mucho menos a una mujer —le confesó antes de empezar a llenar la cafetera.

—Lamento lo que te hizo esa mujer —le dijo en voz baja—. Yo no sabía, jamás imaginé que podía haber gente así en el mundo... —tragó saliva—. Con las luces encendidas... yo nunca...

Wolf se preguntó con quién habría estado ella después de aquella mala experiencia, y cuántas veces lo habría hecho. Deseaba saberlo. No debería haberle importado. Pero le importaba. Se concentró de nuevo en preparar el café. Esperaba que el aspecto que ambos presentaban no despertara las sospechas de Gabriel.

Gabriel era un hombre observador, pero tanto su hermana como su amigo ofrecían un aspecto tan triste que no hizo ningún comentario. Minutos después, Sara se disculpaba para subir a su habitación.

Lanzó a su amigo una elocuente mirada.

—No es lo que piensas —se adelantó Wolf—. Ella... me ha escuchado.

Gabe se quedó sorprendido.

—¿Se lo has contado?

Wolf asintió con la cabeza. Bebió un trago de café.

—Hasta ahora, nunca había sido capaz de hablar de ello. Ella sabe escuchar —logró esbozar una leve sonrisa—. La he dejado de piedra.

—Mi hermana no tiene mucha experiencia —reconoció Gabriel en voz baja—. En muchos aspectos, todavía sigue siendo una niña.

Wolf entrecerró sus ojos claros.

—Me dijo que tú tuviste que tirar abajo una puerta para evitar que él...

La expresión de Gabriel pareció cerrarse de golpe.

—¿Por qué no me lo dijiste? —le echó en cara Wolf.

—Porque es un secreto de Sara, no mío —respondió—. A veces, en mitad de la noche, se despierta gritando. Tengo la impresión de que nunca duerme más de un par de horas seguidas.

Wolf no pudo por menos que preguntarse por la clase de cosas que un hombre podría hacerle a una mujer para provocarle una reacción semejante. Sara no era completamente inocente. Ciertamente, sabía lo que era la pasión. Hasta que él la obligó a tocarlo íntimamente, había parecido disfrutar con lo que le había hecho...

—Debería hacer terapia —declaró Wolf.

—Ya. Le dijo la sartén al cazo... —replicó Gabriel—. Tú lo necesitas más que ella. Nunca superaste lo que te pasó.

—¿Cómo se supera la muerte de una gente inocente? —se preguntó Wolf en voz baja.

—De la misma manera que se superan todas las muertes —fue la estoica respuesta de Gabriel—. Eso va incluido en el negocio en el que estamos metidos. La gente muere. Es la guerra.

—¡Era un niño!

Gabriel agarró de repente a su amigo de la muñeca, con fuerza.

—Según la ley, la intención lo es todo —le dijo—. Tú nunca harías deliberadamente el menor daño a un niño. ¡Nunca!

A Wolf le relampagueaban los ojos de emoción.

—Pero se lo hice.

—Por culpa de aquella mentirosa manipuladora —replicó Gabriel—. Lo cual me lleva a un asunto del que tenemos que hablar.

—¿De qué se trata?

—Eb tiene un contacto en Buenos Aires. Ha localizado a Ysera.

—¿Está seguro de que es ella?

Gabriel asintió, sombrío.

—Ha vuelto a sus viejos trucos. Ha fundado un nuevo grupo insurgente, con el que ha vuelto a África. Sigue trabajando como agente de inteligencia de alto nivel para Cicatriz Roja.

La Cicatriz Roja era una de las organizaciones más agresivas fundamentadas en un discurso religioso y consagradas a fomentar la rebelión en países africanos con recursos estratégicos en juego. No era la primera vez que actuaba aquel grupo insurgente. Ysera había formado parte del mismo, pero ninguno de los hombres de Gabriel y de Wolf había sabido de su conexión hasta que fue demasiado tarde.

—¿Y ahora qué? —inquirió Wolf.

—Tiene que protegerte un grupo organizado —respondió Gabriel, bajando la voz—. Ysera ha estado escondida desde aquello, con la Interpol siguiéndole los pasos. Pero ahora se siente segura, y ha estado diciendo por ahí que te matará por haberla delatado. Tiene un nuevo amante. Esta vez se trata de un millonario brasileño. De modo que cuenta con el dinero necesario, gracias a su nuevo amigo... ¡para encargarle el trabajo a alguien!

CAPÍTULO 5

—Bueno —le dijo Wolf a Gabriel—. Supongo que sabía que esto ocurriría algún día. Ya ha habido antes algún intento.

—Pero solo uno serio —evocó su amigo. Entrecerró sus ojos negros—. E Ysera no estaba detrás. Si ella lo intenta, podríamos tener verdaderos problemas. Me preocupa Sara —añadió—. Alguien pensó que estaba aquí sola el año pasado y atentó contra ella, por culpa de un enemigo mío. Yo estaba en aquel momento en casa.

—Suerte que fue así —fue el sombrío comentario de Wolf. Gabriel bebió un sorbo de café.

—Si Ysera fuera a por ti, también podría perjudicar a quien estuviera contigo.

—Yo jamás permitiría que Sara sufriera el menor daño —replicó Wolf en un tono que llamó la atención de su amigo. Esbozó una mueca—. Ya lo sé. Podríamos hacernos daño el uno al otro. Pero ella... me da paz —se interrumpió, detestando admitirlo.

—Una cosa bien rara, dadas las características de nuestro trabajo —repuso Gabriel, y se quedó mirando fijamente su tazón de café—. Procura no perjudicarla. Ha pasado por un verdadero infierno.

—A veces me pregunto si existe alguien en el mundo que esté auténticamente libre de malos recuerdos.

—Yo lo dudo seriamente.

Wolf terminó su café. Clavó sus ojos claros en los de su amigo.

—Es increíblemente frágil —dijo al cabo de un rato—. ¿Qué edad tiene?

—Veinticuatro años.

—Y no sale con nadie.

Gabriel se mordió la lengua para no contestarle de mala manera.

—Tiene sus razones.

Wolf tenía una idea bastante aproximada de cuáles eran esas razones. Se preguntó si su padrastro habría sido el amor de su vida, si no habría estado enamorada cuando él fue a la cárcel por culpa de su testimonio.

—No piensas decirme cuáles son, ¿verdad? —adivinó Wolf.

Gabriel sacudió la cabeza.

—Eso es asunto de Sara.

—Está bien.

—Lleva mucho cuidado —le aconsejó, levantándose—. Ysera ya era muy peligrosa cuando lo perdió todo y tuvo que esconderse. Pero ahora, forrada de dinero como está, podría convertirse en tu peor enemigo. Ojalá la hubiéramos liquidado cuando tuvimos oportunidad.

—Las autoridades la dejaron escapar —comentó fríamente Wolf.

—El dinero quebró voluntades —replicó Gabriel—. Le costó una fortuna, pero eso la sacó del país antes de que se le echaran encima.

—Qué vergüenza...

—Y que lo digas. ¿Qué tal te va en el videojuego?

Wolf se encogió de hombros.

—Mi amigo el señor de la guerra y yo somos el terror de

los campos de batalla —se echó a reír y esbozó una mueca—. Eso me recuerda que tengo que llamar a Rydel para preguntar por Hellie.

—¿Por Hellie? ¿Qué le pasa a tu perra?

—Me dirigía a echar un vistazo a mi nuevo toro cuando vi a tu hermana pidiendo ayuda en mitad de la carretera, toda cubierta de sangre.

—¿Qué?

—Alguien atropelló a Hellie —explicó Wolf, apresurándose a tranquilizarlo—. Sara se detuvo a ayudarla. Estaba intentando levantar a Hellie para meterla en su coche y llevarla al veterinario —sonrió, suavizada su expresión—. Se manchó el suéter y probablemente habría estropeado toda la tapicería del coche… sin que eso le hubiera importado lo más mínimo —un brillo de ternura iluminaba sus ojos—. Tu hermana es una mujer increíble.

Gabriel sonrió, triste.

—Sí. Adora a los animales. Cuando vivíamos con nuestra madre y su segundo marido, teníamos un perro… —su expresión se endureció de pronto, al recordarlo.

—¿Qué pasó?

—Él se enfadó con Sara y mató al perro —fue su seca respuesta—. Desde entonces, ya no ha vuelto a querer mascota alguna. Adora a los caballos, por ejemplo, pero no quiere tener consigo a ninguno por miedo a que pueda ser atacado.

—Y yo que creía que había tenido una vida dura…

—¿Le dijiste a Sara cuál era el nombre completo de tu perra?

Wolf soltó una carcajada.

—No. En bastante baja estima me tiene ya… No quiero escuchar burlones comentarios acerca de la afición a los videojuegos de niños de un hombre adulto como yo.

Gabriel también se echó a reír, intentando disimular su alivio.

—Son muchos los adultos practicantes de esos juegos, incluidos algunos de nuestros colegas.

—Sí —la sonrisa se borró de sus labios—. A veces eso te ayuda a evadirte del mundo real para refugiarte en otro donde el dolor no te acompaña minuto a minuto.

Gabriel estudió durante unos segundos a su amigo.

—Intenta no hacerle mucho daño a Sara —le pidió, gruñón.

La expresión de Wolf pareció abrirse por un momento, reflejando una extraña vulnerabilidad.

—Ella es de esa clase de mujeres que hacen que te sientas... seguro —dijo, buscando las palabras—. Como si estuvieras en la nieve y ella fuera el... cálido y acogedor fuego de una cabaña.

Gabriel se quedó perplejo. ¿Se daría cuenta Wolf de lo que acababa de admitir?

Al parecer no, porque enseguida soltó una corta carcajada.

—Yo no confío en las mujeres. Ella tendría que acercarse lo suficiente a mí como para sentirse amenazada, y eso es algo que no sucederá. Conmigo estará a salvo. La protegeré mientras tú estés fuera.

Gabriel dudó, pero solo por un instante.

—Gracias.

—No me las des. Tú procura que no te maten.

—Tengo una capa roja y una camiseta con la letra «S» estampada en el pecho —repuso su amigo, irónico.

Wolf se echó a reír.

Era una idea estúpida. Wolf lo sabía ya antes de aparcar el coche al final del prado donde Sara estaba galopando a lomos de una de las yeguas que había adquirido Gabriel. Durante varios días no había hecho otra cosa que evocar la sensación de sus dulces labios bajo los suyos, y tanto deseo le dolía. Enredarse con ella sería un suicidio. Pero no podía evitarlo.

Se acercó a la valla y apoyó un pie en el travesaño más bajo, contemplándola. Ofrecía una estampa hermosa a caballo: grácil y elegante a la vez.

Ella lo vio y saltó ágilmente del caballo para encaramarse luego a la cerca de madera. Wolf seguía apoyado al otro lado.

—Estás preciosa a caballo —le comentó, sonriendo.

Ella le devolvió la sonrisa.

—¿Te encuentras bien? —le preguntó.

Wolf se encogió de hombros.

—Algo mejor que antes, supongo —la miró a los ojos—. ¿Qué tal si cenamos juntos en Houston y vamos a la ópera después? Están programando *Carmen*, de Bizet.

Sara sintió que le daba un vuelco el corazón. Vaciló. Estaba recordando lo que le había dicho Gabriel.

—Ya lo sé: podemos hacernos mutuamente daño —se adelantó Wolf, como si le hubiera leído el pensamiento—. Pero eso no importa. Quiero invitarte a salir.

—Eh... sí que me gustaría —le confesó ella.

Wolf sonrió.

—¿A las seis, el viernes? Cenaríamos antes. ¿Dónde te recojo? ¿Aquí?

—Gabriel se marcha esta noche. Me quedaré en el apartamento de San Antonio hasta que vuelva.

—Qué oportunidad... ¿Le has sobornado para que se vaya?

Ella se echó a reír. Sus negros ojos brillaban como velas, y su hermoso rostro irradiaba alegría.

—Qué va...

—De acuerdo. Ponte algo bonito. Pero no demasiado sexy —añadió, arqueando una ceja—. No quiero hacer un viaje a urgencias si las cosas se salen de madre. Entre nosotros, quiero decir.

Lo decía por su himen imperforado. Sara se ruborizó, pero al final también se echó a reír.

Wolf sacudió la cabeza.

—¿Nunca has pensado en operarte de eso? Sería una operación muy sencilla.

—Nunca he tenido razón alguna para ello —respondió ella al cabo de un rato—. Tampoco nunca he querido hacerlo... con nadie.

—Yo podría hacer que quisieras —repuso él con un brillo en sus ojos claros—. Conmigo.

Ella se mordió el labio inferior.

—Pero no lo haré —añadió él con tono suave, al tiempo que le acariciaba delicadamente el dorso de la mano—. No puedo permitirme la posibilidad de perder a mi única confidente.

—El sentimiento es recíproco —Sara forzó una sonrisa.

Él escrutó sus negros ojos.

—Nos conocemos demasiado bien el uno al otro, ¿no te parece?

Sara asintió.

—Gente rota.

Ella se sonrió. Le entraron ganas de decirle que otra persona le había dicho eso mismo, pero no quería tener que responder a preguntas sobre el único placer que disfrutaba realmente en la vida.

—Sí —dijo—. Gente rota —frunció los labios—. Quizá podríamos usar cinta adhesiva...

Él reflexionó sobre ello por un momento y finalmente soltó una sincera carcajada.

—Sí, en realidad solo hay dos cosas verdaderamente necesarias en la vida: cinta de embalar y spray mil usos —afirmó Sara, sonriente—. Si la cosa no se mueve como debería, usas el spray mil usos. Y si se mueve como no debería... ¡usas la cinta!

—Eres de la clase de mujeres que usarían plástico de cocina como método anticonceptivo —masculló él.

Ella se echó a reír, aunque se ruborizó levemente de vergüenza.

—¿Qué tal está Hellie? —le preguntó.

—Mejorando día a día. Anda atronando los suelos de la

casa con la escayola que le han puesto. Te llevaré a verla cuando volvamos de la ópera, si quieres.

«Peligroso», pensó Sara. Para cuando volvieran de Houston, sería ya muy tarde. Pero era incapaz de resistirse al peligro.

—Sí que me gustaría.

Wolf recordó de repente lo que le había contado Gabriel: que su padrastro había matado al perro de Sara. Sonrió tristemente.

—Te encantan los animales, ¿verdad?

—Sí.

Él desvió la mirada hacia la yegua, que estaba hociqueando la espalda de Sara, impaciente.

—Ya lo había notado —se apartó de la valla—. El viernes a las seis.

—Nos vemos entonces.

Wolf subió a la camioneta, se despidió con la mano y se marchó. Sara lo observó alejarse con un leve recelo. En realidad no le había contado muchas cosas: ni mucho menos tanto como él le había contado a ella. Esperaba que no fuera a arrepentirse.

Rebuscó a fondo en su guardarropa, lleno a rebosar de vestidos, buscando el más adecuado que ponerse. Se decantó al fin por uno negro de noche, de finos tirantes, largo hasta por debajo de las rodillas y con vuelo. El corpiño no era demasiado bajo, pero tampoco tan recatado. Se dejó la melena suelta y eligió un collar de perlas con pendientes a juego que contrastaran con el color del vestido. Estaba preciosa, pero no era demasiado consciente de ello. No le gustaba mirarse en los espejos.

Wolf lucía una chaqueta de esmoquin, camisa de seda blanca y pantalón y corbata negros. Estaba tan guapo y elegante que Sara se quedó sin aliento. Desprovisto de su habitual Stetson, su pelo llamaba la atención por su negrura.

—Has visto las canas, ¿verdad?

—¿Las canas?

Él alzó una mano para acariciarle una mejilla. Tenía una sombría expresión.

—Tengo treinta y siete años, Sara.

—No los aparentas.

Wolf suspiró profundamente.

—Pues yo tengo la sensación de cargar con un millar de ellos —murmuró—. Si fuera un coche, ya estaría en el desguace.

—Estarías en un escaparate, como pieza de un coleccionista clásico —replicó ella con un brillo en sus ojos negros.

Él se rio por lo bajo. Recorrió su rostro con una lenta y apreciativa mirada.

—Es una lástima que no me gusten las morenas —se burló—. Porque eres una verdadera belleza.

Sara se ruborizó.

—Eso no es más que lo que se ve por fuera.

Wolf frunció ligeramente el ceño.

—No te gusta tu propio aspecto, ¿verdad?

Aferró nerviosa su bolso.

—Detesto que los hombres se me queden mirando —dijo, un tanto vacilante.

—¿Por qué?

Se removió, inquieta.

—Deberíamos irnos ya, ¿no te parece?

—Sí.

Sara salió del apartamento y cerró la puerta con llave.

—Espero que te guste la cocina francesa —dijo Wolf con una sonrisa—. He descubierto un encantador *bistrot* justo al final de la calle.

—¡Vaya! Pero si es mi restaurante favorito... —explicó ella, sorprendida.

—Y el mío también —Wolf se echó a reír.

★★★

Cenaron cordero con patatas, y de postre una exquisita *crème brûlée*. Sara saboreó cada bocado. Pero tardaron más de lo que habían esperado en sentarse. El ballet empezaba a las ocho, y todavía tenían que conducir hasta Houston. Pero Wolf no parecía en absoluto preocupado por la hora.

—¿Cómo puedes comer así y no tener un solo gramo de más? —le preguntó él, riéndose.

—Lo quemo todo —replicó ella, sonriendo—. Energía nerviosa, supongo.

Inclinándose sobre la mesa, Wolf se dedicó a acariciarle delicadamente el dorso de la mano.

—A mí me pasa lo mismo —dijo—. No me puedo quedar quieto.

Sara se lo quedó mirando fijamente.

—Pareces distinto. Más relajado.

Entrelazó suavemente los dedos con los de ella.

—Nunca había hablado de eso. Con nadie —escrutó sus negros ojos—. A mí también me derivaron a un psicólogo —esbozó una mueca—. Su idea no era otra que drogarme hasta hacerme perder la conciencia para que se lo contara todo sobre mi infancia.

Sara soltó un profundo suspiro.

—Pues el mío me dijo que todo el problema era culpa mía.

Wolf no contestó. Él mismo no podía evitar hacerse esa pregunta. Una mujer joven y hermosa, consciente de su poder, podía haber albergado algún tipo de resentimiento contra su madre... que podía haber ventilado intentando arrebatarle a su compañero.

—En cualquier caso, no me gusta que me psicoanalicen —concluyó.

Sara asintió. Alzó la mirada hacia él para desviarla enseguida.

—Yo nunca he hablado con nadie de.... de eso. Ya sabes —empezó, ruborizándose—. Es algo demasiado íntimo. Nunca podría hablarlo con mi hermano. No tengo amigos cercanos —se acordó de su amiga la bailarina. Pero Lisette era una conocida, más que una verdadera amiga. Ni siquiera a Michelle le había hablado de su problema físico, y Michelle era como una hermana para ella.

—Yo tampoco tengo amigos muy cercanos, a excepción, quizá, de tu hermano. Y nunca podría contarle a ningún hombre lo que me hizo Ysera.

—Debió de haber destrozado tu orgullo —comentó ella, triste.

Wolf cerró los dedos y le apretó suavemente la mano.

—Antes no te mentí —le aseguró en voz baja y dulce, mirándola fijamente a los ojos—. Desde lo de Ysera, no he vuelto a estar con una mujer. Nunca podría volver a confiar en alguien.

—Pues yo... yo no puedo estar con nadie —repuso ella, colorada—. No en mi actual condición.

—¿Sabes...—le acariciaba suavemente los dedos— que hay maneras de complacer a una mujer sin penetración?

Ella retiró la mano con tanta brusquedad que a punto estuvo de tirar su copa de vino. La recogió justo a tiempo.

—¡Qué bruto eres! —exclamó, escandalizada.

Él se rio por lo bajo.

—Vaya. ¿Ahora vas a sacar la escoba con la idea de largarte? —se burló, pero no con mala intención. Bajó la mirada al corpiño de su vestido, a los duros pezones que se dibujaban bajo la fina tela—. Te excitas cuando te digo cosas íntimas. Eso me gusta.

Ella bebió un sorbo de vino, bajó la copa y cruzó los brazos sobre el pecho, mirando precavidamente a su alrededor por temor a que hubiera alguien escuchando.

—Estamos solos en el mundo, Sara —le dijo él en voz baja—. ¿Acaso no lo sabes?

Ella se mordió el labio inferior.

—Escucha, yo no puedo...

Con un brillo en sus ojos claros, Wolf deslizó con gesto íntimo los dedos entre los suyos.

—Puedes. Y vas a hacerlo. Conmigo —susurró con voz ronca—. Solo conmigo.

Sara se sintió indefensa. En realidad, no era una mala sensación. Sentía un cosquilleo por todo el cuerpo mientras lo miraba, sintiendo la súbita presión de su mano sobre la suya. En cuanto a Wolf, la expresión de su rostro le hacía sentir unas repentinas ganas de levantarse y ponerse a aullar... Se preguntó si se daría cuenta de lo mucho que se estaba traicionando con aquel ávido deseo que él podía leer en sus ojos.

—Será mejor que nos vayamos —dijo con tono tenso, porque estaba forcejando con la más potente excitación que había experimentado en años. Todavía tenían que conducir hasta Houston y asistir luego a la ópera. Pero después, se prometió mientras le retiraba la silla, iba a descubrirlo todo sobre ella. Iba a conocerla, físicamente, tan íntimamente como pudiera. Quizá ella le estuviera diciendo la verdad sobre su inocencia. Pero, de una manera u otra, iba a averiguarlo.

Sara, afortunadamente ajena a lo que Wolf estaba planeando, le sonreía con el corazón en los ojos mientras él pagaba la cuenta y la guiaba de la mano fuera del restaurante, hacia el aparcamiento.

Hacía una fresca noche para mayo, y ya estaba oscuro. Iban a llegar muy tarde para el ballet. Ella lucía un abrigo de cachemir que delineaba sus sensuales curvas. Él se detuvo ante su Mercedes, pero en lugar de abrirle la puerta, la atrajo contra su poderoso cuerpo, lo suficiente como para hacerle sentir su súbita, instantánea excitación.

Sara contuvo el aliento e intentó apartarse, pero él no se lo permitió. No era un contacto brutal, pero sí firme.

Se quedó mirando fijamente sus ojos llenos de asombro.

—¿Sientes lo duro que estoy? —susurró—. Y eso que apenas te he tocado —sujetándola de las caderas con una mano, subió atrevidamente la otra por su cuerpo, hasta posarla sobre la endurecida punta de un seno—. Quiero bajarte el vestido y chuparte con fuerza este pezón...

Sara se estremeció. Clavando las uñas en la tela de su chaqueta, gimió en voz alta.

—Sí, sí que lo quieres, ¿verdad? —susurró él contra sus labios—. Puedo desvestirte, acostarte en una cama bajo mi cuerpo desnudo y hacerte el amor, incluso sin necesidad de penetrarte —él mismo se estremeció solo de pensarlo—. Y tú me dejarás, ¿verdad? Pecho contra pecho, muslo contra muslo, a oscuras, frotándonos uno contra otra como los rápidos de un río, buscando la satisfacción, dándonos placer mutuamente hasta la locura....

Ella soltó un gemido que lo inflamó como si fuera fuego. Tras acorralarla contra la puerta del coche, deslizó una musculosa pierna entre sus muslos, levantándola mientras se apoderaba de su boca y la besaba con cruda avidez.

Su boca insistía, reclamaba. Tanta presión la obligó a entreabrir los labios, consiguió separárselos y de repente su lengua se abrió paso. El rítmico movimiento de sus caderas le arrancó un grito.

Aquel leve e indefenso grito fue lo que lo devolvió a la realidad. Se apartó gruñendo, estremecido su enorme cuerpo al darse cuenta de lo cerca que había estado de poseerla allí mismo, en un espacio público. Y ella parecía tan alterada como se sentía él.

Sara sintió el escozor de las lágrimas. No había sido consciente de lo muy vulnerable que era, ni de lo muy seductor que podía llegar a ser Wolf. Y ella no estaba preparada. Como tampoco lo estaba él, al menos para una relación estable. Era un hombre roto que seguía hirviendo de venganza contra una mujer despiadada que había destrozado su ego. No podía confiar en él, no se atrevía. ¡Pero lo deseaba!

Cuando ella alzó la mirada hasta sus ojos, Wolf sintió que su cuerpo entero se endurecía de deseo. Ella iba a aceptarlo. Le dejaría hacer. Lo sabía sin necesidad de palabras.

La ayudó a subir al coche y se sentó al volante.

—Abróchate el cinturón —susurró con voz ronca.

Ella tragó saliva. Todavía tenía su sabor en los labios.

—¿Cuál... cuál es el ballet que vamos a ver en Houston? —logró pronunciar

—El ballet comienza dentro de cinco minutos. Nunca llegaríamos a tiempo. Nos vamos a casa —afirmó con voz ronca.

—Oh.

Le tomó una mano y se la apretó con fuerza. Sara podía sentir la tensión de su cuerpo como si fuera un cable eléctrico. Sabía lo que pretendía. No iba a llevarla a su apartamento de San Antonio. Iba a llevarla a su casa, con él. Y pese a que aquello no iba a terminar bien, no podía encontrar la menor excusa para negarse.

Por vez primera deseaba a un hombre con una intensidad que jamás había creído posible. Así que desechó toda precaución.

Wolf aparcó la camioneta frente a su casa y apagó el motor. Bajó y la invitó a que le precediera mientras atravesaban el porche. Introdujo luego la llave en la cerradura, abrió la puerta, entró con ella y cerró a su espalda.

Sara podía sentir la excitación en el ambiente. Alzó la mirada hasta sus ojos. Su rostro parecía de piedra. Sus ojos azules eran lo único vivo en el inescrutable lienzo que era su cara.

La tomó de la mano para llevarla al salón, donde había una única lámpara encendida. Sin dejar de mirarla a los ojos, se quitó la chaqueta y la corbata, se descalzó y empezó a desabrocharse la camisa.

Acto seguido, le quitó el bolso y lo lanzó sobre una silla. Sara, indefensa, dejó que le desabrochara el vestido y le deslizara los tirantes por los hombros... hasta que quedó ante él cubierta únicamente por la braga negra de cintura baja y el sujetador de encaje.

Sintió su mano ancha y grande soltando el cierre del sujetador. Sin dejar de mirarla a los ojos, Wolf fue retirando la tela de sus senos firmes y de duras puntas, para finalmente dejarla caer el suelo. La devoraba con la mirada, ávida y llena de intención, como si fuera una golosina.

—Creía que serían rosados —musitó mientras acariciaba los endurecidos pezones—, pero resulta que son del color del chocolate con leche —sonrió tiernamente e inclinó la cabeza—. Pensé que me volvería loco antes de que llegáramos a esto. Dios mío, Sara, estoy tan hambriento de ti...

Abrió la boca sobre uno de sus senos y se apoderó del pezón, que empezó a acariciar con la lengua.

Sara nunca había experimentado sensaciones parecidas. Se arqueó hacia atrás para ofrecerle un mejor acceso, estremecido su cuerpo de nuevos placeres.

Él la levantó en vilo para tumbarla sobre el sofá, y continuar así alimentándose con sus dulces y cálidos senos.

—Creo que he soñado contigo —le dijo. Su mano libre buceó bajo su braga y la tocó íntimamente. Sintió su tensión, así como la presión de sus dedos alrededor de su muñeca. Alzó la cabeza para descubrir que lo estaba mirando con ojos desorbitados de asombro.

—Dijiste que lo tenías imperforado —musitó—. Veamos.

Sara se ruborizó como la grana. Él entrecerró los ojos mientras tanteaba, explorando la barrera física.

—No suelo esperar la verdad de una mujer —añadió, gruñón—. Pero esto... —presionó suavemente— no es ninguna mentira.

—Po-por favor.... —musitó ella mientras lo empujaba—. No...

—¿No? —la burla se estaba dibujando poco a poco en su expresión. Su sonrisa estaba llena de sarcasmo—. ¿Te pasas toda la noche tentándome y seduciéndome... y ahora quieres parar?

—Yo no soy ella —intentó recordarle.

Pero en aquel momento estaba ciego de deseo, reviviendo las noches pasadas con Ysera, oyéndola reírse de él, ridiculizarlo. Sara era como ella, una mujer bella y dispuesta, hasta que él entró en mayores intimidades. Porque acababa de volverse fría, justo como Ysera. Y luego seguirían las risas...

Su mano era insistente. Vio el sorprendido placer que se dibujaba en su rostro mientras la acariciaba con mayor descaro.

—Sí, te gusta esto, ¿verdad? —le preguntó, y repitió el movimiento. Se echó a reír mientras ella se arqueaba hacia atrás, temblando, con la boca abierta, los ojos muy abiertos mientras su cuerpo reaccionaba a sus caricias.

—Por favor... —gimoteó ella.

—Siempre tan recatada, tan alejada de la pasión —le dijo, evocando con dolor las burlas y pullas de Ysera—. Tan fría y elegante, seduciendo a los hombres hasta hacerlos arder como antorchas, para luego reírse de ellos. Pero ahora no te estás riendo, ¿eh? —se burló, con los ojos clavados en su rostro mientras la empujaba hacia el éxtasis—. Sí, eso —susurró, acalorándose al ver cómo se iba acercando al orgasmo—. Córrete para mí, cariño —jadeó—. Córrete para mí. Sí. Así... ¡así!

Sara se arqueó nuevamente hacia atrás, gritando sin cesar, presa del primer orgasmo que había experimentado nunca. Y él la miraba riéndose, burlándose.

—¿Quién es ahora el débil? —gruñó sin dejar de acariciarla, arrancándole roncos gemidos que ella misma jamás había oído antes.

La desnudó mientras le susurraba lo que pensaba hacer con ella, lo que pretendía hacerle sentir, riéndose durante todo el tiempo de su inconsciente reacción. Era como si lo estuviera rememorando todo, vengándose en ella de lo que le había hecho Ysera.

Sara chillaba convulsa, estremecida. Y él se moría de ganas de poseerla. No pudo contenerse más: se quitó la ropa y se cernió sobre ella, para devorarle la boca mientras se instalaba entre sus largas y temblorosas piernas. No se atrevía a penetrarla, pero sí que podía alcanzar su propia satisfacción sin necesidad de hacerlo. Susurrando con tono urgente, le juntó las piernas y empezó a moverse contra ella, contra sus muslos sedosos, empujando una y otra vez, tenso todo su cuerpo, abrasado de deseo. Hundió el acalorado rostro en su cuello. Las luces estaban encendidas, pero ella no podía verlo. Que lo viera era algo que no estaba dispuesto a permitir.

Se movía como un poseso en busca de alivio, apretando los muslos alrededor de los de ella como si fuera un torniquete, hasta que finalmente encontró la fricción y el ritmo exactos y capaces de arrancarle aquellos pequeños gritos y gimoteos. La sintió estremecerse mientras se apartaba para empujar una vez más, con el último resto de sus fuerzas, y sumergirse así en un placer tan candente que a punto estuvo de perder la conciencia.

Ella estaba llorando. Wolf fue vagamente consciente del correr de sus lágrimas en la mejilla. Su gran cuerpo seguía estremecido después del orgasmo más explosivo que había conocido nunca.

Al cabo de un rato, alzó la cabeza y la miró. Estaba muy pálida.

—Déjame... deja que me vaya —susurró ella con voz rota—. ¡Oh, por favor...!

—Sara...

Forcejeando, logró apartarse y recogió su ropa interior. Corrió luego a la puerta trasera.

Wolf temblaba todavía de saciada pasión. Se levantó también y se puso el pantalón para salir tras ella, descalzo.

Había conseguido llegar a los establos. Tan histérica estaba que ni siquiera se detuvo a preguntarse si habría alguien allí. Tampoco le importaba. Se sentía enferma. Se puso la ropa interior y se hizo un ovillo en un rincón, abrazándose las rodillas. Todavía podía oír la voz de Wolf burlándose, riéndose de ella, vengándose...

La culpa era suya. Ella lo había tentado, aun sabiendo que él no había estado preparado. Wolf continuaba viviendo en el pasado. Y ahora allí estaba ella, temblando como una niña a la que hubieran castigado, tan avergonzada que ni siquiera se atrevía a abrir los ojos. Su padrastro le había dirigido palabras procaces, la había obligado a mirarlo, se había reído mientras había intentado forzarla.

Después, su madre le había dicho de todo y la había acusado de haberlo provocado. El abogado defensor de su padrastro la había descrito como una adolescente seductora aficionada a jugar con los hombres. Los tabloides la habían presentado como una «destructora de hogares». Y luego el tiroteo, el rostro de su padrastro mientras las balas impactaban en su cuerpo, el horror de sus intentos por continuar yendo al instituto, conviviendo siempre con la vergüenza y la desgracia...

—¡Sara!

Soltó un grito cuando lo descubrió frente a sí. Había encendido las luces, y ella ni siquiera se había dado cuenta. Su rostro era un verdadero estudio de terror. Wolf dio un paso adelante y ella alzó las dos manos como para protegerse, temblorosa.

—¡No, por favor, por favor, no...! —sollozó.

Wolf había sido policía, hacía ya años de aquello. Reconoció tanto el terror como la postura, la actitud de la víctima maltratada. Cerró los ojos y se estremeció. Dios mío, ¿cómo podía no haberse dado cuenta de...?

—Sara —le dijo con tono suave, arrodillándose a pocos pasos de ella—, ¿qué edad tenías cuando te pasó aquello? ¿Cuando tu padrastro intentó forzarte?

La voz se le atascó en la garganta.

—Tre-tre-trece —sollozó—. Tenía… trece años.

Wolf cerró los ojos. Apretó un puño con fuerza. Había supuesto que ella había rivalizado con su madre por el afecto de su compañero. Y se había equivocado de medio a medio. Solo Dios sabía el enorme daño que él le había hecho aquella noche. Le había hecho pagar lo que Ysera le había hecho a él. Y justo delante tenía el resultado.

—Cariño, aquí fuera hace mucho frío —le dijo con tono emocionado—. Vuelve a la casa.

—No —sus enormes ojos negros tenían una mirada trágica—. ¡No!

Wolf esbozó una mueca. Sacó luego su móvil y marcó un número. Le temblaban las manos. Su expresión parecía haberse vuelto de piedra.

—Madra, ¿podrías acercarte al rancho? He hecho algo que… Se trata de una joven. Por favor. No sé cuánto daño le he hecho —masculló— Sí. Sí, te mandaré un coche. Date prisa. Gracias.

Cortó la comunicación y llamó acto seguido a una empresa de limusinas, para darles una dirección y una orden.

—Madra se encargará de ti —le aseguró cuando hubo colgado de nuevo—. Es médica. Sara, tienes que entrar en casa.

Pero ella ni siquiera lo escuchaba. Estaba inmersa en el pasado, en el terror. Completamente sola.

CAPÍTULO 6

Wolf había recogido una manta del galpón para echársela a Sara por los hombros, cuidando de no tocarla. Seguía temblando. Ni siquiera podía conseguir que le contestara. Nunca en toda su vida se había sentido tan mal, tan triste. Odiaba lo que había hecho. Y no sabía qué podía hacer para remediarlo.

Sara fue consciente del movimiento: un coche acercándose. Wolf se alejó. Un minuto después estaba de vuelta con una bella rubia.

Parecía muy joven hasta que Sara la miró de cerca. Debía de ser de la edad de Wolf, o parecida. Le habló con mucha suavidad y sacó su estetoscopio.

Fue un reconocimiento rápido, seguido del pinchazo de una aguja en el brazo. Seguía temblando. El calor de la manta era muy agradable. Al cabo de un rato, empezó a relajarse.

—Tienes que meterla en la casa. Ahora —advirtió la doctora a Wolf.

—Cariño, voy a levantarte en brazos —le dijo él con ternura, mientras se acercaba—. No te haré ningún daño. Te lo juro.

Ella se tensó, pero no dijo nada. Cerró los ojos y volvió a estremecerse mientras Wolf la cargaba hasta la casa para instalarla en el cuarto de invitados del primer piso. La arropó con el edredón.

—Déjame a solas con ella —le pidió Madra.
—Por supuesto.

Wolf salió directamente para su despacho. Cerró la puerta, abrió la licorera de whisky y se sirvió una copa.

—Eso no te ayudará —observó Madra desde el umbral, minutos después.

Apuró los últimos restos del líquido ambarino. Durante la visita de la médica, había retirado del salón el vestido y los zapatos de Sara. Ya los llevaría al cuarto de invitados después, cuando tuviera oportunidad. No había querido avergonzarla todavía más dejándolos allí a plena vista.

Él mismo se había vuelto a vestir: lo único que no se había puesto era la chaqueta. Llamar a su antigua amiga en aquellas circunstancias había resultado embarazoso, pero Sara había necesitado ayuda. De ninguna manera pensaba dejar que se marchara sola a casa. No después de la expresión que había visto en su rostro.

Se volvió hacia ella, pálido y sombrío.

—¿Ha hablado contigo?

Madra negó con la cabeza.

—Está dormida. Lo único que podía decir era: «Por favor, no» —dijo, y se lo quedó mirando fijamente.

Wolf se volvió de nuevo para no ver la acusación que brillaba en sus ojos oscuros.

—Hacía tiempo que no estaba con una mujer. Yo simplemente... perdí el control. Pero no la forcé —añadió entre dientes—. Eso ni siquiera habría sido posible. Ella es... virgen —dijo con tono torturado, y aspiró profundo—. De todas maneras, la asusté mortalmente.

Su amiga suspiró y se sentó en la butaca de cuero que estaba junto al escritorio.

—¿Quieres hablar de ello?

Wolf soltó una risotada amarga.

—No. Pero tendré que hacerlo. Ella fue acosada, agredida, casi violada por su padrastro. Durante todo este tiempo, yo pensaba que había intentado quitarle el compañero a su madre, que había existido una rivalidad entre las dos... que él se sintió provocado y que ella se asustó —se pasó una mano por su rostro enjuto—. Pero resulta que ella tenía trece años, Madra —cerró los ojos, estremecido—. Trece años.

—Dios mío, qué clase de monstruos pueden llegar a ser los hombres... —comentó ella.

—Sí —Wolf se sentó en una esquina del escritorio y cruzó los brazos sobre el pecho—. Pude hablar con ella —le confesó—. Sobre Ysera. Ella me escuchó. Pensé que su aparente timidez era solo eso, una actuación. Hay mujeres que piensan que esa es una buena manera de atraer la atención de un hombre, fingir inocencia. Yo ni siquiera me creí lo del... asunto físico. Que tenía el himen imperforado —se quedó mirando fijamente al suelo—. Fui un estúpido. Le hice daño, cuando ella ya había sufrido bastante. Su hermano me advirtió que podríamos hacernos daño mutuamente, porque ninguno de los dos había superado el pasado. Y tenía razón. ¡Oh, Dios, ojalá le hubiera hecho caso!

Madra sacudió la cabeza.

—Ella debería haber hecho terapia. Y tú también —añadió—. Como llevo años diciéndote.

—No puedo hablar de Ysera con un perfecto desconocido —dijo Wolf entre dientes—. Y ella... —señaló la pared—, ni siquiera podía hablar de su padrastro con su propio hermano. Su padrastro fue a prisión por su testimonio. Yo lo sabía, pero no confié en ella. No reparé en lo joven que era cuando todo aquello sucedió... —cerró los ojos—. Dios mío, Madra, ¿qué voy a hacer? No puedo dejar que se marche a casa sola. Su hermano está fuera. Ella no tiene familia. Pero obligarla a quedarse aquí... me odiará todavía más.

—Tráete a otra mujer para que se quede aquí con ella, hasta que sea capaz de volver a casa —sugirió Madra.

Él la miró. Al cabo de unos segundos, asintió con la cabeza.

—Llamaré a Barbara Ferguson. Tiene una cafetería en la ciudad. Su hijo es teniente de policía. Me hará ese favor —esbozó una mueca—. Pero todo el mundo se enterará. Y eso la afectará aún más…

—Conozco a Barbara —dijo ella—. No es una chismosa. No le contará a nadie el verdadero motivo. Pero tú tienes que superar lo que te pasó, Wofford —añadió con tono suave—. Esta no es manera de vivir.

Wolf alzó la cabeza y se pasó una mano por el pelo.

—Su hermano me dará una paliza —reflexionó en voz alta, y soltó una fría carcajada—. Y yo se lo permitiré. Eso podría ayudarnos a ambos.

—Lo que te ayudará es la terapia.

Wolf vaciló, pero solo por un momento.

—Conozco a una psicoterapeuta en Washington D.C. —dijo—. Fue la psicóloga de Colby Lane. Recoge serpientes y las cuida —se rio—. Quizá Sara consintiera en hablar con ella, si logro convencerla de que lo haga, esto es. Si es que no agarra una de las escopetas que colecciono y me dispara hasta que llegue el momento.

—Ve poco a poco —le aconsejó Madra con tono suave.

Wolf se levantó entonces y le dio un cálido abrazo.

—Gracias por haber venido.

—Si no lo hubiera hecho, Mark jamás me lo habría perdonado —repuso ella con una sonrisa—. Los tres somos amigos desde la secundaria.

—Porque él se me adelantó… que si no, me habría casado antes contigo —bromeó Wolf.

Ella se echó a reír. Durante todos aquellos años, habían sido como hermanos.

—Seguro que sí —desvió la mirada hacia la licorera de whisky—. Pero esa ha sido una muy mala idea —le recordó.

Él se encogió de hombros.

—Una pistola habría sido aún peor.

Madra esbozó una mueca.

—Todos cometemos errores.

—Este es el peor de mi vida, y yo no soy el único que va a pagar por él —comentó, triste—. ¿Te quedarás hasta que llame a Barbara y sepa si va a venir?

—Por supuesto —replicó ella.

—Prepararé café —dijo Wolf, y sonrió.

Barbara apareció con un saco de dormir. Esbozó una mueca nada más ver la cara de Wolf. El hombretón de ojos azul hielo había pasado muchas horas en su cafetería. Con el tiempo se había encariñado mucho con él. Wolf se había mostrado reticente por teléfono, pero ahora que lo tenía delante, empezó a comprender lo que probablemente habría sucedido. Sara era una joven tan inocente, tan ingenua... Y ella sabía cosas de Wolf por su hijo, Rick Márquez, teniente de la policía de San Antonio, que a su vez era amigo de Rourke, un mercenario que pasaba tiempo en Jacobsville en operaciones secretas. Rourke conocía bien a Wolf.

—He hecho algo imperdonable —le dijo a Barbara—. Gracias por venir. No puedo dejar que se vaya a su casa. Allí estaría sola y yo... le he reavivado recuerdos horribles.

Barbara asintió.

—Tranquilo. Tengo gente que puede ocuparse de la cafetería mientras esté yo aquí —le aseguró ella.

—De acuerdo.

—Tengo que irme a casa. Gracias por haberme mandado el coche —le dijo Madra a Wolf—. Tú llama a esa psicoterapeuta. No te dejaré en paz hasta que lo hagas.

Él asintió. Y volvió a abrazarla.

—Dile a Mark que le agradezco que te haya dejado venir.

—Ya sabes que haría cualquier cosa por ti —repuso—. Además, tú eres el padrino de nuestros hijos. No habría podido negarme.

—¿Crees que se pondrá bien? —le preguntó, preocupado.

—Está traumatizada —dijo Madra—. Pero es algo mental, no físico. No le has hecho daño.

—Eso es lo que tú te crees —repuso él, triste.

Ella le dio una palmadita en el hombro.

—Duerme un poco. Por la mañana, podrás disculparte.

—Por la mañana, ella estará buscando la llave del armario de las escopetas.

Madra se despidió de Barbara para dirigirse a la limusina que ya la estaba esperando.

Barbara entró en el cuarto de invitados y miró a la pálida mujer que dormía bajo el edredón de la gran cama. Desvió luego la vista hacia la silla donde Wolf había dejado doblado su vestido y sus zapatos.

—Nunca me perdonará —masculló Wolf entre dientes—. Y Gabe me dará la paliza del siglo cuando se entere.

—¿Cómo se enterará? —quiso saber ella.

—Porque yo pienso decírselo —respondió con tono seco—. Me merezco todo el mal que me haga —una expresión de dolor asomó a su rostro—. Ella me escuchó. Yo le abrí mi corazón, y ella me escuchó. Y después la recompensé con... esto —volvió el rostro hacia otro lado.

—Madra tiene razón. Ya te disculparás con ella mañana. Sara no es una mujer vengativa —añadió con tono suave—. Tienes que darle tiempo.

Él negó con la cabeza.

—Eso no servirá.

—Intenta dormir un poco. Yo me acostaré aquí.
—Gracias por venir.
Ella sonrió.
—Sara me cae bien.

A la mañana siguiente, Sara se despertó con un leve dolor de cabeza y los recuerdos de la noche anterior. Estaba en combinación, y se llevó un buen susto cuando vio una cabeza sobre la almohada, a su lado.

Pero resultó que era Barbara, que justo en aquel momento se volvía hacia ella para regalarle una soñolienta sonrisa.

—Buenos días —la saludó la mujer—. ¿Cómo te sientes?

—Horrible —ruborizándose, miró a su alrededor—. No recuerdo...

—Madra Collins vino a reconocerte —dijo Barbara—. Te puso una inyección y te acostó. Wolf me pidió que viniera para quedarme mientras estuvieras aquí. Me dijo que no podía dejar que volvieras a casa sola, en las condiciones en que te encontrabas —vaciló—. Está fatal. Dice que tu hermano le va a dar la paliza del siglo y que él no opondrá resistencia alguna.

Sara bajó la mirada. Sus recuerdos de la noche anterior eran tan vívidos como embarazosos. Se avergonzaba de haber dejado que las cosas fueran tan lejos. Pero lo que más recordaba era la expresión de Wolf cuando se arrodilló a su lado y le suplicó que le permitiera meterla dentro de la casa. Se había quedado consternado cuando ella le reveló la verdad de lo que le habían hecho en el pasado. Consternado, avergonzado y devorado por la culpabilidad.

En realidad, él no había tenido toda la culpa. Ella había querido lo que al final había terminado sucediendo, hasta que se dio cuenta de que él se estaba vengando de Ysera en su cuerpo. Se preguntó si se acordaría de aquello. Por supuesto que se acordaría. Se sentía enferma. Amargada.

Se sentó y bajó las piernas al suelo. De repente recordó que su vestido y sus zapatos aún debían de seguir en el salón, donde él la había desnudado...

—No tengo ninguna ropa —susurró—. Mi vestido...

—¿No es ese? —le preguntó Barbara, curiosa, señalando la silla colocada contra la pared. Su vestido estaba allí, doblado, con los zapatos en el suelo.

—Oh. Sí. ¿Puedes llevarme a mi apartamento? —preguntó Sara con un débil susurro.

—No puedes irte a casa todavía.

—Pero...

—Voy a quedarme aquí contigo —dijo Barbara—. Ni él ni yo queremos dejarte sola. Estás bajo los efectos de un trauma, Sara.

Ella se ruborizó. Sus ojos negros adquirieron una expresión trágica.

—Él... ¿te lo dijo?

—Solo me dijo que la situación se le escapó de las manos, eso es todo. De verdad.

Eso la relajó un tanto. Se echó hacia atrás el pelo enredado.

—Una de sus mujeres vino a reconocerme —explicó con una amarga carcajada.

—Está casada con su mejor amigo —le informó Barbara—. Y él es el padrino de sus hijos.

—Ah...

—El señor Patterson no tiene «mujeres» —dijo Barbara, y sus ojos azules relampaguearon cuando la vio ruborizarse—. Los rumores corren. Al parecer, se lleva a rubias despampanantes al teatro, a la ópera y al ballet... para luego despedirse de ellas en la puerta de sus domicilios y marcharse a su casa. Algunas se frustran tanto que hasta terminan contándolo por ahí.

Por alguna extraña razón, aquello hizo que la noche anterior se le antojara más soportable. Pero seguía sintiendo el estrés por lo que había sucedido.

—¿Dónde está? —preguntó inquieta, desviando la mirada hacia la puerta como si temiera que pudiera aparecer en cualquier momento.

—Iré a ver. Prepararé el desayuno para todos y luego iré a San Antonio para recoger algunas cosas de tu apartamento, si me dejas la llave.

—Quiero irme a mi casa —dijo Sara con un sollozo ahogado.

Barbara se inclinó hacia ella y la abrazó.

—Solo necesitas algo de tiempo —le dijo con ternura—… desde que te pasó aquello, no has vuelto a dejar que te toque ningún hombre, ¿verdad?

Sara se retrajo.

—¿Te ha contado…?

—No. He visto los síntomas antes —respondió Barbara con tono suave—. Una vez Rick me trajo a una mujer que había sido violada. Se quedó conmigo hasta que detuvieron al agresor. Yo la acompañé al juicio y me senté a su lado.

Sara podía sentir las lágrimas calientes que habían empezado a rodar por sus mejillas.

—No tienes que decirme nada que no quieras —añadió Barbara.

Sara aspiró profundo.

—Cuando yo tenía trece años, mi padrastro intentó violarme —le confesó—. Mi hermano apareció justo a tiempo de evitarlo. Lo detuvieron. Hubo un juicio —cerró los ojos—. Tuve que testificar. Él fue a la cárcel y mi madre me echó de casa, a mí y a Gabriel. Nos acogió la tía de uno de nuestros abogados, en un segundo juicio.

No le explicó el motivo de aquel segundo juicio. Sonrió, triste.

—Esa persona fue la familia que nunca tuvimos.

—Al menos tuvisteis a alguien que os quisiera —observó Barbara.

—Sí.
—El juicio fue la peor parte, supongo.

Sara se estremeció.

—Los abogados pueden llegar a ser muy crueles —recordó Barbara—. Yo no me lo creía, hasta que vi a uno con mis propios ojos.

—Aquel hombre sostuvo que yo tenté a mi padrastro hasta que logré volverlo loco, y que por tanto toda la culpa fue mía.

—Canalla... —masculló Barbara.

Sara se enjugó las lágrimas.

—Perdona. Parece que hoy no paro de llorar.

—¿Podrás comer algo?

—Me gustaría tomar un café, al menos. Si es que él... no está aquí —añadió, estremeciéndose solo de pensar en volver a ver a Wolf, con los recuerdos de la noche que habían pasado juntos.

—Iré a ver.

Barbara recogió su ropa y se dirigió a la cocina. Estaba desierta. Se acordó entonces de que Wolf no tenía ama de llaves. En la ciudad se decía, a modo de broma, que eso era porque jamás dejaba entrar a una mujer en su casa, y mucho menos en su cocina. De hecho, era un perfecto amo de llaves y, según decían los rumores, un gran cocinero.

No pudo encontrarlo por ninguna parte. Hasta que descubrió una puerta entornada al final del pasillo, y la empujó suavemente. Allí estaba. Wolf Patterson derrumbado sobre la mesa de su escritorio, con un vaso volcado y media botella de whisky al lado.

De manera que no era un hombre tan frío como creía Sara.

Fue al escritorio y lo sacudió con delicadeza.

—Todo es culpa mía —pronunció, medio dormido—. Ella me odiará para siempre. ¡Oh, Dios mío, cuánto me odio!

Un sollozo escapó de su garganta, sacudidos sus anchos hombros.

Barbara esbozó una mueca.

—Tienes que acostarte.

—No. No, lo que necesito es una pistola…

—¡No digas eso! —intentó levantarlo. Pesaba mucho, y solo a duras penas logró llevarlo hasta el sofá y tumbarlo allí.

—Maldita sea —gruñó él—. ¡Maldito sea yo, por lo que le he hecho a esa pobre alma atormentada! —se tapó los ojos con un brazo.

Barbara vio una manta doblada sobre una silla y lo arropó con ella. Luego le apartó el negro cabello de la frente con ternura, casi como lo habría hecho con su hijo adoptado, Rick.

—Todo saldrá bien —le aseguró con tono suave—. Intenta dormir.

—Ella me tiene miedo —dijo Wolf con voz desgarrada—. ¡Estaba temblando de los pies a la cabeza…!

La mujer le acarició de nuevo el pelo.

—A dormir.

—Maldito sea… yo —musitó él. Segundos después, estaba roncando.

Barbara salió y cerró la puerta sigilosamente. Se disponía a volver al cuarto de invitados cuando descubrió a un vaquero esperando al otro lado de la puerta principal.

La abrió. Sabía que tendría que ser muy discreta. Sonrió.

—Hola, ¿estás buscando al jefe?

—Eh… sí. Los muchachos ya están listos. Pero nuestro capataz necesita saber si el jefe tiene algo más planeado para hoy, aparte de salir a recoger el ganado suelto.

—Está bastante mal —dijo Barbara, improvisando una mentira—. Anoche salió con la señorita Brandon. Fue ella quien lo trajo a casa, enfermo. No quiso abandonarlo, pero tampoco quería quedarse aquí sola con él. Por eso me llamó a mí —sonrió—. Y tendré que quedarme hasta que el señor Patterson se recupere.

El vaquero pareció tranquilizarse.

—Espero que sea pronto. Si necesita algo, díganoslo, ¿de acuerdo?

—Lo haré. Seguro que se lo agradecerá.

—¡Ah! Es usted la señora Ferguson, la de la cafetería —dijo el hombre de repente, como si solo en ese momento la hubiera reconocido—. Dios mío, señora, el jefe puede considerarse afortunado de tenerla a usted de cocinera, aunque solo sea por hoy… —rio por lo bajo—. Su guiso de carne con patatas es el mejor que he probado nunca.

—Tengo entendido que tu jefe cocina aún mejor que yo —repuso ella.

—Sí que es bueno, señora, pero le gustan demasiado los platos y las salsas raras —dijo, encogiéndose de hombros—. De cuando en cuando, ni a los chicos ni a mí nos disgusta, pero todos los días… Le aseguro que el día que consigamos esa nueva cocinera para el barracón será un día de felicidad para nosotros —sonrió.

Barbara se echó a reír.

El joven se llevó un dedo al sombrero.

—Dígale al jefe que estaremos trabajando de firme, y que esperamos que se recupere pronto.

—Se lo diré.

Cerró la puerta. Tendría que encargarse no ya de Sara, sino también del jefe, una vez que se despertara. El hombre iba a tener una buena resaca.

Barbara hizo galletas y preparó jamón curado con salsa acompañado de tortilla, sirviéndose de las especias que Wolf cultivaba en el huerto de la cocina.

—¿Dónde está él? —preguntó de pronto Sara.

Con un suspiro, Barbara continuó untando de mantequilla las galletas.

—Perdió la conciencia en su escritorio.

—¿Qué?

La mujer asintió mientras batía los huevos en un plato.

—Con media botella de whisky al lado.

—Pero si él no bebe —balbuceó Sara—. Mi hermano me dijo que no tocaba el alcohol fuerte.

—Creo que probablemente ayer sintió necesidad de ello —fue su tranquila respuesta—. Lo acosté en el sofá e inmediatamente se quedó dormido.

—¿Dijo algo?

—Solo que si hubiera tenido un arma...

Sara gimió en voz alta.

—Debí haberle contado la verdad —dijo con voz ronca—. Debí haberle hecho comprender... ¡Fue culpa mía!

—Ambos tenéis vuestras cicatrices —replicó Barbara. Llevó la comida a la mesa y llenó dos tazones de café.

—Sí, y ahora todavía más por culpa de lo de anoche —se tapó la cara con las manos—. Yo no sabía... Nunca me imaginé que resultaría tan difícil evitar que... —se interrumpió, ruborizándose.

—¿Sabes? Yo he estado casada —dijo Barbara con una sonrisa bondadosa—. Lo creas o no, lo sé todo sobre la pasión.

—Pues yo no sé nada —le confesó Sara—. O no sabía, al menos —se mordió el labio inferior—. Después de aquello que me pasó, no salí con nadie. Bueno, sí, una vez. Era un chico amable. Yo estaba en último año. Él estaba demasiado impaciente y yo... perdí el control y me eché a llorar. Se pensó que yo estaba loca. A partir de entonces se fue corriendo la voz, y nadie más volvió a pedirme salir. De todas maneras yo no habría aceptado, después de aquello —reconoció, bebiendo un sorbo de café—. Entonces pensaba que nunca sería capaz de sentir nada por un hombre.

—Pero eso ya no es cierto, ¿verdad?

Sara sacudió la cabeza.

—Wolf es... un hombre muy masculino —dijo, bajando la mirada—. Es guapo y sensual, y... —alzó la vista—. Yo pensé que quizá, solo quizá... —volvió a bajarla a su tazón—. Así que lo intenté, y ahora ambos estamos pagando por ello —bebió un sorbo de café—. Él nunca me perdonará.

—Es a sí mismo a quien le está costando perdonar, creo yo —repuso Barbara—. Solo necesita un poco de tiempo —añadió—. Las cosas mejorarán. Por el momento, no dejes que se te enfríe la comida.

Sara logró sonreír mientras pinchaba un bocado con el tenedor.

Wolf todavía no había aparecido para cuando Barbara fue a San Antonio para recoger la ropa de Sara. Sara había querido acompañarla, pero la mujer se mostró firme en su negativa. La pobre no era consciente de la angustia que seguía reflejando su rostro, pero Barbara sí, y por ello temía que, una vez que se encontrara de vuelta en su apartamento, no quisiera salir más. No quería dejarla sola.

No añadió que sabía cosas que la propia Sara ignoraba sobre el pasado de Wolf y de la mujer que, según Rick, había empezado a amenazarlo. De resultas de ello, Sara podría estar en peligro en cualquier lugar donde se hallara hasta que su hermano volviera a reunirse con ella. Barbara prefirió mentirle diciéndole que alguien andaba detrás de Gabriel, que Rick lo sabía y que se lo había contado a ella, con lo cual Sara corría peligro si se quedaba sola.

Lo que significaba que Sara ni siquiera podría confiar en Michelle ni pedirle que abandonara su residencia universitaria para trasladarse a su apartamento de San Antonio. En opinión de la propia Sara, eso tampoco habría sido justo, de todas formas. A la joven le estaba yendo muy bien con sus estudios de Periodismo, pero estaba teniendo algunos problemas con una de las asignaturas troncales. Y Sara no quería ser la causa de un posible suspenso.

Barbara le había prestado unos pantalones, junto con una

camisa escocesa, de color azul, y unas zapatillas deportivas; afortunadamente las dos mujeres eran de talla similar, y hasta calzaban el mismo número. En aquel momento, exteriormente, no tenía nada que ver con la mujer elegante y sofisticada a la que Wolf había llevado a su casa la noche antes.

Sabía que tenía caballos. Contempló los establos con una mirada cargada de recuerdos desagradables, por lo que había pasado allí, y prefirió concentrar su atención en los caballos del corral. Una de las yeguas estaba piafando, con un potrillo al lado. Eran ejemplares de la raza Appaloosa. Había pasado mucho tiempo desde que Sara había visto uno, aunque un vecino de Wyoming los criaba. Sonrió mientras veía a la madre frotando con el hocico a su potrillo, que relinchaba de alegría.

—Tiene cuatro años —pronunció una voz profunda y tranquila a su espalda—. La rescatamos. Su anterior propietario la había azotado casi hasta la muerte con una barra de hierro. Se necesitó mucho trabajo para ganar su confianza.

Sara tragó saliva. No podía mirarlo. Sabía que se había puesto roja.

Lo sentía detrás de ella. Aunque no estaba demasiado cerca, casi podía sentir su calor corporal.

—Anoche pensé en volarme los sesos —dijo Wolf con un tono casi coloquial—. Pero decidí que sería mejor esperar a que tu hermano lo hiciera por mí.

Sara se volvió, muy lentamente, y alzó la mirada hacia él con los ojos muy abiertos, cargados de incertidumbre.

Wolf esbozó una mueca al ver su expresión. Tenía las manos hundidas en los bolsillos de sus tejanos, con todo el aspecto de estar sufriendo una resaca horrible. Tenía los ojos claros inyectados en sangre. Su rostro parecía esculpido en piedra.

—Espero que entiendas por qué no podía dejar que volvieras sola a tu apartamento... y por qué le pedí a Barbara que viniera —dijo con voz apagada—. Te hice mucho daño. No me entusiasma precisamente tener que enfrentarme a los resultados de mi propia estupidez, pero tu estado es ahora mismo muy frágil. No pienso dejarte sola.

Sara tragó saliva y desvió la mirada. Se abrazó. Estaba temblando.

—De acuerdo —dijo.

—Barbara se quedará aquí todo el tiempo —le prometió él—. Yo no... no volveré a tocarte.

Ella asintió. No le salían las palabras.

Él se apartó un poco, con la mirada clavada en el corral.

—Fuiste sincera conmigo en casi todo. Excepto en la edad que tenías cuando sucedió aquello.

—Lo sé.

—Pensaba que ella, Ysera, estaba fuera de mi vida —le confesó él, suspirando—. Pero no. Ella nunca se marchó. Sigo queriendo vengarme en los demás de lo que ella me hizo. No te puedes imaginar lo muy avergonzado que me siento por lo que te he hecho.

—Yo no podía hablar de ello —dijo Sara al cabo de un momento—. Mi padrastro me hizo cosas... horribles. Me dijo cosas groseras, procaces. Yo ni siquiera entendí algunas de ellas, hasta el juicio. Aquello fue terrible, el hecho de aparecer en público como una especie de prostituta adolescente. Pero lo que vino después...

Wolf apoyó un pie en un travesaño de la valla y miró a los caballos, que no a ella.

Sara continuó su relato, mientras pasaba sus frías manos por la madera de la valla.

—Mi madre le consiguió otro abogado, uno que encontró un tecnicismo legal para repetir el juicio. Y mi padrastro, cuando salió de la cárcel, solo quiso una cosa: vengarse. Fue a por mí con una pistola. Yo acababa de salir de casa, de camino al instituto, cuando de repente me lo encontré. Me insultó, se echó a reír. Me dijo que nunca viviría para testificar contra él en un segundo juicio —cerró los ojos. Por un momento dejó de ser consciente del hombre que tenía al lado, una especie de estatua con unos ojos de expresión terrible a los que costaba mirar—. Nuestro vecino de la puerta de al lado era agente de policía. Él también estaba de camino al trabajo cuando vio lo que estaba sucediendo. Sacó su pistola reglamentaria y ordenó a mi padrastro que bajara su arma. Me tenía apuntada cuando el policía disparó contra él, directamente a la cabeza —se estremeció visiblemente. Ya no pudo decir nada más.

Sintió sus brazos envolviéndola, un cuerpo grande y cálido que la abrazaba con ternura, sin pasión. Sintió sus manos en la nuca, hundidas en su larga melena. Unos labios presionados contra su sien. Oyó palabras, palabras tiernas y acariciadoras, mientras continuaba estremeciéndose y reviviendo el trauma.

—El agente de policía fue denunciado. Yo testifiqué, porque no quería que tuviera que pagar por haberme salvado. Todo aquello llevó a algo... verdaderamente maravilloso. El abogado defensor tenía una tía soltera que nos acogió a Gabe y a mí, que nos ofreció su hogar, que nos trató a los dos como a los hijos que nunca había tenido.

—¿Y el policía?

—Mi testimonio lo exoneró —explicó ella. Cerró los ojos y se estremeció de nuevo—. Pero aquel tiroteo solo fue un terror más, una de las muchas cosas que me mantuvieron despierta por las noches. Yo lo odiaba. Lo odiaba de verdad. Pero al mismo tiempo lo vi morir. Me sentía... responsable. Durante el juicio, mi madre me gritó. Me dijo que yo era una asesina, que me odiaba —soltó un tembloroso suspiro—. Mi vida... ha sido un verdadero infierno —sollozó.

Wolf besó sus párpados cerrados mientras continuaba acariciándole lenta y tiernamente el pelo.

—Pobrecita —musitó—. ¡Dios mío, lo siento tanto!

Cerró los puños. Olía a café, a humo y a una deliciosa colonia. Sara apoyó la frente contra sus labios, dejándose abrazar.

Wolf se estremeció ante la confianza que ella le estaba demostrando, cuando había hecho todo lo posible por traicionarla.

—De haberlo sabido, nunca te habría tocado —le confesó con voz ronca.

—Lo sé —soltó otro tembloroso suspiro.

Estaba demasiado agitada para darse cuenta de lo que estaba admitiendo. Él le alisó la negra melena y alzó la cabeza, dejando que la fresca brisa acariciara los oscuros mechones de su pelo, que estaban húmedos de sudor.

Sara permaneció dentro del círculo de sus brazos, con los ojos cerrados. Sorprendentemente, era la primera sensación de absoluta paz que había conocido nunca.

El sonido de un coche acercándose por el sendero llamó su atención. Se apartó de él, inhibida, cuando una oscura limusina se detuvo ante la puerta principal.

—No puede ser Barbara. Ella se llevó su propio coche —dijo Sara.

—No. Definitivamente no es Barbara —confirmó él—. Solo espero que ella no se haya traído a sus mascotas.

—¿Ella? —Sara alzó la mirada hacia él, preocupada.

—Casi puedo ver lo que estás pensando —repuso él con tono suave—. No es una de mis mujeres. Porque, además, yo no he tenido mujeres: no desde lo de Ysera. Ya te lo dije, y es la verdad.

Sara simplemente se lo quedó mirando.

—Espero que seas capaz de perdonarme por esto —añadió él, señalando la casa con un gesto—. No puedo dejar que vuelvas a tu apartamento hasta que no esté seguro de que no buscarás alguna medida drástica de olvidar lo que te hice.

—No entiendo.

Wolf hundió las manos en los bolsillos mientras veía a la

mujer bajar de la limusina. El vehículo se alejó enseguida y ella quedó en el porche, con una maleta de ruedas al lado.

—Ya lo entenderás —le dijo Wolf.

Era una mujer joven de cabello negro en punta, con reflejos rojizos. Lucía un vestido negro largo hasta los tobillos, con numerosas joyas de plata. Llevaba las uñas pintadas de negro, el mismo color de su pintalabios. Y un pendiente en la nariz.

—Soy Emma Cain —procedió a presentarse ella misma, con un brillo en los ojos—. Y supongo que uno de vosotros es Wofford Patterson.

Una breve carcajada de sorpresa escapó de la garganta de Sara.

—Soy yo —anunció Wolf—. Encantado de conocerte —le estrechó la mano—. Y esta es Sara Brandon —añadió, señalando a su compañera.

—Solamente dispongo de dos días —informó la joven—. Así que será mejor que vayamos al grano. Necesito una habitación tranquila y una cafetera llena. Y tendré que ir uno a uno. No me gustan las sesiones conjuntas.

Sara se vio de repente asaltada por la más horrible de las sospechas.

—¿Conjuntas...? —miró a Wolf con tal expresión de asombro que le arrancó una carcajada.

—No se trata de sexo conjunto —aclaró Emma—. ¿No te lo ha dicho? Soy psicóloga —esbozó una sonrisa maliciosa—. Ambos estáis rotos... ¡y yo voy a arreglaros!

CAPÍTULO 7

Emma Cain no tenía en absoluto el aspecto que Sara había esperado encontrar en una psicoterapeuta. La joven iba vestida de manera extravagante, y parecía más una adolescente gótica que una psicoterapeuta, pese a la inteligencia de su expresión.

Sentó a Sara en un sillón del despacho de Wolf y sacó un iPod. Revisó allí sus notas, frunció los labios y se recostó luego en el sofá.

—Primera pregunta —le dijo, sonriente—. ¿Cuáles son tus sentimientos hacia Wolf Patterson esta mañana?

Sara se mordió el labio inferior.

—No hagas eso. No pienses la respuesta. Simplemente dímelo.

—No sé lo que siento —replicó Sara—. Las cosas fueron demasiado lejos entre nosotros. Él... él... —intentó encontrar las palabras.

—Te utilizó para vengarse en ti de la mujer que lo humilló.

Sara asintió, triste.

—Mientras que tú habías esperado algo completamente diferente.

Hubo una vacilación. Sara asintió de nuevo.

—Nunca fui capaz de sentir nada, con otros hombres —

le confesó—. Pero desde la primera vez que lo vi, me sentí como desgarrada cada vez que me miraba. Me mostraba hostil hacia Wolf, porque tenía miedo de lo que yo misma sentía —afirmó.

Emma sonrió.

—Eso no lo sabe él.

—No.

—Lo deseabas.

Sara se puso roja.

—No es ningún pecado desear a alguien —le recordó Emma con tono suave—. Es algo natural, una reacción muy humana.

—Bueno, sí, pero…

—¿Pero?

Los negros ojos de Sara brillaban por las lágrimas.

—Fue culpa mía que las cosas llegaran tan lejos —susurró, como si la avergonzara siquiera decirlo. La sorprendió escucharlo. Hasta aquel momento, ni ella misma se había dado cuenta de ello—. Creía que él sentía algo por mí.

—Lo cual volvió todavía peor lo que pasó, ¿verdad?

—Sí. Porque eso no significó nada para él —reconoció Sara, deprimida—. Wolf fue maltratado por una mujer. Lo ridiculizó mientras hacían el amor, lo humilló. Y ella se parecía a mí —añadió con una sonrisa triste.

Emma asintió mientras tomaba notas.

—¿Qué es lo que sabes de él? —le preguntó al cabo de un momento.

—Sé que guarda recuerdos horribles —respondió Sara—. Como los míos, solo que peores. Nadie sabe exactamente lo que hace, o lo que hizo, para ganarse la vida. A mí me dijo que había trabajado para el FBI, pero mi hermano y él son amigos. Y mi hermano es un soldado profesional. Militar contratado.

—Créeme, conozco bien a los mercenarios —le dijo Emma—. La gente piensa que son duros como rocas, gente dispuesta a hacer lo que sea por dinero —sacudió la cabeza—. Podría contarte un montón de historias al respecto, si con ello no faltara a mi ética profesional.

—Wolf... me contó algunas.

Emma tomó más notas.

—¿Sabes algo sobre su infancia?

—Sí —ella se mordió el labio inferior—. Pero eso es algo que tendría que decírtelo él. A mí no me gusta hablar de los demás —añadió a modo de disculpa—. Si te he contado lo de la mujer que lo humilló, ha sido porque fue por eso por lo que me hizo... aquello.

—Admirable actitud.

—Tampoco creo que él vaya a contarte mucho sobre mí —añadió Sara.

Emma se rio por lo bajo.

—No me ha contado absolutamente nada, eso seguro —dijo, alzando la mirada hasta el sorprendido rostro de Sara—. Aunque fue muy explícito sobre él mismo, y sobre el daño tan grande que te hizo a ti —estudió a Sara—. De hecho, yo había esperado ver moratones...

—¡No! —exclamó Sara, inclinándose hacia delante—. ¡No, él no me maltrató de esa manera! ¡Jamás me haría físicamente el menor daño!

La joven ladeó de nuevo la cabeza, y esperó.

—Wolf... es muy tierno —musitó Sara. Y se puso colorada.

Emma no dijo nada. Se limitó a tomar más notas.

Una hora después, Emma y Sara entraron en la cocina. Barbara estaba sentada allí, haciendo compañía a un cariacontecido Wolf Patterson.

—Tu turno —le dijo Emma, sonriente.

Él se levantó, miró a Sara, esbozó una mueca y siguió a Emma al despacho.

★★★

—Ella no es en absoluto lo que había esperado —le confesó Sara a Barbara mientras tomaban café—. ¡Dios mío, habría podido contárselo todo!

—Tiene una enorme capacidad de penetración —repuso la mujer mayor, riéndose.

—Y que lo digas.

—Te he traído tu ropa —dijo Barbara—. Y de camino pasé por la cafetería para asegurarme de que todo marchaba bien.

—Lo siento tanto…

—Tú eres una de las personas más buenas que conozco, Sara —la interrumpió la mujer—. Todo esto no ha sido ninguna molestia para mí, créeme.

—Muchas gracias.

Barbara sonrió.

—Me estoy tomando esto como unas vacaciones. Hacía años que no disfrutaba de unos días libres.

—Pero aquí también estás cocinando.

—No por obligación —replicó, divertida—. ¿No ves la diferencia?

Sara no pudo por menos que mostrarse de acuerdo con ella.

Sara se puso unos pantalones y una blusa negra de cuello alto. Y el suéter largo hasta los tobillos que la ayudaba siempre a camuflar su figura. No quería parecer seductora. Se recogió luego la melena en una cola de caballo y se la ató con un lazo rosa.

Cuando volvió a la cocina, vio a Wolf sentado allí con Barbara.

—¿Dónde está la señorita Cain? —inquirió.

—Se ha marchado a su hotel —contestó Wolf—. Volverá por la mañana.

—¿No va a quedarse aquí?

Wolf bebió un sorbo de café.

—Si tú estás dispuesta a compartir una habitación con ella y con Willie, le pediré que venga.

—¿Quién es Willie?

—Su serpiente pitón de dos metros.

Sara recordó lo que le había oído decir sobre aquella heterodoxa psicoterapeuta nada más llegar a la casa.

—Claro. Me dijiste que recogía y cuidaba serpientes.

—Así es. Y Willie no es más que un bebé.

—¡Es aterrador! —exclamó Barbara, riéndose.

—Es una gran profesional —dijo Sara mientras se sentaba al lado de la mujer, a la mesa de la cocina.

—Sí que lo es —convino Wolf.

—Necesito ver lo que tienes en la nevera —empezó Barbara.

—No, tú quédate sentada —le dijo él—. Voy a hacer una quiche y crepes para cenar.

—¿Tú cocinas? —le preguntó Sara, sorprendida.

—Sí.

—Esto va a ser efectivamente como unas vacaciones —dijo Barbara, riéndose—. Todos los cocineros acaban cansándose de su propia cocina al cabo de un tiempo —añadió—. De todas formas, ¿necesitas ayuda?

—Sí —respondió Wolf, pero miró a Sara—. ¿Podrías cortarme unas hierbas? —le pidió con tono suave.

Sara no lo miró. Pero asintió con la cabeza.

—De acuerdo entonces. Mientras vosotros dos os encargáis de la cena, me gustaría ver las noticias. ¿Te importa? —le preguntó Barbara a Wolf.

—Adelante. Tengo televisión por satélite y todos los canales del mundo. Tú misma.

—Muy bien —Barbara recogió su taza de café con la intención de retirarse, pero de repente vaciló.

—No te preocupes —le dijo Wolf—. Yo derramo cosas todo el tiempo —sonrió—. Llévate el café al salón.

La mujer se echó a reír.

—No pensaba manchar nada. Es solo que hay gente a la que no le gusta llevarse las bebidas al salón.

Él se encogió de hombros.

—Yo, con los muebles, soy como un oso.

Sara soltó entonces una carcajada.

—¿Qué? —no entendía nada.

—Es la frase de una humorista —explicó Wolf—. Me encantaba verla actuar, hace años. Solía decir que los hombres eran como osos con los muebles. Parece que se me quedó grabado.

La miró, y Sara desvió la vista. Wolf sonrió, triste. Todavía era muy temprano para arreglar las cosas.

Sara cortó las hierbas con un estupendo cuchillo de la nutrida colección que Wolf guardaba en un armario.

—Lo haces muy bien —comentó él mientras calentaba el aceite en una sartén.

—Me gusta cocinar.

—Ya lo he notado. Tienes casi tantos libros de cocina como yo.

—Sí, pero no sé hacer crepes —le confesó—. Las quemo todas.

—Se necesita práctica. Eso es todo.

Trabajaron bien juntos, compartiendo espacio, sin hablar. A Sara le gustó la sensación.

—¿Te cae bien Emma? —le preguntó él de pronto.

—Sí. No es en absoluto lo que había esperado en una psicoterapeuta.

—Es precisamente por eso por lo que me gusta a mí.

Sara echó las hierbas en un bol.

—Por si acaso has llegado a preguntártelo, no le he contado nada sobre ti. Bueno, excepto lo de... —se calló, ruborizada.

—Yo le conté el resto —la interrumpió Wolf, algo tenso—. Me dijo que pensaba que yo te había pegado...

—¿Cómo? —exclamó ella—. Pero si yo le dije precisamente que no me habías hecho nada. ¡Que jamás me harías físicamente el menor daño!

Se quedó sorprendido ante aquella defensa tan acalorada. Escrutó sus ojos negros.

—Ya me lo dijo ella —sonrió lentamente—. Pero solo después de haberme puesto furioso con su comentario. Le divirtió que tú me defendieras —volvió a bajar la mirada a la sartén—. Lo cual a mí me avergüenza, teniendo en cuenta lo que te hice.

Sara soltó un profundo suspiro.

—Por fuerza debiste notar que no me resistí mucho.

Wolf interrumpió lo que estaba haciendo y se volvió hacia ella.

Sara se mordió el labio inferior.

—Te estás comportando como si yo fuera una víctima. Y no lo soy. No me hiciste daño.

—Físicamente, no —respondió, cortante—. Pero lo que le hice a tu orgullo...

Ella se encogió levemente de hombros.

—Orgullo es lo que una mujer tiene antes de que la vida le haga avergonzarse de serlo. ¿Sabes?, después del juicio, durante años, fui incapaz de dejar que un hombre me tocase. Todavía fue peor cuando murió mi padrastro, y la gente de mi círculo de amistades de Wyoming lo sabía. Fue por eso por lo que Gabriel nos consiguió el apartamento de San Antonio y la casa de Comanche Wells, porque aquí nadie nos conocía. Se trataba de buscar un lugar donde yo pudiera vivir sin que la gente rumoreara sobre mí.

Wolf se apoyó en la encimera, entrecerrando sus ojos claros. Observando, esperando.

—Intenté salir con un hombre solo una vez, en mi último año de instituto —prosiguió ella—. Él sabía todo lo que me había ocurrido —se quedó mirando sus manos, desnudas de anillos—. Me gustaba. Llegué a pensar que, quizá… Pero cuando me acompañó a casa, tía Maude no estaba y Gabriel se hallaba de servicio. Él entró sin que le invitara y empezó a besarme. Yo… entré en pánico. Me resistí y chillé. Él me miró entonces como si estuviera loca. Se fue y me dejó allí. Se lo contó a sus amigos, supongo, porque corrió por todo el instituto la noticia de que yo me ponía histérica cada vez que un chico me besaba —se encogió de hombros—. De manera que renuncié incluso a intentarlo. De todas formas, los hombres me producían repulsión.

Wolf seguía observándola.

—Pero yo no —repuso con voz profunda.

Alzó la mirada hacia él, ruborizada.

—No, tú no —le confesó con un murmullo—. Yo… yo nunca había sentido nada parecido.

Wolf se deprimió de pronto. Se volvió para continuar cocinando.

—Era demasiado pronto —dijo mientras mezclaba los ingredientes para preparar la quiche.

—Es verdad. Yo creí que podría…

—No, tú no. Yo. Era demasiado pronto, después de lo de Ysera —batió leche y huevos con las hierbas que ella había cortado—. Durante dos años mi autoestima ha estado por los suelos. Las heridas necesitan tiempo para curar —dijo con firmeza.

—Alguien debería haber colgado a esa mujer de una farola —masculló Sara.

Wolf soltó un profundo suspiro.

—Lo intentamos. La milicia local peinó las colinas buscándola. Pero ella vendió todo lo que poseía y sobornó a alguien para abandonar el país.

—¿Nunca volviste a verla?

—No. Pero una unidad asociada a la mía sí que la ha visto, hace poco, en Buenos Aires —explicó—. Se dice que tiene un amante millonario que piensa financiar su retorno a África.

—¿Va a volver? ¿Por qué?

—Estuvo implicada en una red de tráfico de drogas —dijo él—. Es una traficante de alto nivel, con contactos en todo el mundo. Era por eso por lo que andábamos detrás de ella. Trabajábamos con la Interpol, hasta que fui lo suficientemente estúpido como para confiar en ella como informante —miró a Sara con expresión irónica—. La regla número uno del espionaje: nunca te líes con una fuente.

—¿Espionaje?

Wolf asintió.

—Yo trabajaba con varias agencias del país, y en algún momento hice colaboraciones para la Interpol —se volvió hacia ella—. Pero mi último empleo fue como militar contratado. Trabajé con tu hermano, de hecho, en una incursión en África. Es de eso de lo que me conoce, Y es por eso por lo que ha intentado mantenernos separados, porque sabía lo que me había hecho Ysera.

—Entiendo.

—Es todavía peor, Sara —dijo él con tono suave—. El tráfico de drogas no es la única ocupación que ella tiene actualmente entre manos. Quiere vengarse de mí. Yo la denuncié, y ha perdido mucho dinero. Mientras permanezca oculta, no pasará nada. Pero ahora ha abandonado su escondite. Quiere mi cabeza en bandeja. Ha contratado a alguien para que me liquide.

Sara tuvo la sensación de que el corazón dejaba de latirle. Lo miró con el miedo en los ojos, pálida, inmóvil.

—Así que puede que no necesites devolverme lo que te hice anoche —dijo él con tono tranquilo—. Ysera lo hará por ti.

—Pero aquí estás a salvo, ¿verdad? —le preguntó, preocupada e incapaz de disimularlo—. Tienes amigos como Eb Scott y Cy Parks. Y a mi hermano.

Wolf contempló su dulce boca.

—Lo más probable es que tu hermano, cuando se entere de lo que te hice, le ahorre el trabajo a Ysera.

—Por mí no lo sabrá —le aseguró, obstinada—. Y por ti tampoco —añadió con la misma determinación—. Es asunto nuestro, no de él.

Wolf la miró, ladeando la cabeza.

—Pero... ¿no deberías odiarme?

Sara bajó la mirada y deslizó una mano por la encimera.

—Probablemente.

—Pero no me odias.

Ella negó con la cabeza.

—¿Por qué? —preguntó Wolf.

Volviéndose, clavó en él sus ojos negros, cargados de dolor y tristeza.

—Yo quise lo que sucedió —le confesó, esbozando una mueca—. Yo pensé...

Él se acercó un poco más.

—¿Qué pensaste, cariño? —inquirió con ternura.

—Pensé que quizá, contigo...

Wolf se apoderó de un mechón de su negra melena y se puso a juguetear con él.

—En realidad nunca llegaste a correr ese peligro —le dijo—. Ambos sabemos que no podíamos llegar tan lejos.

Ella se ruborizó.

—Pero sí que llegamos lo suficientemente lejos —continuó él, sombrío. Escrutó sus ojos—. ¿Qué tal tus conocimientos de anatomía básica?

—¿Qué quieres decir?

—Sabrás que los espermatozoides son móviles, que pueden... trepar. Infiltrarse.

Sara palideció. Recordaba vívidamente lo que había sucedido entre ellos.

—Yo no te penetré. Pero no tuve que hacerlo. Estaba muy pegado a ti cuando alcancé el orgasmo —susurró él.

—Pero eso no habría podido suceder...

—Le sucedió, de hecho, a un amigo mío. Su chica y él eran religiosos: nada de sexo antes del matrimonio. Pero se pusieron a jugar, más o menos como nosotros lo hicimos anoche. Ella se quedó embarazada a pesar de que era, técnicamente, virgen. Afortunadamente para ella, él sí que tenía algún conocimiento de anatomía básica. Se casaron. Ahora tienen cuatro hijos.

A Sara le daba vueltas la cabeza. Podía quedarse embarazada. Se llevó una mano al vientre. De repente no sabía si reír o llorar. Wolf la odiaría aún más si algo como eso llegaba a suceder. Esbozó una mueca.

—Nos las arreglaremos —le aseguró él—. Suceda lo que suceda. Pero escúchame bien —le alzó delicadamente el rostro para que lo mirara a los ojos—. Se necesitan dos para hacer un bebé. Así que uno solo no debería tomar una decisión que afectara a ambos progenitores. ¿Lo entiendes?

Ella tragó saliva.

—Sí.

Wolf acarició su ruborizada mejilla.

—¿Cuándo tuviste tu última regla?

Ella se mordió el labio inferior.

—¿Cuándo, Sara?

—Hace dos semanas.

—¡Maldita sea!

Se volvió hacia la quiche que estaba preparando y ya no volvió a pronunciar otra palabra. Estaba sufriendo. Había hecho algo increíblemente estúpido de resultas de una incontrolable pasión y abstinencia, y Sara tendría que pagar por ello. Decidieran lo que decidieran al respecto, en caso de que ella se quedara embarazada, nada de todo aquello habría debido suceder. Pero él no había estado… jugueteando simplemente con ella. La había deseado hasta un punto de locura. Incluso sin el orgasmo final, había sido la experiencia física más placentera que había experimentado en toda su vida. Mientras que ella no había sacado más que insultos y humillación.

—Realmente debería dejar que tu hermano me disparara —masculló.

Sara no sabía qué decir. Parecía destrozado. Y tampoco sabía qué hacer. Ella habría querido ese hijo, si él hubiera mostrado el más mínimo interés por tenerlo. Pero en aquel momento solo quería saber si se había quedado embarazada o no. Y Sara estaba segura de que él no quería estar atado a ella durante los próximos dieciocho años, al menos. Quería que abortara.

Aquello no era más que una nueva complicación en una situación que ella habría podido evitar desde un principio, negándose a acompañarlo a su casa.

—Yo ni siquiera intenté negarme —dijo en voz alta, con tono dolido.

—Los dos somos humanos —repuso él con tono suave—. Yo te deseaba hasta la locura. Y creo que tú me deseabas igual.

—Al principio —reconoció ella.

Wolf terminó de batir los huevos y los hizo a un lado para ponerse con la masa.

—Eras virgen —le recordó con voz ronca—. Te hice cosas… —apretó los dientes—. Todo esto debería haber ocurrido con alguien joven y bueno. Alguien que te habría adorado, que te habría dado hijos, que habría envejecido contigo —le brillaban los ojos—… Yo tengo treinta y siete años. tú apenas veinticuatro. Eres casi de otra generación para mí.

Sara alzó la mirada viendo en él no ya su edad, sino lo guapo, lo viril que era.

—Yo nunca podría dejar que otro hombre que no fueras tú me tocara así —le confesó, y bajó los ojos antes de que pudiera leer un absoluto asombro en los de él—. Así que... ¿qué importa realmente la edad?

Wolf se volvió hacia ella, con las manos manchadas de harina.

—¿Ningún otro hombre? ¿Nunca?

—Solo tú. De esa manera, quiero decir.

Wolf se ruborizó.

—Eso empeora aún más las cosas.

Ella clavó la mirada en aquellos ojos azul hielo de expresión atormentada.

—También fue culpa mía.

Él esbozó una mueca, y ella tuvo que bajar la vista de nuevo. Todo su cuerpo se tensaba como un cable de acero cuando la miraba de aquella forma. Cruzó los brazos sobre el pecho.

Wolf no volvió a pronunciar otra palabra.

Comieron la quiche y los exquisitos crepes, que remataron con una perfecta *crème brûlée* de postre.

—Deberías abrir un restaurante —exclamó entusiasmada Barbara cuando estaban cargando el lavaplatos—. Nunca había probado nada mejor.

Wolf se rio por lo bajo.

—Me encanta cocinar. Una cosa que todos los hogares de acogida tienen en común es que la comida suele ser pésima. Me cansé de ello, así que encontré a una mujer que sabía cocinar y le pedí que me enseñara.

—¿Hogares de acogida? —le preguntó Barbara.

Él asintió. Pero no facilitó ninguna otra información. Como tampoco lo hizo Sara, que sabía mucho más que cualquier otra persona sobre el pasado de Wolf.

★★★

Después de la cena, Barbara localizó una película que quería ver. Wolf salió con Sara a contemplar la lluvia de estrellas que había salido anunciada en las noticias.

Sara llevaba puesta una de las cazadoras de cuero de Wolf. Él había insistido en ello, porque ella se había olvidado de pedirle a Barbara que le llevara un abrigo. El tiempo era demasiado frío para la estación.

—Las veremos por allí, al nordeste —le indicó él.

—Sabes mucho de estas cosas.

—Tengo un telescopio Schmidt-Cassegrain. Con un objetivo de veinticinco centímetros. Está en el ático. No suelo sacarlo porque lo de mirar las estrellas es una actividad íntima. Solitaria.

—Yo tengo un telescopio reflector —le confesó ella—. Y no lo saco por la misma razón.

—Deberías venir aquí de cuando en cuando. Para que pudiéramos observar las estrellas juntos.

—Eso sería bonito.

—Haría lo que fuera para compensarte. Lo sabes, ¿verdad? —dijo él al cabo de un momento—. Tú eres la única confidente que he tenido nunca. Yo no confío en la gente. Es difícil compartir las cosas del pasado, especialmente las desagradables.

—Lo sé.

—¿Crees que podrás perdonarme? —le preguntó Wolf.

Ella sintió la tensión del cuerpo que tenía al lado. Estaba casi vibrando mientras esperaba su respuesta.

—Sí. Creo que podré.

Wolf pareció relajarse.

—Yo, en tu lugar, no estaría tan seguro...

—Tú no lo sabías —le recordó ella—. Yo no te lo había contado todo —se arrebujó en la cazadora. Olía a él. Un aroma cálido y agradable—. Reaccioné de manera exagerada.

—Y yo te pasé por encima como un tren de mercancías —le confesó él—. Estaba como borracho de ti. Me dolía que, después de todo lo que me había pasado, no pudiera controlar lo que sentía. Y me desahogué en ti.

—¿Pero no es eso lo que hacen los hombres? —replicó ella, titubeante.

—Hasta que apareció Ysera, yo nunca había conocido a una mujer capaz de hacerme perder el control.

Aquello la sorprendió. Se le antojaba extraño.

Removiéndose inquieto, Wolf se volvió hacia ella. Por las ventanas entraba luz suficiente como para permitirle ver su rostro.

—Una de mis madres de acogida intentó seducirme. Yo tenía doce años. A ella le gustaban jóvenes —se mordió el labio—. Acabé perdiendo el control. Me sentía tan avergonzado... Ella intentó decirme que era una reacción natural, pero luego su marido entró y... —se volvió hacia otro lado.

—Espero que le hayas contado a Emma todo esto —comentó ella.

—A ella no puedo decirle las cosas que te digo a ti —repuso con voz ronca.

Sara le agarró la mano, y pudo percibir su sorpresa en su repentina tensión. Pero Wolf cerró los dedos sobre los suyos ávidamente.

—El caso es que me pasé los siguientes veinte años intentando no perder el control con las mujeres.

—Aparte de eso, debió de haber sido devastador, lo que sucedió con ella.

—Así es —le apretó la mano—. ¿Quieres oír algo divertido?

—¿Qué?

—Anoche tuve el primer orgasmo de mi vida.

Sara se alegró de que estuviera oscuro y él no pudiera verle el rostro.

Pero Wolf se volvió hacia ella y la miró.

—¿Te estás poniendo roja?

—Sí. No me mires.

Él se rio por lo bajo.

—Tenemos recuerdos demasiado íntimos para ser dos enemigos, ¿no te parece? Perdona. No debería burlarme —volvió a apretarle la mano—. Pero es la verdad. No sabía que algo así fuera posible.

Sara tragó saliva.

—Yo tampoco —le confesó en un murmullo.

Inclinándose, apoyó la frente contra la de ella.

—Yo también te hice correrte —musitó él—. Una y otra vez. Te estuve observando.

—¡No hace falta que...! —protestó ella.

—Tu cara cuando te corrías es la imagen más bella que he contemplado nunca. Cuando te daba placer, y te observaba mientras lo disfrutabas. Me moría de ganas de decírtelo. Pero al final dejé que el pasado lo estropeara todo. Para los dos.

Se había quedado muy quieta. No abrió la boca.

—Quería entrar dentro de ti —murmuró Wolf—. Profunda, lentamente. Quería... —se interrumpió a mitad de la frase. Había querido dejarla embarazada. Y eso no podía admitirlo. Solo que, a esas alturas, bien podría suceder de todas maneras. En aquel mismo momento podía estar embarazada de un hijo suyo.

—Wolf... —protestó ella.

—¿Puedes imaginar lo que sería? —le preguntó con voz ronca—. ¿Tú y yo así, tan cerca que ni siquiera el aire podría pasar entre nuestras pieles?

—No deberías...

Wolf inclinó la cabeza para acariciarle apenas los labios con los suyos.

—Yo no puedo... hacerlo... con otras mujeres —susurró.

—¿Que-qué? —Sara se había quedado sin aliento.

—Ya me has oído. Que no puedo excitarme con nadie que no seas tú.

Se había quedado muda de sorpresa.

—Pero todas aquellas despampanantes rubias... —se interrumpió, desconcertada.

—Guapas. Experimentadas. Deseosas —suspiró—. Pero a todas las dejé en la puerta de su casa y me marché.

—¿Por qué? —inquirió ella, consternada.

—No sé por qué, cariño —repuso Wolf mientras sus dedos acariciaban con ternura su cola de caballo. En un momento dado soltó la cinta y la melena se derramó como una sedosa cortina negra sobre su espalda y sus hombros—. Tienes un cabello tan precioso, Sara... Bello. Como tú.

—No entiendo...

—Yo tampoco. Pero lo único que tengo que hacer es tocarte para que... —murmuró, irónico, al tiempo que la apretaba contra sí para hacerle sentir el poder de su excitación—. ¿Lo ves?

Sara se quedó muy quieta.

—¡Dios, lo siento! —exclamó Wolf, arrepentido, y empezó a retirarse.

Pero ella deslizó entonces los brazos por su cintura, reteniéndolo. Aunque temblaba, no lo soltó.

—Sara... —gruñó él.

—No pasa nada —le dijo con tono suave—. No te tengo miedo.

Wolf deslizó sus grandes manos por su espalda, apoyándolas ligeramente, y la abrazó, estremecido de deseo. Pero no la tocó íntimamente. Se quedó muy quieto, en la oscuridad, abrazándola sin más.

—Sara —susurró—. ¿Y si tuviéramos un bebé?

—No... lo sé.

—Podrías hacerte una prueba. Sería rápido.

—Sí.

Wolf le alzó suavemente la cabeza.

—Me lo dirás.

—Sí —suspirando, apoyó la mejilla contra su pecho—. Te lo diré.

Sara cerró los ojos. Aquello era como el paraíso, estar tan cerca de él, sintiéndose segura, protegida, deseada. Lo único que habría convertido en perfecta aquella situación era que él la hubiese amado. Pero eso habría sido como pedir la luna.

CAPÍTULO 8

Sara le había pedido a Barbara que le llevara también su ordenador portátil. Aquella noche, una vez que la mujer se hubo acostado, lo abrió y se conectó para jugar, teniendo buen cuidado de bajar el volumen para no molestar a nadie.

Introdujo la clave de su personaje y sonrió cuando Rednacht le preguntó:

¿Qué tal te va? Hacía un par de días que no te conectabas.

Tuve algunos problemas, tecleó ella.

Sí, yo también, repuso él. *Le fallé a alguien.*

Y yo.

Me siento fatal, tecleó él. *Ella confiaba en mí y yo le hice daño.*

Yo le hice lo mismo a alguien. Le hice sentir culpable por algo que no podía haber evitado.

Apareció un *LOL* en la pantalla. *La realidad puede llegar a ser muy dolorosa.*

Dímelo a mí, escribió ella.

¿Te apetece una batalla?

Ojalá. Es muy tarde y tengo que levantarme temprano.

Ya. El trabajo en la peluquería, replicó él.

Se había inventado aquella ficción del trabajo de peluquera, de manera que tenía que seguirle la corriente.

Supongo que tú tendrás que ceñirte la cartuchera y salir a cazar forajidos, ¿no?, se burló ella.

Algo parecido. Tengo un enemigo. Y es muy peligroso.

A Sara el corazón le dio un vuelco en el pecho.

Tendrás que llevar cuidado, escribió ella. *No tengo a nadie más en el mundo con quien jugar.*

Hubo una vacilación.

Yo tampoco. Cuídate.

Sara sintió un delicioso calor por dentro. Era tan cariñoso... Se preguntó a qué cuerpo de ley pertenecería.

Bueno, te veré en un par de días, tecleó ella. *Voy a estar algo ocupada.*

Y yo, replicó él. *Que te vaya bien.*

Lo mismo digo.

Buenas noches, amiga, escribió él.

Sara casi se echó a llorar.

Buenas noches, amigo, fue su respuesta.

Segundos después se desconectaba y cerraba el ordenador. Tenía lágrimas en los ojos.

Emma Cain volvió al día siguiente. Sara estaba haciendo muchos progresos con ella. Era la primera vez que había sido capaz de hablar con alguien sobre su infancia, sobre la traición de su madre, sobre el juicio y lo que sucedió después. Le resultaba mucho más fácil después de habérselo contado a Wolf.

Se lo comentó a Emma.

—Es un confidente muy extraño —le confesó—. Se lo puedo contar todo. Ni siquiera puedo hablar con mi propio hermano de estas cosas.

—Al parecer, a él le pasa lo mismo contigo —fue la divertida respuesta de la psicoterapeuta—. Eso es una buena cosa, también. El punto débil de un hombre es su capacidad en la cama. Le resultaría difícil contarle a otro hombre de qué manera fue tratado y humillado por aquella mujer.

—Es tan bueno... —murmuró Sara—. Me gustaría disparar contra esa Ysera.

Emma se echó a reír.

—¿Qué es lo que te hace tanta gracia?

—Él dijo lo mismo de tu padrastro —le confió Emma—. Dijo que era una lástima que el hombre estuviera muerto. Porque, si no lo estuviera, le habría despellejado por lo que te hizo.

Sara sonrió. De repente la sonrisa se borró de sus labios.

—¿Sabes algo de anatomía?

—Soy médica —respondió Emma—. Es nuestra especialidad.

—Eres psicóloga...

—Psicóloga forense —la corrigió, riéndose ante su sorprendida expresión—. Trabajo de psicoterapeuta en mi tiempo libre. Mi especialidad son los mecanismos del comportamiento violento.

—¡Dios mío!

—De modo que, sí, sé bastante de anatomía.

Sara tragó saliva.

—¿Puede una mujer quedarse embarazada aun cuando no haya existido penetración?

Emma ladeó la cabeza.

—¿Ha habido contacto íntimo?

—Sí.

—¿Estaba él excitado durante el mismo?

—Sí.

Emma suspiró.

—Entonces sí, una mujer puede quedarse embarazada en esas circunstancias —tomó notas—. ¿Se lo has dicho?

—Él me lo dijo a mí.

—Entiendo.

Esa vez fue Sara quien suspiró.

—Me encantaría tener un hijo con Wolf —le confesó—. Pero él no se mostró nada entusiasmado con la idea. De hecho, insistió en que se lo dijera en el mismo instante en que supiera algo —se abrazó—. Yo no podría abortar. ¡Sería incapaz!

—Espera hasta que llegue la situación antes de preocuparte —le advirtió Emma—. Hasta que no sepas algo definitivo al respecto, no hay nada. Nada de nada.

—Supongo que tienes razón.

—¿Por qué crees que él no querría tener el bebé?

—Piensa que soy demasiado joven —respondió Sara.

—Tienes veinticuatro años, ¿no?

—Sí, pero él tiene treinta y siete.

Emma se rio por lo bajo.

—Mi mejor amiga tiene un marido que es diecisiete años mayor. Tienen tres hijos, y ella daría la vida por él. Él no se creía en un principio que ella hubiera reconocido la diferencia entre un simple capricho y el amor. ¡Se quedó de piedra!

Sara se echó a reír, sorprendida.

—Así que ignóralo. Está hablando sin saber. Y ahora, respecto al asunto del embarazo, ¿cuáles son tus sentimientos?

—Lo daría todo con tal de quedarme embarazada de él —contestó Sara en voz baja—. ¡Lo que fuera!

Emma frunció los labios. Tomó más notas.

Wolf se mostró menos entusiasta cuando Emma habló con él.

—Es demasiado joven —dijo cuando ella le preguntó por sus sentimientos ante la posibilidad de que Sara se hubiera quedado embarazada—. Demasiado ingenua. En realidad, nunca ha crecido. Estuvo encerrada en su pasado, en los malos recuerdos. Nunca ha salido realmente con nadie, con hombres, no sabe nada sobre relaciones. Sería injusto para ella.

—¿Y si ella lo quisiera?

—No lo querría —respondió él con tono firme—. Yo la

empujé a una relación íntima que ella ni siquiera quería. Si yo no hubiera insistido...

—Sara me dijo que ella misma insistió.

—Bueno, pues te ha mentido —la interrumpió—. Yo la saqué de sus casillas, utilicé trucos de los que debería haberme sentido avergonzado para obligarla a ceder —cerró los ojos—. Si no hubiera tenido el himen imperforado, la habría penetrado. Eso habría sido la última traición. Ella debería tener el derecho a elegir a su primer amante. Al menos no le quité eso.

Emma pensó que los hombres albergaban ciertamente ideas muy extrañas sobre lo que querían las mujeres. Pero no le correspondía a ella decirle a Wolf lo que debería sentir. Su trabajo era escuchar y luego aconsejar. Que fue lo que hizo al final.

Emma tenía que regresar a su casa. Se marchó reacia, porque sabía que aquellos dos iban a necesitar de una terapia continuada.

—Ojalá pudiera teneros a los dos como pacientes —les dijo en la puerta principal—. Tengo serias dudas de que lleguéis a hablar con otro psicólogo —añadió, frunciendo el ceño.

Sara se mordió el labio inferior. Wolf esbozó una mueca mientras hundía las manos en los bolsillos de sus tejanos.

—Podríamos hacer más sesiones como esta —sugirió Emma—. Concertaremos citas como estas. Será casi lo mismo que si estuvieseis en mi gabinete.

—Eso sería estupendo —exclamó Sara, aliviada.

—Yo podría soportarlo —aceptó Wolf.

Emma sonrió.

—De acuerdo entonces. Estaremos en contacto —desvió la mirada hacia la limusina que la estaba esperando. El chófer, vestido de traje negro y corbata, esperaba al pie del vehículo con aspecto muy incómodo.

—Parece impaciente —comentó Sara.

Emma se rio por lo bajo.

—Tiene un susto de muerte. Llevo a mi bebé en un transportador en el asiento trasero, conmigo.

—La pitón —dijo Wolf, comprendiendo.

—Qué raro que haya gente que tenga miedo de las serpientes, ¿verdad? —suspiró, y se encogió de hombros—. Esta afición me ha mantenido soltera y sin compromiso durante años.

—Necesitas buscarte a un hombre que adore a los reptiles —la aconsejó Sara.

—O al menos que no se asuste en presencia de uno —convino Wolf.

Emma sacudió la cabeza.

—Algún día —dijo—. Estaremos en contacto.

El chófer tuvo cuidado de guardar las distancias mientras le abría la puerta trasera, que cerró enseguida.

—¿Queréis apostar a que se asegura dos veces de cerrar la ventanilla que separa su compartimento del mío? —inquirió Emma, alegre.

Wolf soltó una carcajada.

—Seguro que se está muriendo de ganas de hacerlo.

Ambos la saludaron con la mano, pese a que no podían verla a través de los cristales tintados.

Entraron de nuevo en la casa.

—Necesito irme a casa —le dijo Sara con tono suave.

Wolf aspiró profundo. No quería que se marchara. La casa iba a quedarse tan vacía... Y él se quedaría solo. Una vez más.

—Mañana —le sugirió.

Sara vaciló. Realmente no quería irse.

—Está bien. Mañana.

Se la llevó al gallinero para recoger huevos.

—Mira bien dónde pisas —la aconsejó—. Hay excrementos por todas partes.

Sara soltó una risita.

—Me crie con gallinas. Las teníamos en Canadá, en el rancho donde vivíamos con mi padre.

—Me habías dicho que tu padre era paramilitar, ¿verdad?

—Sí —repuso ella, triste—. Era la clase de hombre que no podía vivir alejado del peligro.

—Eso lo entiendo bien.

Sara lo miró con los ojos muy abiertos y los bajó enseguida, para que él no pudiera leer la vulnerabilidad en ellos.

—Supongo que a ti te costaría sentar la cabeza.

—Probablemente —respondió Wolf, en honor a la verdad—. Llevo cuatro años aquí, pero he estado ausente largas temporadas. Todavía sigo aceptando encargos como militar independiente.

Sara se quedó helada por dentro. No había pensado en aquello... cuando debería haberlo hecho. Él le había contado que había conocido a Ysera en África, y de aquello no había pasado tanto tiempo.

—Corres riesgos —observó.

—No muchos. Soy cuidadoso. Por lo general —la miró y esbozó una mueca—. Aunque contigo, no lo suficiente —se interrumpió, contemplando su cabeza baja—. Puede que tú me perdones algún día, pero yo nunca me lo perdonaré a mí mismo. ¡Jamás!

Sara alzó la mirada a aquellos turbulentos ojos azules, perdidos en un rostro contorsionado de dolor.

—No es culpa tuya que yo me comportara como si tuviera dos años —replicó ruborizándose—. Tú nunca me hiciste el menor daño.

Wolf apretó la mandíbula.

—Herí tu orgullo, de la misma manera que ella hirió el mío.

Sara ladeó la cabeza, estudiándolo.

—Los hombres... ¿no decís esas cosas a las mujeres, cuando

queréis hacer el amor con ellas? —le preguntó con un susurro ligeramente azorado—... Una vez vi una de esas películas de sexo, y el protagonista decía cosas que... me dejaron asombrada —bajó los ojos—. Cosas como las que tú me dijiste. Pero no estaba enfadado con ella, y tampoco quería herirla...

El cuerpo de Wolf reaccionó a aquellas palabras de una manera un tanto incómoda. Desvió la vista y se volvió levemente, para que su estado de excitación no se notase tanto.

—Los hombres decimos todo tipo de cosas —reconoció con voz ronca—. Pero yo tenía intención de herirte. Es eso lo que me avergüenza.

—Yo vine a sustituir a Ysera, es eso lo que quieres decir.

Wolf aspiró profundamente. Alzó la cabeza y clavó la mirada en el ancho horizonte.

—Solamente... al final —admitió—. Porque hasta entonces, hasta que los recuerdos empezaron a acosarme, yo nunca había experimentado tanto placer con una mujer. Ni siquiera el sexo más intenso había sido nunca tan placentero.

Sara no dijo nada. Simplemente se lo quedó mirando, fascinada.

—Yo... yo no sé nada de eso —balbuceó.

Él se volvió entonces de nuevo y la miró con una expresión cargada de ternura.

—Quizá fuera precisamente por eso por lo que fue tan bueno. Yo nunca había sido el primero... para ninguna mujer. Nunca.

—Oh.

Wolf alzó la barbilla. Por alguna razón, en aquel momento se sentía arrogante.

—Y para ti fui el primero.

Ella esbozó una mueca. Las lágrimas le escocían en los ojos.

—¡Sara! —dejó la cesta de huevos en el suelo y le acunó el rostro entre las manos, alzándoselo para poder perderse en sus húmedos ojos negros—. La violencia sexual que sufriste no tiene nada que ver con eso —le dijo con ternura—. Cariño, ese hombre quería hacerte daño. No quería hacer el amor.

Ella tragó saliva.

Wolf se inclinó entonces y le besó tiernamente las lágrimas.

—Yo te hice descubrir el placer —musitó con voz ronca—. Por eso siento tanto que terminara convirtiéndolo en una experiencia que no quieras recordar.

Sara comenzó a sollozar. Él le enjugó las lágrimas a besos. Luego le besó la dulce boca allí mismo, a pleno sol, envolviéndola en sus brazos pero sin apretarla demasiado.

—Aquello fue como... precipitarse directamente contra el sol —susurró ella contra sus labios——. Como estallar por dentro...

—Sí —repuso él, tenso de deseo.

—¿Es así... —abrió los ojos— cuando se consuma el acto?

El rostro de Wolf se endureció. La tensión de sus brazos era evidente.

—Perdona. No he debido preguntar —dijo ella, disponiéndose a apartarse.

—Quédate quieta —le pidió él con voz ronca.

Sara no entendía.

Con una triste sonrisa, la acercó lo suficiente como para hacerle sentir su reacción, y se retiró enseguida.

—Y esto que te pasa... ¿es solo de hablar? —le preguntó.

Wolf suspiró profundamente y asintió.

—Lo siento. No me había dado cuenta.

Él cerró los ojos y se estremeció. Pero, al cabo de unos segundos, empezó a relajarse.

—Ha pasado mucho tiempo. Y tú me excitas, francamente, más que cualquier mujer que he conocido —sonrió ante su extrañada mirada—. Eso me gusta. Y, a mi edad, es más una bendición que un problema.

—¿A tu edad?

—Tú no lo entiendes.

Ella esbozó una leve sonrisa.

—No. No tengo precisamente mucha experiencia.

Él le acarició la mano que tenía apoyada sobre su pecho y examinó sus preciosas uñas.

—Cuando un hombre envejece, le cuesta más excitarse.

—A ti no —repuso ella, para enseguida ruborizarse y bajar la mirada.

Wolf se rio, malicioso.

—No contigo. Pero eso es algo que no me sucede con las demás.

Volvió a mirarlo a los ojos, fascinada.

—Aquellas rubias despampanantes…

—No tienen efecto alguno sobre mí —le confesó él, y se encogió de hombros.

—Guau.

Wolf enarcó una ceja.

—¿Guau?

—Me siento casi peligrosa.

—Yo también. Es una suerte que te marches mañana, antes de que llegue a dejarte más… cicatrices en tus sentimientos.

—Tú quieres acostarte conmigo.

—No —le aseguró él con expresión dura. Le brillaban los ojos—. Yo quiero hacerte el amor. Toda la noche, todo el día. Una semana entera.

Se puso roja como la grana.

Él se echó a reír, apartándose por fin de ella.

—Con lo que ambos terminaríamos ingresados en urgencias —añadió con una mirada irónica—. Dado que ese sería el caso, será mejor que recojamos los huevos y hablemos de temas menos estimulantes.

Sara caminó a su lado. Se sentía más ligera que el aire. Como si fuera una mujer nueva, más joven, más llena de esperanzas y sueños de aventura.

—Tengo entendido que el departamento de Defensa del gobierno está desarrollando un arma acústica nueva —comentó de pronto.

Él soltó una carcajada.

—No tan poco estimulante.

—Está bien. Están anunciando un nuevo sujetador que duplica, aparentemente, el tamaño del busto —dijo, maliciosa.

Wolf se detuvo bruscamente y la miró.

—A mí tus senos me parecen preciosos.

—Son demasiado pequeños…

La besó en la frente.

—El tamaño no importa. Bueno, quizá sí, en cierto sentido —añadió, frunciendo el ceño—. Si alguna vez te sometes a esa pequeña operación quirúrgica de la que te hablé, puede que tengamos algunos problemas.

—¿Por qué?

—Estoy algo mejor dotado que la mayoría de los hombres, Sara —confesó con tono suave—. Tendría que llevar mucho cuidado contigo.

Sara evocó entonces lo ocurrido la pasada noche, cuando se desnudó ante ella, y casi se puso histérica.

—Perdona —le dijo él—. Por haberte despertado ese recuerdo.

—Estaba demasiado alterada para fijarme bien —lo miró con la curiosidad reflejada en sus grandes ojos.

—Y los hombres son más potentes en determinadas ocasiones que en otras —susurró Wolf con voz áspera.

—¿De veras?

Él soltó un gruñido.

Sara bajó entonces la mirada a su entrepierna y volvió a subirla, ruborizándose.

—¿Sabes? Han enviado un robot a la Estación Espacial Internacional para hacer compañía a los astronautas —le soltó sin pensar—. Y corre el rumor de que una agencia secreta del gobierno está implantando cámaras en la última cosecha de melones.

El absurdo absoluto de aquel comentario casi hizo que Wolf se doblara de risa, acabando con su estado de excitación.

Ella sonrió.

—¿Te ha ayudado eso?

—Sí, brujita mía, sí que me ha ayudado —inclinándose, le dio un sonoro beso.

La sonrisa de Sara se amplió. Él sacudió la cabeza.

—Que te vuelvas mañana a tu casa es posible que te salve —le dijo, taladrándola con la mirada—. Por ahora.

Se sentía tan eufórica que habría sido capaz de caminar por el aire. Lo siguió al interior del gallinero, sintiendo cómo todos sus malos recuerdos desaparecían de golpe, como jirones de humo.

Algo más tarde estaban tomando café en la cocina, después de la sabrosa cena que les había preparado Barbara.

—Eres una gran cocinera —la felicitó Wolf con una sonrisa—. Voy a echar de menos tener a alguien que se encargue de hacer el trabajo duro en la cocina.

—Tú cocinas todavía mejor que las dos juntas —comentó Sara.

—Ya, pero esta es una casa grande. Es agradable tener compañía —repuso.

—Podemos volver siempre que quieras —Barbara se rio—. Me gusta salir de la ciudad.

—Y a mí —confesó Sara—. Yo no salgo de San Antonio a no ser que Gabriel esté en casa, en Comanche Wells. Y últimamente pasa más tiempo fuera que aquí.

Wolf se quedó callado. Gabriel estaba enredado en la complicada diplomacia de un Estado africano. No se atrevió a decírselo. Sara estaba ya bastante preocupada por su hermano. Ese pensamiento llevó a otro, la información que había recibido acerca de que Ysera pretendía vengarse de él. Ysera tenía dinero y recursos. Miró a Sara. ¿Y si se le ocurría poner a la propia Sara en su punto de mira?

El corazón se le disparó en el pecho. No podía soportar el pensamiento de que Sara estuviera en peligro por su culpa. Apretó la mandíbula. Solo podía hacer una cosa. Tendría que evitarla por un tiempo, despistar a Ysera explotando su actual estatus de soltero… saliendo con tantas mujeres como pudiera. Eso lograría confundir a su enemiga.

Porque la gente podía llegar a enterarse de que Sara se había quedado con él, en el rancho. Y lo mismo Barbara.

Podía inventarse una falsa historia y hacer correr el rumor. Como, por ejemplo, que Barbara había estado en peligro y que su hijo le había pedido a Wolf que la acogiera en el rancho, cosa que habría despertado rumores… razón por la cual él había pedido a la hermana de Gabriel que hiciera de carabina. Sí, eso podría funcionar.

—Quiero que las dos hagáis algo por mí —dijo de pronto—. Barbara, quiero que vayas divulgando por ahí que has estado corriendo peligro por culpa del arresto que hizo Rick, y que, si viniste aquí, fue para estar segura en ausencia de Rick. Y que Sara, como hermana de mi mejor amigo, vino para acompañarte y hacer de carabina tuya. ¿Entendido?

Ambas se lo quedaron mirando fijamente.

—Yo les dije a tus hombres que estabas enfermo cuando Sara te llevó a casa, y que, si vine, fue precisamente para cuidarte.

Wolf sonrió.

—No está mal. Pero es obvio que ahora me encuentro perfectamente y que las dos seguís todavía aquí —bajó su taza de café—. Tengo un enemigo. Un enemigo mortal. No quiero que ninguna de las dos corra algún riesgo porque ella piense que estoy enredado con vosotras.

—Oh —exclamó Barbara, y sonrió—. Me siento halagada. Creo que te saco al menos cinco o seis años —añadió, frunciendo los labios—. Quizá hasta diez.

Él soltó una sonora carcajada.

—En los tiempos que corren, eso no importa lo más mínimo, cariño. Sigues siendo muy bonita. Y, por cierto, tienes que conseguir que Rick te presente a su capitán. El tipo tiene su atractivo.

Barbara se aclaró la garganta. Tenía puesto el ojo en otra persona, pero lo mantenía en secreto. Por el momento.

—¡De acuerdo!

Sara, sin embargo, parecía un tanto incómoda.

—Está bien —dijo, aunque estaba muy preocupada por Wolf. ¿Y si Ysera mandaba a alguien para que atentara contra él?—. Aquí tienes gente suficiente para que te proteja, ¿verdad?

—Sí. Al menos dos antiguos federales y otro que solía trabajar para la mafia. O al menos eso es lo que dicen de él.

—Fred Baldwin —adivinó Barbara, con una leve y extraña sonrisa—. Estuvo en la policía. Luego se convirtió en testigo protegido y le salvó la vida a Carlie Blair.

—Aún seguiría allí, pero no le gustaba tener que llevar un arma todo el tiempo —apuntó Wolf—. Todavía me sorprende lo bien que ha encajado en el rancho como capataz. Es un tipo verdaderamente competente.

—Es un hombre muy dulce —añadió Barbara—. Le encantan los niños —sonrió, triste—. Es una pena que esté tan solo.

La mirada de Wolf se encontró con la de Sara. Y leyó la misma sorpresa en sus ojos.

—Ha adelgazado mucho —dijo Wolf—. No le gusta nada la comida sana que le damos.

—Hablaré con él la próxima vez que pase por la cafetería —dijo Barbara, pensativa—. Acude allí varios días por semana.

Los ojos de Sara brillaban ya de malicioso deleite, pero disimuló su reacción.

—Sí —carraspeó Wolf—. No le gusta nada el menú del barracón. Los filetes que hace Todd, nuestro cocinero, saben a carne de coyote achicharrado.

—Pues el vaquero que vino a buscarte el otro día dijo que cocinaba estupendamente.

—Ese debía de ser Orin —Wolf sacudió la cabeza—. El tipo no tiene paladar ninguno. Una vez les preparé un filete Wellington y me dijo que les había estropeado un buen pedazo de carne.

Barbara se echó a reír.

—Hablaré con Fred sobre su dieta —le prometió. Su rostro parecía haberse iluminado.

Sara y Wolf cruzaron una mirada divertida. Pero no dijeron nada.

Aquella noche, Sara se encontró de vuelta una vez más en el pasado. Estaba con su padrastro, retrocediendo, con la ropa desgarrada, sufriendo los manoseos de aquel hombretón violento y vulgar. Pero luego el sueño se transformó en algo verdaderamente sorprendente. Soltó un grito y se sentó en la cama, con el horror brillando todavía en los ojos.

Miró a su lado. Barbara no se despertaría ni aunque un tren de carga atravesara de golpe la habitación, lo cual era un consuelo. Esperaba que nadie más la hubiera oído.

Tras levantarse, fue al baño y se refrescó la cara. Abrió luego la puerta para dirigirse a la cocina.

El pasillo estaba bloqueado por un hombre muy alto... vestido únicamente con un pantalón de pijama negro.

Lo miró con puro deseo. Era el hombre más hermoso que había visto nunca, musculoso, de hombros anchos, con el pecho cubierto por un denso vello que se estiraba en una fina línea conforme descendía por el vientre, hasta perderse bajo la cintura baja del pantalón de seda. Se quedó sin aliento.

Ella llevaba un pijama de seda de color azul, con pantalones que le llegaban hasta los tobillos y una camisa de botones, con cuello y mangas largas. Ofrecía un aspecto muy recatado, pero los pezones se dibujaban nítidamente bajo la tela.

Wolf gruñó y la levantó en brazos, apretándola contra su pecho mientras le acariciaba el pelo con los labios.

Ella se aferró a él. Le escocían los ojos por las lágrimas.

—¿Pesadillas?

—Sí.

—Yo también.

La llevó a la cocina y la abrazó muy fuerte durante unos segundos más, hasta que pudo recuperar el control que había estado a punto de perder por completo.

—¿Quieres café? —le preguntó con tono suave.

Ella miró el reloj de pared, por encima de su hombro.

—Son las tres de la madrugada.

Él se encogió de hombros.

—Cuando no puedo dormir, suelo ver vídeos de Youtube mientras tomo café y como algo. Pero te oí. Dios sabe cómo, porque las paredes son muy gruesas.

Sara hundió su acalorado rostro en su cuello.

—Tienes pesadillas con Ysera, ¿verdad?

—Sí. Y las tuyas son… más que evidentes —alzó la cabeza—. Dime, esta tarde… ¿dije o hice yo algo que pudiera causártelas?

—No. No se necesita un motivo —le confió ella—. Me vienen sin más.

Wolf asintió.

—Las mías también —fue a sentarla en una silla, pero dudó en el último instante.

—¿Qué pasa? —le preguntó ella.

—Quiero que sepas que en ningún momento voy a significar una amenaza para ti —le dijo en voz baja—. ¿Lo tendrás en cuenta cuando te baje al suelo?

Sara asintió, aunque no entendió lo que quería decirle hasta que él la bajó y se hizo a un lado.

Estaba muy excitado, y eso sin haberla tocado apenas. Más todavía que la noche en que habían tenido intimidad. Sara puso unos ojos como platos. El pantalón de pijama no hacía nada para camuflar su excitación.

Él soltó entonces una ronca carcajada.

—Sara, ¿podrías dejar de mirarme con tanta fijeza, por favor? —le preguntó mientras se volvía hacia otro lado, incómodo, y se disponía a preparar el café.

—Realmente es algo… asombroso —pronunció ella—. ¡Perdona!

Wolf arqueó una ceja y la miró riéndose.

—Eres virgen. Se supone que no deberías ver cosas como estas, o entenderlas en caso de que las veas.

—Bueno, algunas películas son muy explícitas —replicó ella—. Por no hablar de las novelas románticas.

—¿Lees ese tipo de novelas?

—Bueno, sí. Era el único sustituto que tenía para las relaciones físicas. Al menos hasta que apareciste tú.

La miraba con los ojos oscurecidos de pasión,

—Nosotros no tenemos una relación física —le recordó, y se volvió de nuevo para preparar el café—. Me pasé contigo. Te desperté un trauma.

—Pero luego trajiste a Emma aquí para que me ayudara. Y para que te ayudara a ti también —sonrió—. Esta es la primera sensación de verdadera tranquilidad que he conocido en años.

—Y, sin embargo, hace un momento has tenido una pesadilla.

—Bueno, sí, pero esta vez ha sido más extraña que otra cosa.

Wolf puso a calentar la cafetera y se sentó a la mesa.

—¿En qué sentido?

—Esta vez, cuando mi padrastro se acercaba hacia mí… yo agarré una silla y le golpeé con ella —se echó a reír—. Grité, como siempre, pero en esta ocasión ya no fue de miedo. Fue más bien de… bueno, de triunfo.

La expresión de Wolf se suavizó.

—Eso es un progreso.

Ella sonrió.

—Un gran progreso —buscó su mirada—. ¿Qué me dices de ti?

Wolf se encogió de hombros.

—El mismo maldito sueño. El mismo dolor.

—Lo siento… —dijo ella en voz baja—. Esperaba que Emma pudiera ayudarte a ti también.

—Creo que lo hará, con el tiempo —la estudió—. Es solo que no puedo abrirme con ella de la misma manera que lo hago contigo —esbozó una mueca—. Es difícil hablar de esas cosas con una mujer.

Ella lo entendía.

—Yo no puedo contárselo a Gabriel. Y eso que es mi hermano.

—Así que parece que, si necesito ayuda en ese sentido, vas a tener que proporcionármela tú —le dijo, rotundo—. Tú podrás decirle a Emma lo que yo te cuente y pedirle consejo —añadió—. Pero yo, a ella, nunca podré contarle exactamente lo que me hacía Ysera.

Sara se sintió inmensamente halagada.

—De acuerdo —aceptó con tono suave.

Wolf se ruborizó de pronto. La estudió más de cerca.

—Tendré que alejarme de ti por un tiempo —le espetó—. No me gusta la idea, pero no estoy dispuesto a ponerte en peligro, ¿entiendes? Ella pondrá la mira en cualquiera que se me acerque.

—Ya. Así que no puedo acercarme a ti —al ver que asentía, suspiró profundamente—. Está bien.

—No he dicho que me guste la idea. Ni que sea eso lo que quiera.

Ella sonrió.

El café ya estaba preparado. Wolf se levantó y sirvió las tazas.

—Te gusta la ópera, ¿verdad?

—Me encanta.

—Ven conmigo.

—¿Vas a llevarme a un concierto en pijama? —le preguntó ella, bromista.

—Lo intentaría. Pero me echarías encima a tus monos voladores —se burló.

Sara se echó a reír y le dio un golpe en el brazo.

—Deja de hacer eso.

Wolf advirtió complacido su cambio de humor mientras la llevaba al salón.

CAPÍTULO 9

Wolf encendió la televisión, pero sin sintonizar canal alguno, ni siquiera el aparato de Blu-Ray. Conectó su Xbox 360 y se metió en Youtube. Sentándose a su lado, le puso un vídeo del año 2012 en el que aparecían dos jóvenes, un chico y una chica.

—Son unos críos —comentó Sara.

—Él tenía diecisiete años en aquel entonces. Ella dieciséis. Míralo.

Empezaba con una entrevista. El chico hablaba de cómo había sufrido acoso por parte de sus compañeros, de su pérdida de autoconfianza. Luego habló de su pareja, una bonita joven que le había devuelto la confianza y lo había animado a presentarse a una audición del famoso concurso televisivo *Britain's Got Talent*.

Poco después entraba en el escenario con su compañera. Uno de los miembros del jurado preguntó por el nombre del dúo, que era «Charlotte y Jonathan». Hubo una serie de preguntas. El chico era tímido y hablaba poco. Ni los jueces ni la audiencia se mostraron precisamente muy impresionados.

Hasta que sonó la música. Y el chico empezó a cantar *The Prayer* acompañado de su pareja. No había terminado la canción cuando el público entero se puso en pie para aplaudir.

Y, para cuando terminó, lágrimas de emoción rodaban por las mejillas de Sara.

Wolf cortó el vídeo y se volvió hacia ella.

—El triunfo después de la tragedia —dijo en voz baja—. ¿Te puedes imaginar lo que sintió aquel chico con todo el mundo puesto en pie aplaudiéndolo, después de haber sido humillado durante años por culpa de su aspecto físico? Como decía su pareja, uno no puede juzgar un libro a partir de su cubierta.

—Es increíble —dijo Sara—. Absolutamente increíble.

—Así es. Y un día puede que nosotros veamos a ese chico en el Metropolitan Opera House.

—¿Nosotros? —preguntó ella.

Wolf entrecerró lo ojos.

—Nosotros.

Sara no supo qué responder. Esperanzada, buscó su mirada.

Pero él desvió la vista y apagó el monitor y los demás aparatos. Entre los que se incluía un videojuego.

—Tú juegas... —pronunció ella, sorprendida.

Wolf se encogió de hombros.

—En realidad, es la única afición que tengo —la miró—. ¿Tú también? —inquirió, y enseguida se echó a reír como si pensara que era una pregunta ridícula.

Sara pensó en Rednacht y en la entrañable amistad que compartía con él. Se mostraba reacia a confesarle algo así a nadie, Wolf incluido. Se limitó a sonreír.

—No soy tan aficionada —mintió.

Él sacudió la cabeza.

—Vamos. Tengo cruasanes en la nevera. Calentaré un par de ellos.

Los cruasanes estaban deliciosos con mermelada de fresa. Saborearon cada bocado, acompañado de un café.

—Haces un café muy bueno —lo felicitó ella.

—Me gusta fuerte. En la mayoría de las cafeterías te sirven agua sucia. No en la de Barbara, por cierto —añadió, riéndose.

—Barbara ha sido muy amable, al quedarse aquí conmigo. Le gusta Fred. ¿Te has dado cuenta?

—Y ella le gusta a él, seguro. Porque pasa tanto tiempo en esa cafetería como aquí. Es curioso: no me había dado cuenta hasta que ella lo mencionó.

—Yo tampoco.

—¿Crees que podrás dormir ahora? —le preguntó, acariciando el tazón de café con sus largos dedos.

Sara se dispuso a contestar, pero vaciló.

—¿Tú puedes dormir?

Ella parecía que no, desde luego. Wolf dejó los platos y las tazas en el fregadero.

—Puede que tenga una solución para eso.

Antes de que ella pudiera preguntarle cuál era, la levantó en brazos y la llevó al salón. Esbozó una mueca mientras la depositaba suavemente en el sofá, donde unos días antes se había mostrado tan ardiente.

—Lo sé: malos recuerdos —dijo con ternura—. Quizá podamos borrarlos un poco —se tumbó a su lado y los envolvió a los dos en la manta. Estiró luego un brazo y apagó la lámpara de la mesita, dejando la habitación prácticamente a oscuras—. Estas son las reglas —dijo mientras le tomaba una mano y la apoyaba sobre su pecho—. Nada de contactos íntimos. No más acercamiento que el que tenemos ahora. Y lo más importante de todo —dijo, volviendo la cabeza hacia ella—: Nada de roncar. ¿Entendido?

—Yo no ronco —replicó ella con burlona indignación.

—Voy a averiguarlo —Wolf sonrió en la oscuridad. Un profundo suspiro agitó su pecho bajo los dedos de Sara. Se removió inquieto, porque la sensación resultaba embriagadora.

—Deja de hacer eso —le pidió ella—. No más acercamientos —le recordó.

Él se echó a reír.

—Lo estoy intentando. Me gusta sentir tus manos en mi cuerpo.

El corazón de Sara dio un vuelco.

Él lo sintió, y apretó los dientes.

—Quizá no haya sido una buena idea, después de todo...

Ella se colocó de lado y apoyó la mejilla sobre su pecho desnudo. Podía sentir su corazón latiendo aceleradamente. Pero se quedó inmóvil. Alzó una mano para acariciar su espeso cabello negro.

—Duérmete —susurró ella—. Nos cuidaremos el uno al otro.

Wolf tuvo que luchar contra la niebla que envolvía sus ojos. Ninguna mujer se había mostrado nunca tan tierna con él. Apasionada, sí. Incluso exigente. Pero tierna, jamás. Soltó un tembloroso suspiro y cerró los ojos. Le encantaba la sensación de su delicado cuerpo contra el suyo, la tranquilizadora caricia de sus dedos en su pelo. Estaba seguro de que se hallaba demasiado excitado para dormirse...

Se despertó rápidamente, con los reflejos de un hombre que había pasado su vida adulta inmerso en peligrosas situaciones.

Desvió la mirada hacia la puerta que daba al pasillo y descubrió allí a Barbara, intentando no reírse de la estampa que ambos componían. Él, con Sara dormida en sus brazos, arropados con la manta.

—Tuvo una pesadilla —dijo en voz baja, a modo de explicación.

—Y me imagino que tú también —repuso ella—. No quería despertarte.

—Tengo el sueño ligero —dijo él—. Cosas de mi profesión.

Barbara asintió.

—Iré a preparar el desayuno. ¿Te apetece algo especial?

—Tengo cruasanes en la nevera. A ella le gustan con mermelada de fresa. Pero yo preferiría huevos con salchichas. La nevera está llena de materia cruda.

Ella arqueó las cejas.

—¿Materia cruda?

—Perdona —Wolf esbozó una mueca—. Es jerga de los videojuegos.

—Los famosos videojuegos... —Barbara se rio por lo bajo—. Han convertido en un adicto hasta a nuestro jefe de policía. ¡Y ha enseñado a Tris a jugar! Tippy tiene que sentarse ahora con ella, para que no se meta en problemas en la red.

Wolf se sonrió. La imagen de Cash Grier con una adorable esposa y una hija pequeña no dejaba de asombrarlo. Hacía mucho tiempo que conocía a Grier.

—Me pongo con ello —anunció Barbara después de lanzar una última mirada a Sara, que seguía dormida.

Wolf le acarició tiernamente el rostro con la nariz.

—Despierta, dormilona —susurró—. Barbara está preparando el desayuno.

—El desayuno. Umm... —suspirando, abrió los ojos. Allí estaba él, grande y tan guapo que le dio un vuelco el corazón solo de verlo, mirándola con una expresión que no lograba comprender.

—Preciosa Sara —pronunció con una voz cargada de ternura—. Como el cielo del amanecer. Arrebatadora.

Sara abrió mucho los ojos.

—¿Has estado bebiendo? —le preguntó bruscamente.

Él echó la cabeza hacia atrás y soltó una fuerte carcajada.

—Me lo merezco, por haberme puesto tan lírico antes de desayunar —repuso, y se levantó por fin, desperezándose.

Sara se sentó en el sofá. Todavía no estaba del todo despierta, pero recordaba haberse dormido en los fuertes brazos de Wolf. Sonrió al verlo mientras estiraba sus poderosos músculos.

Él se volvió para mirarla.

—¿Sabes? Estaba preocupado.

—¿Por qué?

Deslizó los brazos bajo su cuerpo y la levantó en vilo, con manta y todo.

—Los hombres son peligrosos por las mañanas. ¿Lo sabías?

Sara escrutó sus ojos azules. Negó con la cabeza.

Él aspiró profundamente y sonrió.

—Esta casa se va a quedar muy vacía —dijo, con la sonrisa borrándose de golpe de sus labios—. Todo el color desaparecerá contigo.

Ella se mordió el labio inferior, luchando con las lágrimas.

—No vayas a por esa horrible mujer —le espetó de pronto—. Deja que lo haga otro.

Wolf le acarició la nariz con los labios.

—¿Tienes miedo por mí?

—Claro.

—¿Incluso después de lo que te hice? —le preguntó, y enseguida esbozó una mueca.

Sara se arrebujó contra él, hundiendo el rostro en su cálido cuello.

—Estaba recordando que me quedé dormida en tus brazos —musitó.

Los brazos que la envolvían se contrajeron de pronto. Y las manos empezaron a acariciar sus senos en una agonía de dolor y desesperación.

—¡Wolf!

Él se retiró de inmediato.

—Lo siento. ¿Te he hecho daño? —le preguntó con tono suave. Bajó la mirada a sus erguidos senos, de puntas muy duras. Su expresión pareció transformarse.

Ella leyó la intención en sus ojos.

—No te atreverías —protestó—. Barbara está en la cocina...

Wolf la llevó entonces al cuarto de invitados, cerró la puerta y se apoderó enseguida de un endurecido pezón, que succionó con fuerza.

Ella se arqueó, estremecida.

—Sí —la tumbó en la cama y se cernió sobre ella al tiempo que empezaba a desabotonarle la chaqueta del pijama, con sorprendente habilidad. Poco después su boca se deslizaba por sus senos ya desnudos, saboreándolos a placer mientras ella volvía a arquearse sin el menor indicio de protesta.

Al cabo de unos segundos, alzó la cabeza y la miró a los ojos.

—Me dejarías seguir, ¿verdad? —pronunció entre dientes.

—Sí —musitó ella, estremeciéndose.

Cerró una mano sobre un seno pequeño y suave. Sus ojos ardían como llamas azules.

—Esto es inútil —gruñó—. ¡Absolutamente inútil!

—¿Por qué?

Bajó de nuevo la boca al duro pezón y lo envolvió en sus cálidos labios. Comenzó a chuparlo cada vez con mayor fuerza, hasta que sintió la tensión de su cuerpo, el suave gemido medio ahogado. Aumentó entonces la presión y pudo sentir cómo se iba acercando al abismo... Su propio cuerpo estaba desesperado de necesidad, pero no lo escucharía. Lo que estaba haciendo era para ella, solamente para ella.

Por fin, cuando la sintió relajarse de nuevo, alzó la cabeza y miró las marcas rojizas que le había dejado. Mordiscos de amor, pensó orgulloso. Aquella mujer era suya. Le pertenecía. Contempló sus ojos desorbitados de asombro.

—Lo sé —suspiró—. Soy una granuja.

Ella se estremeció.

—Siento vergüenza cuando me haces esto.

—No deberías. Tus senos son muy, muy sensibles, me gusta provocarte el orgasmo —musitó él. Sonrió, pero no era una sonrisa burlona. Escrutó sus ojos—. Y esta vez no te he mirado.

Sara se puso roja. Él soltó otro profundo suspiro.

—Tengo problemas. Y tú también. Te he hecho mucho daño, cuando nunca fue mi intención —acarició tiernamente su seno pequeño y delicado—. Que pasemos unas cuantas semanas separados quizá sea una buena cosa, después de todo. Porque, si seguimos así, Sara, con operación de cirugía o sin ella, tendremos que llegar hasta el final.

—Lo sé —tenía una expresión triste cuando lo miró, con su negra melena enmarcando su delicioso rostro—. Y tú no quieres que lleguemos tan lejos.

—No, no quiero —respondió él, muy serio—. Tengo treinta y siete años. No me gusta tener que repetirlo tanto, pero tú eres muy joven, incluso para tu edad. No has conocido el placer físico con nadie... excepto conmigo. Y, en estos tiempos, eso no es precisamente... —se interrumpió—. ¿Por qué pones esa cara?

—¿Crees que alguna vez podría dejar que otro hombre me tocara como tú lo haces? —le preguntó, absolutamente consternada.

El rostro de Wolf se tensó de golpe, volviéndose inexpresivo.

—¿Qué tiene que ver todo esto con la edad? —insistió Sara, incapaz de disimular su tristeza—. Me pongo enferma solo de pensar en que otros hombres puedan llegar a tocarme. Eso es algo que siempre me ha pasado.

—Dios mío —musitó él de pronto, con un tono casi reverencial.

Ella se sentó en la cama, cerrándose la chaqueta del pijama.

—Sí, tengo problemas —le confesó—. Muchos.

Él se sentó a su lado, bajando la mirada a la alfombra.

—Yo también —su expresión era inescrutable.

—Supongo que con los hombres es diferente —balbuceó ella—. Tú dijiste que no... bueno, que no hacías cosas con otras mujeres. Pero después de que hayas hablado con Emma durante unas cuantas semanas, eso podría cambiar. Puede que en un futuro dejes de tener problemas…

Wolf no la estaba escuchando. Su mente seguía concentrada en lo que ella acababa de decirle. Pensó en ello con una sensación de gozo. Ella lo deseaba. Aun después de haberla herido, de haber lastimado su orgullo, ella seguía deseándolo. Se habría puesto a cantar de alegría en aquel preciso instante.

—¿Qué? —le preguntó, regresando de golpe a la realidad.

—Tengo que hacer el equipaje.

Wolf se levantó.

—Si ves algo sospechoso, llámame —le pidió con tono firme—. Ten mucho cuidado con lo que haces y a dónde vas. Tendrás hombres míos vigilando, pero tú no los verás. Si lo haces —añadió, hosco—, los despediré de inmediato.

Ella escrutó su rostro.

—¿Crees que estoy en peligro?

—No lo sé, Sara —dijo—. Si ella tiene algún espía, y, si piensa que es posible que yo esté liado contigo, es posible que sí. Esa es otra razón por la que quiero guardar las distancias contigo. Pero, si me necesitas, estaré a tu lado.

—Gracias —logró esbozar una sonrisa.

—No puedo dejar que nada malo le suceda a mi chica.

—Está bien.

—Ah, por cierto… No roncas —dijo él mientras abría la puerta, y le sonrió—. Parecías un ángel moreno, dormida en mis brazos.

Ella se echó hacia atrás su larga melena. No contestó. Aquellas palabras eran como fuego en su corazón.

—Te veré en el desayuno.

Wolf salió y cerró la puerta. Sara se quitó la chaqueta del pijama y se miró en el espejo. Era la primera vez en muchos años que había querido verse. Se quedó impresionada. La hermosa mujer que la miraba desde el espejo era sensual, feliz. Sus ojos eran como estrellas negras, brillantes de placer.

De repente, se abrió la puerta.

—Quería decirte…

Wolf se detuvo de golpe, tenso, cuando ella se volvió. Llegó hasta a estremecerse.

Ella no intentó cubrirse. Dejó que la mirara.

—¿Estabas viendo las marcas que te dejé? —le preguntó él en voz baja.

Sara negó con la cabeza.

—¿Entonces qué?

—Estaba viendo el deseo que sentiste por mí —susurró— y pensando en lo dulce que ha sido que me tocaras.

Wolf cerró los ojos. Su enorme cuerpo se estremeció de nuevo mientras luchaba contra sus instintos, que no eran otros que tumbarla sobre la cama y hacer algo, lo que fuera, con tal de aplacar aquella dolorosa ansia.

Ella volvió a ponerse la chaqueta del pijama y se abrochó los botones.

—Lo siento —musitó—. Parece que siempre estoy diciendo lo que no debo.

—Te deseo con verdadera locura —le confesó él con voz ronca—. No tiene que ver con nada de lo que has dicho.

Sara lo estudió en silencio. Estaba tremendamente excitado.

—Eso es… ¿solo de mirarme?

—Sí.

Tanta vulnerabilidad hizo que todos sus temores se desvanecieran. Se relajó.

—Ya no me tienes miedo —observó Wolf mientras seguía esforzándose por conservar el control.

—No, no te tengo miedo —aseveró ella en voz baja—. Me siento… —buscó la palabra—. Orgullosa —concluyó al final—. Orgullosa de que puedas desearme después de lo que te hizo aquella malvada mujer.

—Oh, cariño…

—Y me gusta que me llames así.

Él alzó la barbilla.

—Eso es porque recuerdas la última vez que te lo llamé —repuso con involuntaria arrogancia—. Cuando estabas gritando de puro placer.

No se sintió avergonzada. No demasiado, al menos. Asintió lentamente.

«Semanas», pensó Wolf. Durante semanas no sería capaz de verla, de contactar con ella. «Me moriré», se dijo para sí.

—¿Qué querías decirme? —le preguntó ella.

—Que Barbara va a llevarte a San Antonio —respondió, suspirando—. Tenía intención de hacerlo yo, pero no quiero que nos vean juntos, solo por si acaso.

—Tienes razón.

Se la quedó mirando durante unos segundos, con ojos ávidos, hasta que se volvió.

—Vamos. Se te va a enfriar el desayuno.

—Vale.

Wolf salió de nuevo, pero vaciló en el umbral de la puerta. Seguía existiendo la pequeña posibilidad, por mínima que fuera, de que la hubiera dejado embarazada durante aquella primera noche. Pero era algo harto improbable.

De repente, se imaginó a Sara con sus ojos negros brillando como estrellas mientras amamantaba a su bebé. Sería una madre maravillosa.

Cerró los ojos. No. Era demasiado pronto para eso. Sara necesitaba tiempo. Tiempo para explorar, para conocer a otros hombres, para asegurarse de que era a él a quien deseaba. No quería presionarla. Mientras tanto, por su seguridad, tendría que hacerlo: aparecería públicamente con un enjambre de bellas rubias con el objetivo de despistar a Ysera. Porque, si Ysera, vengativa como era, se enteraba de que amaba a Sara, encontraría alguna manera de herirla, incluso de matarla. Y Sara Brandon era el único ser sobre la Tierra sin el cual, para Wofford

Patterson, no merecería la pena vivir. Tenía que evitar a toda costa que Ysera lo descubriera.

Se despidió de Sara en la puerta, mientras Barbara aguardaba discretamente en el coche.

—No será por mucho tiempo —le dijo, vacilante—. Solo hasta que podamos localizarla.

—¿Podamos? —le preguntó ella, con los ojos muy abiertos de miedo.

Le acunó el rostro entre sus grandes manos.

—Ellos. Me refería a ellos.

—Por favor, que no te pase nada —rogó Sara, luchando con las lágrimas.

—Oh, Dios —gruñó contra sus labios mientras la besaba sin cesar al amparo de las sombras del porche, fuera de la vista de Barbara y de los pocos vaqueros que andaban por los corrales.

Tuvo que obligarse a soltarla. Y la besó por última vez para enjugarle las lágrimas.

—Recuerda lo que te dije —le pidió con voz firme y profunda—. Lleva siempre mucho cuidado. Nunca salgas sola de noche —titubeó—. Si alguien te llama para decirte que estoy herido, o que deseo verte, no le escuches. Llámame directamente a mí. Y lo mismo con Gabe —añadió—. Puede que intenten utilizar a tu hermano para hacerte salir a campo abierto. A Carlie Blair la engañaron de esa forma, diciéndole que su padre estaba herido.

—Lo recuerdo —Sara escrutó sus ojos—. Ten mucho cuidado.

—Siempre lo tengo. Por lo general —Wolf se encogió de hombros—. Aunque no contigo —añadió, irónico.

Sara sonrió.

—Te veré entonces.

—Sí. Me verás —por la manera en que la miró, era casi una declaración de intenciones.

Sara subió al coche con Barbara y se despidió con la mano. Pero no miró atrás. Porque sabía que, si lo hacía y lo veía allí, solo, jamás se marcharía.

—¿Seguro que estarás bien en ese apartamento tuyo? —le preguntó la mujer, preocupada—. Podrías quedarte conmigo en Jacobsville.

—¿Y ponerte en peligro a ti también? —le preguntó a su vez.

Barbara frunció el ceño.

—En realidad, no entiendo nada. ¿Qué es lo que está pasando? ¿Puedes explicármelo?

—La verdad es que no —repuso Sara—. Excepto que Wolf tiene enemigos, y uno de ellos es posible que vaya a por mí. No es una posibilidad muy remota. Uno de los que tenía Gabriel llegó a atentar contra mí, pero él estaba en casa cuando el tipo entró. Todo pasó muy rápido, afortunadamente.

—No lo sabía. Lo siento.

—Michelle tampoco lo sabe —añadió, refiriéndose a la joven que su hermano y ella tenían tutelada—. No le he contado nada de lo que está pasando, y tampoco pienso hacerlo. Le está yendo muy bien en la universidad. No quiero preocuparla.

—Michelle es un encanto.

—Sí. Mi hermano está loco por ella —se echó a reír—. Pero no te atrevas a decirlo por ahí. Ha decidido esperar, hasta que ella termine la universidad.

—Se graduará muy pronto, ¿verdad?

—Sí. De hecho, ya tiene un empleo esperándola. Será una gran periodista. Estoy muy orgullosa de ella. Y Gabriel también.

—Ha tenido una vida muy dura. Perder ambos padres para

luego ir a parar con una madrastra estúpida, que además terminó muriendo de sobredosis delante de ella... —sacudió la cabeza—. Fue una buena cosa que Gabriel la acogiera.

—Sí, y que me propusiera que la tuteláramos conjuntamente —continuó Sara—. Gabriel y ella son lo mejor que me ha pasado en la vida.

—Creo que muy pronto habrá alguien más dentro de ese círculo —repuso Barbara, contemplando su rostro ruborizado—. Wolf es un gran tipo.

—Oh, sí —reconoció Sara—. Pero no de los que se casan —añadió, triste.

—Cariño, con el estímulo adecuado, cualquier hombre es candidato al matrimonio. Espera y verás.

Eso era lo que pensaba hacer Sara. Pero, a pesar de la pasión que Wolf le había demostrado, se preguntó si no habría alguna otra cosa detrás. No era un hombre dado a expresar sus sentimientos. Se sentía culpable por la manera en que la había tratado, y ella conocía intimidades sobre él que nadie más sabía. Eran confidentes. Pero que él pudiera amarla... era un asunto completamente distinto. Ella no podía conformarse con una relación ligera basada únicamente en el sexo, no con el pasado que arrastraba consigo. Pero teniendo en cuenta todo lo que había pasado Wolf, no estaba segura de que pudiera llegar a confiar en una mujer lo suficiente para casarse. Ysera se había encargado de ello.

Supuestamente, eso era lo que tendría que hacer ella: esperar y ver. Solo esperaba que pudiera superar las próximas semanas indemne, sin sufrir daño alguno. Ya estaba experimentando los efectos de la separación. Las pocas semanas que tendría que pasar separada de Wolf iban a ser una tortura. No sabía cómo se las iba a arreglar. Nunca había amado a un hombre antes.

El corazón se le subió de golpe a la garganta. Amor. Estaba... enamorada. Cerró los ojos. Resultaba increíble que no se hubiera dado cuenta hasta ese momento. ¿Cómo si no había llegado a tener intimidad con un hombre, si no era porque estaba enamorada? Mal momento era aquel para descubrirlo. ¿Y qué iba a hacer ahora?

Wolf volvió a entrar en la casa una vez que las mujeres se hubieron marchado. Contemplando las desiertas habitaciones, pensó que así era su vida. Vacía. Con algunas estancias abiertas, otras cerradas. Estaba solo.

Eso le había gustado antes. Estar solo. Pero, en aquel momento, se le antojaba una fría existencia. Podía imaginarse a Sara en cada habitación, especialmente en el salón, donde él le había enseñado el significado del placer para luego destrozar su orgullo. Cerró los ojos, odiándose a sí mismo por ello. Pero luego miró aquel mismo sofá donde le había arrebatado la inocencia, en cierto sentido, y la recordó yaciendo dormida en sus brazos, tan confiada que se le desgarraba el corazón solo de imaginársela.

—Sara... —gruñó para sí mismo.

Fue a la cocina y tomó la taza que ella se había llevado a los labios para llevársela a los suyos, allí donde persistía aún un leve rastro de carmín. Se estremeció.

Se obligó a dejar la taza en la pila, con el resto de la vajilla, y se la quedó mirando fijamente, sin verla en realidad. Sara se había ido. Y él la había dejado marchar.

Entonces recordó por qué lo había hecho.

Cargó el lavaplatos y limpió el fregadero. Cuando hubo terminado, fue a una de las habitaciones de seguridad de la casa y encendió la emisora de comunicaciones codificadas. Llamó a Eb Scott.

—¿Qué pasa? —preguntó Eb de inmediato.

—¿Alguna noticia nueva?

—Sí. Mala. Iba a llamarte después. Ysera burló la barrera de seguridad que le pusimos y está de vuelta en África. Ha comprado su antiguo hotel y se ha trasladado allí con su amante millonario. Tengo un contacto que lo conoce. Se dice que ha pagado medio millón a alguien para que te liquide.

Wolf esbozó una mueca.

—Pura venganza —dijo Eb, y vaciló antes de continuar—: Has tenido a Sara Brandon allí durante toda la semana.

—He tenido a Barbara Ferguson aquí durante toda la semana —le corrigió, escamoteándole la verdad—. Un tipo al que había encarcelado Rick Márquez le juró venganza. Sara vino aquí de carabina de ella. Su hermano, Gabe, es probablemente el único amigo que tengo.

—Oh, entiendo —Eb se echó a reír—. Perdona, estaba pensando otra cosa.

—Es demasiado joven para mí —observó Wolf.

—Pero muy bonita, ¿verdad?

—¿Qué más has averiguado?

Eb interpretó correctamente el cambio de tema de su amigo, pero se las arregló para disimular una sonrisa mientras respondía:

—Los hombres que ella contrató tomaron un avión en Heathrow, pero los perdimos. Suponemos que muy pronto los tendremos en el país.

—Me aseguraré de reforzar la seguridad del rancho. ¿Te sobra algún par de hombres que puedas prestarme? ¿Qué me dices de Rourke?

Eb titubeó de nuevo.

—Algo raro está pasando con él. Estuvo en África, y luego en Manaos, pero ahora mismo nadie sabe dónde se encuentra.

—Alguna misión secreta, me imagino.

—Exacto. Pero tengo a dos hombres con sólidos antecedentes. Te los enviaré. Asegúrate de que uno te siga como una sombra, todo el tiempo.

—Así lo haré.

—Y, Wolf… no sería una mala idea que tuvieras unas cuantas citas con varias mujeres —le aconsejó Eb con tono suave—. Así Ysera no se quedará con la idea de que te has fijado concretamente en una de ellas. Porque esa mujer se convertiría en su inmediato objetivo.

—Ya lo había pensado.

Eb vaciló de nuevo antes de añadir:

—Gabriel también está en problemas.

A Wolf el corazón le dio un vuelco en el pecho.

—¿De qué tipo?

—No es nada importante, al menos por el momento. Está colaborando en la vigilancia de los campos petrolíferos de una pequeña aldea de Oriente Medio, que están amenazados por insurgentes. Me temo que un día de estos habrá una gran explosión.

—Yo mismo entrené a Gabriel —le recordó Wolf—. Es uno de los mejores militares profesionales que conozco.

—Sí, es casi tan bueno como tú —convino Eb—. Nunca he conocido a nadie que le gustara tanto saltarse las estrategias como a ti.

Wolf se rio por lo bajo.

—Tuve un buen maestro.

—Sí. Lo recuerdo. Cuídate.

—Lo haré.

—Y aléjate de cualquier mujer que… te importe especialmente —añadió Eb.

—No te preocupes por eso. No me interesan las mujeres.

Eb tuvo que morderse la lengua para no replicar.

—Está bien. Hasta luego.

—Hasta luego. Y gracias.

—Para eso están los amigos.

Se cortó la comunicación. Wolf se recostó en su sillón y pensó en Sara. No podía permitirse verla, ni hablar con ella, ni tocarla. Hacerlo sería como ponerle una pistola en la sien. Y sera la mataría. Se estremeció levemente cuando recordó lo muy vengativa que era Ysera. Aquella mujer era una psicópata. Era lo mismo que le había dicho Emma, a partir de las mínimas informaciones que ella le había sonsacado.

Sara se lo había contado todo a Emma sobre él, tal como le había pedido. Porque él era incapaz de abrirse a la psicoterapeuta, directamente. Quizá pudiera corregir eso, más adelante. Debía reconciliarse con su pasado para poder tener un futuro con...

Interrumpió de golpe ese pensamiento. Su vida seguía estando llena de peligros. Hacía extraños trabajos para el gobierno, operaciones secretas. No le había hablado a Sara de ellas, pero sabía que lo sospechaba. No podría vivir sin aquellas descargas periódicas de adrenalina.

Tendría que renunciar a ella. Tenía casi treinta y ocho años. Estaba perdiendo reflejos. Físicamente se conservaba bien, pero se estaba volviendo lento. Eso podía significar una carga en una unidad de élite. Por eso desempeñaba habitualmente la función de oficial táctico, el planificador del equipo.

De repente se imaginó los bellos senos de Sara con una diminuta cabecita ente ellos: la de su hijo, alimentándose de su leche.

Fue entonces cuando recordó lo que había hecho con Sara, y el resultado que podría derivarse de ello. Pero lo expulsó enseguida de su mente. No, no era nada probable que fuera a quedarse embarazada. Además, no podía pensar en un futuro compartido con ella hasta que no hubiera lidiado con el presente, y no podía permitirse distracciones. Iba a tener que dejar unas cuantas pistas falsas a su alrededor, para convencer a Ysera.

Así que tomó el teléfono y marcó el primer número de su lista de contactos.

CAPÍTULO 10

Wolf le había dicho que iba a romper todo contacto durante varias semanas, para asegurarse de que Ysera no fuera a por ella. A pesar del dolor que le producía no verlo, sabía que era lo correcto. Solo que, para la tercera semana tras su marcha del rancho, había empezado a devolver el desayuno.

En realidad, no había creído lo que Wolf, y luego Emma, le habían dicho: que podía haberse quedado embarazada de resultas de unas relaciones íntimas que no habían sido del todo consumadas. No sabía qué hacer. De modo que, durante varios días, no hizo nada al respecto.

Se dio cuenta de que alguien la seguía allá a donde iba. Intentó limitar sus viajes al supermercado, a una vez por semana. Tenía restaurantes que le mandaban la comida al apartamento, sin saber que cada chico de los recados era interceptado y discretamente interrogado por prudentes guardaespaldas. Pero seguía sintiéndose nerviosa y sin saber qué hacer.

Un día decidió ir al hospital. A los guardaespaldas les habría resultado imposible dejar de advertirlo, pero tosió sonoramente de camino hacia allí, con la esperanza de que lo oyeran y pensaran que no tenía más que un resfriado.

La doctora Medlin era una joven rubia, bonita y dulce. Mandó a la enfermera que le sacara sangre para el análisis y dejó a

Sara el tiempo suficiente para ver a otro paciente. Pero minutos después estaba de vuelta con los resultados. Y no sonreía.

—Tiene que tomar una decisión.

Sara cerró los ojos.

—Estoy embarazada.

—Sí, sí que lo está. De unas tres semanas, diría yo. Ahora bien, podría tratarse de un falso positivo. Esas cosas pasan. Los demás síntomas podrían confirmar el diagnóstico. ¿Quiere usted tener el bebé?

—Con todo mi corazón —logró pronunciar Sara, desviando la vista.

—¿Qué me dice del padre?

Sara intentó sobreponerse al miedo.

—Me dijo que quería saberlo, si llegaba a suceder. Pero no tenía intención de que… de que eso ocurriera —le confesó—. Fueron unas relaciones íntimas bastante intensas. Ya sabe usted que yo no puedo… bueno, está ese problema físico mío de…

—Lo sé —la doctora le cubrió una mano con la suya.

—Así que no llegamos a consumar el acto, pero aun así…

—Ya.

Sara soltó un profundo suspiro.

—No sé qué hacer. Tendré que contárselo. Pero si él quiere que vaya a una clínica… no sé si podré —su expresión era trágica—. Simplemente no creo que pueda hacerlo. Aunque él me dijo que una decisión que concierne a dos personas no debería ser tomada arbitrariamente por una de ellas.

—Entiendo —dijo la doctora, y pasó a hacerle unas prescripciones al tiempo que le explicaba para qué eran.

Sara, sin embargo, estuvo en blanco mientras duró la conversación. Estaba pensando en el bebé y en cómo reaccionaría Wolf cuando se enterara de que iba a ser padre. Él nunca le había hablado de matrimonio. Tenía treinta y siete años, pero solo había mantenido una relación duradera, por lo que ella sabía, con una mujer, con Ysera. Si había estado soltero durante todos esos años, tenía que haber sido por elección propia.

—Sara, ¿me está escuchando? —le preguntó con tono suave la médica.

Sara sonrió.

—Sí. Por supuesto —se quedó mirando sus manos—. ¿Podría hacer algo por mí mientras estoy aquí?

—Por supuesto. ¿De qué se trata?

Sara se ruborizó, pero se lo dijo. La doctora se limitó a sonreír.

—Permítame que llame a la enfermera.

Estuvo meditándolo durante tres días. Pero al final sacó su teléfono móvil y envió un breve mensaje de texto a Wolf. Temía que eso lo pusiera furioso. Le había advertido encarecidamente que no mantuviera contacto alguno con él. Pero también le había dicho que quería saberlo. Y eso no podía decírselo por teléfono. Así que le preguntó, en un mensaje de texto: *¿Irás a la sinfónica el viernes por la noche?*

Él tecleó una única palabra: *Sí.*

No le escribió nada más. Y ella tampoco.

El viernes por la noche se puso un vestido de noche negro. Lucía un aspecto radiante. Su rostro era más bello que nunca. Y su piel era extraordinariamente luminosa, radiante.

Sonrió a su imagen en el espejo. El pliegue del escote dejaba al descubierto el valle que se abría entre sus senos. La falda era larga hasta los tobillos, de espalda baja, con tirantes anchos y sin mangas. Lo complementó con unos pendientes de diamantes y un collar de esmeraldas que combinaba perfectamente con el anillo, también de diamantes y esmeraldas. Proyectaba una imagen sofisticada, hermosa, feliz.

Pensó en la velada que se avecinaba. Cuando Wolf la viera, su determinación de guardar las distancias bien podría evaporarse. Quizá se ofreciera a acompañarla a su casa. Se ruborizó cuando pensó en lo que podría suceder entonces. Evocó la sensación de sus labios, y enrojeció todavía más.

Iba a ser, decidió, la noche más feliz de su vida. Wolf querría tener el bebé. Estaba convencida de ello.

Contrató una limusina para la velada. El chófer, al que conocía, la ayudó amablemente a subir al vehículo y la llevó a la sinfónica. Estaba programado Beethoven, que no era uno de sus compositores favoritos. De todas formas, no pensaba prestar demasiada atención al concierto. Iba a ver a Wolf, por primera vez en semanas. Ni siquiera la ceremonia de graduación de Michelle la había hecho tan feliz.

Estaba nerviosa, pero no lo demostró. De camino hacia las butacas, habló con la gente que conocía. Pero en realidad solo tenía ojos para un hombre alto y guapo vestido de esmoquin, de pelo negro y mirada azul hielo.

Fue hacia su butaca numerada y tomó asiento. La orquesta empezó a afinar sus instrumentos. Esbozó una mueca. Había esperado contar con tiempo para intercambiar algunas palabras con él, pero iba a ser demasiado tarde si no se daba prisa. Le había dicho que estaría allí, pero... ¿y si no aparecía?

Justo en aquel instante detectó un movimiento a su lado. Se volvió y allí estaba, tan guapo que le dio un vuelco el corazón. Iba acompañado de una bella rubia que lucía un vestido de satén blanco. Y la estaba besando, riéndose... La mujer se pegaba a él como si tuviera en su mano las llaves del paraíso.

Sara, tan confiada apenas unos minutos antes, sintió que todo su cuerpo se crispaba con las primeras punzadas de dolor.

Wolf la vio entonces y su expresión se tornó impasible, indiferente. Eb le había telefoneado antes. Ysera tenía a alguien trabajando en la sombra. El tipo bien podía estar allí en aquel preciso momento, observándolos. Y él tenía que hacer una buena actuación con tal de proteger a Sara. Lo cual iba a hacerle mucho daño. Lo sabía, y se dolía terriblemente por ello. Pero su vida podía depender de su capacidad para el fingimiento. Durante esas últimas semanas había estado saliendo con una cohorte de despampanantes mujeres como aquella con la intención de despistar a los espías de Ysera. Y tenía que seguir adelante con aquella interpretación. No podía poner a Sara en peligro, aunque ello significara desairarla de aquella forma.

—Señorita Brandon —le dijo con tono cortés, como si no fuera más que una conocida—. Cherry, te presento a Sara Brandon. Su hermano es amigo mío.

—Encantada de conocerla —la saludó Cherry—. ¡Qué vestido tan precioso!

—No tanto como el suyo —repuso Sara, ocultando su dolor.

—Me encanta la ropa bonita —la mujer se rio—. Y sobre todo me encanta ponérmela para él —miró a Wolf con el corazón en los ojos.

—Y a él también le encanta —Wolf se rio, antes de inclinarse para besarla.

Se sentaron al lado de Sara, que para entonces había estrujado entre los dedos su programa de mano. Clavó la mirada en el escenario y dio gracias a Dios cuando por fin se alzó el telón.

Sara nunca supo cómo se las arregló para sobrevivir a la velada. Wolf se mostró muy cortés, pero era como si no hubieran hablado nunca, como si nunca se hubieran besado ni tenido relaciones íntimas. Ella llevaba un hijo suyo en las entrañas y no podía decírselo. No en aquel momento, al menos.

El concierto acabó. Sara ni siquiera recordó de qué sinfonía de Beethoven se trataba. Tenía la sensación de que todo aquello era un sueño, como si ni siquiera estuviera realmente allí.

—Maravilloso, ¿verdad? —exclamó Cherry—. ¡Qué música tan bonita!

—Sí —repuso Sara con voz medio ahogada—. Preciosa.

—Espero volver a verla en alguna ocasión, señorita Brandon.

—Yo también.

—Buenas noches, señorita Brandon —se despidió Wolf sin mirarla a los ojos, con apenas una leve sonrisa en sus duros labios—. Vamos a casa —le dijo a Cherry—. Es tarde.

—Es verdad —dijo Cherry, y soltó una risita mientras se apretaba contra Wolf.

A su espalda, Sara permanecía de pie como una elegante estatua, con el corazón desgarrado y una sonrisa pintada en la cara.

Ya en la puerta de salida, Wolf se volvió para mirarla. Tuvo que bajar la vista y endurecer su corazón. Si se hubiera dejado guiar por los sentimientos, en aquel mismo momento la habría levantado en brazos y la habría besado hasta borrar todo rastro de dolor de su rostro. Abandonó el teatro sonriendo, con el corazón roto. Le había hecho tanto daño ya... ¡Aquello era casi insoportable!

Sara regresó a su apartamento y lloró hasta quedarse dormida. Wolf estaba liado con otra mujer. A ella no la deseaba. No habría podido dejárselo más claro.

Se levantó de madrugada y encendió el ordenador. En cuanto se conectó al videojuego, Rednacht tecleó:

¿Una mala noche?

La peor de toda mi vida, le confió ella.

Bienvenida al club, fue su respuesta.

A Sara le entraron ganas de verter todo lo que llevaba en

su corazón, de contarle lo que había sucedido, de llorar en su hombro. Pero él era un desconocido y ella demasiado tímida, para hablar de lo que había pasado.

El amor, tecleó, *es el sentimiento más horrible del mundo.*

Hubo una vacilación al otro lado.

Alguien te ha hecho daño.

Sí.

Pues yo he hecho daño a alguien, tecleó él, lentamente. *A alguien que quiero. Y precisamente porque tenía que hacerlo.*

Sara pensó que aquello no tenía sentido,

¿Por qué?

Porque la pongo en peligro si me ven con ella.

Sara recordó que él trabajaba para las fuerzas de la ley. Él le había dicho que tenía enemigos.

Por tu trabajo, adivinó.

Sí.

¿Lo sabe ella?

No puedo decírselo, respondió él. Vaciló. *¿Campo de batalla o mazmorras? Tengo ganas de luchar.*

Sara se rio para sus adentros.

Yo también, le confesó. *Batalla. LOL.*

Júntate conmigo. Nos apuntamos.

Y Sara se puso a jugar, pensando en lo maravilloso que era tener al menos un amigo en el mundo con quien poder hablar, en cierto sentido al menos. De alguna manera, Rednacht tenía una mujer en su vida. Eso hizo que se sintiera mejor, porque en realidad no quería liarse con un desconocido on line. Por desgracia, el hombre al que quería no la quería a ella. Y aquel era también, por cierto, el peor momento para haber hecho un descubrimiento así.

Sara fue andando hasta una clínica que se encontraba solo a un par de manzanas de su apartamento. En el camino entró y salió de varias tiendas, incluso tomó un taxi para recorrer la última manzana, con la idea de despistar a sus guardaespaldas. No quería que aquello llegara a los oídos de Wolf. Sabía que eso le dolería, porque la conocía demasiado bien. Aunque él no quisiera al bebé, cosa evidente teniendo en cuenta que estaba en relaciones con su bella acompañante, le dolería que Sara se hubiera visto obligada a tomar una medida tan drástica. Pero ella haría lo que tenía que hacer. Era fuerte. Podría soportarlo.

Pensó al menos que podría, hasta que se encontró dentro rellenando el papeleo. Porque de repente, en mitad del mismo, estalló en sollozos.

La encargada le dio una cariñosa palmadita en la mano.

—Cariño, tú no estás preparada para esto —le dijo con tono suave—. Vete a casa y dedica un día o dos más a pensarlo, ¿de acuerdo? Luego, si realmente te has decidido a hacerlo, vuelve.

Sara miró aquellos ojos negros de expresión compasiva.

—Gracias.

—De nada —la mujer sonrió.

Sara se levantó y salió, con las lágrimas rodando todavía por sus mejillas. No se dio cuenta de que la estaban observando. Sus guardaespaldas no eran tan fáciles de despistar.

Sara publicó un anuncio en la red, en una fuente de confianza, pidiendo una asistente personal para que le hiciera compañía. Gabriel así se lo había sugerido, porque le preocupaba que se quedara sola ahora que Michelle tenía un apartamento propio. Porque estaba efectivamente sola, y Michelle se hallaba tan concentrada en su nuevo trabajo para un periódico de San Antonio que en realidad no estaba disponible para nadie. Además, Sara no quería que ella se enterara de lo del bebé. No transcurriría mucho tiempo antes de que se le empezara a notar.

Pero tenía planes. Pensaba ir al rancho de Catelow, en Wyoming. Estaba lejos, pero allí contaría con ayuda, gente de confianza. Uno de los vaqueros era un exagente del FBI. Otro era un antiguo policía de Billings, Montana. Nadie la amenazaría allí. Estaría a salvo. Y tendría pocas oportunidades de tropezarse con Wofford Patterson, que era precisamente de lo que se trataba. Por supuesto, Wolf poseía él mismo un rancho en Wyoming, que estaba muy cerca del de los Brandon. Pero, en los últimos meses, no lo había visitado; eso lo sabía por Gabriel. Además, ahora que tenía a aquella rubia como pareja, no era probable que se marchara tan lejos.

No podía renunciar a su hijo. No pensaba hacerlo. Por primera vez en su vida, tendría a alguien que la amara. Tendría un hijo suyo, propio. El solo pensamiento la calentaba por dentro. Ya se las arreglaría con Wolf si él llegaba a descubrirlo algún día. En aquel momento tenía otras cosas en qué pensar.

La doctora Medlin tenía un amigo en Sheridan que era obstetra. Le dio a Sara el número de teléfono de su consulta y habló con él de parte de Sara, para asegurarse de que pudiera atenderla como paciente. El doctor se mostró de acuerdo.

Alguien había contestado al anuncio de Internet apenas unos minutos después de que lo publicara. La mujer había aceptado ir a verla aquella misma mañana. Así que, cuando sonó el timbre, Sara fue a contestar con algún vago recelo. Aquel era un gran paso, el de compartir su vida con una perfecta desconocida. Esperaba que la mujer no fuera una chiflada.

Abrió la puerta, pensando todo el tiempo en el bebé, y se encontró con una mujer de unos veintitantos años, ojos color castaño oscuro y melena rubia recogida en un apretado moño. No sonreía. Tenía una boca muy bonita, pero apretada en una fina línea. Su postura era absolutamente rígida.

—¿Señorita Brandon? Soy Amelia Grayson.

—Encantada de conocerla, señorita Grayson. Por favor, pase.

La mujer entró en el salón y se sentó en una silla de respaldo recto. Miró fijamente a Sara.

—¿Qué es exactamente lo que necesita?

—Una asistente personal —respondió Sara.

—¿Para qué? —replicó, desconfiada.

Sara se dio cuenta de lo que estaba pensando y soltó una carcajada.

—No, no es eso. Lo siento. Necesito a alguien para que me haga compañía en un rancho de Wyoming —dijo—. Allí son casi todos hombres —esbozó una mueca—. Y yo, bueno... la verdad es que he tenido malas experiencias con los hombres.

La mujer se relajó, aunque no demasiado.

—Yo también —confesó, tensa—. ¿Qué tipo de tareas espera que haga?

—Yo me encargaré de la cocina —dijo Sara—. Pero necesitaré ayuda con las demás tareas domésticas. Tengo lavaplatos, los electrodomésticos habituales. Tendría usted libres las tardes de los sábados y los domingos enteros. Y pago bastante bien —nombró una cifra que dejó a la mujer con la boca abierta—. ¿Señorita Grayson?

—El último lugar donde trabajé —explicó lentamente—. Yo tenía que hacer la comida y la limpieza, cuidar de cuatro niños, lavar el coche, sacar a pasear a cuatro perros y solamente tenía la noche del domingo libre. Me pagaban la quinta parte de la cifra que acaba usted de dar.

—¡Dios mío! —exclamó Sara.

A esas alturas, la señorita Grayson ya estaba mucho menos tensa.

—Podríamos hacer un periodo de prueba, de un mes, por ejemplo, para ver si congeniamos bien.

Sara sonrió.

—Hecho. Puede trasladarse hoy mismo, si quiere.

—¿Viviré aquí? Allí donde estuve trabajando, tenía una vivienda aparte...

—Señorita Grayson, a usted alguien la ha tratado muy mal —la interrumpió Sara—. Pero de mí recibirá un trato completamente diferente. Por supuesto que vivirá aquí, conmigo. Y estará asegurada... ¡señorita Grayson!

La mujer se había echado a llorar. Sacó un pañuelo del bolso y se enjugó las lágrimas con las puntas.

—Lo siento —dijo bruscamente—. Creo que se me ha metido algo en el ojo.

Sara sonrió.

—Creo que vamos a trabajar bien juntas. Muy bien. ¡Permítame que le enseñe su habitación!

Grayson era, además, una trabajadora infatigable. Podía llevar las cuentas de la casa, sabía coser y bordar y, para colmo, era como un manual andante para todo lo militar. Aunque, cuando Sara le preguntó si había estado en el ejército, la mujer simplemente se echó a reír y lo negó.

Desde que se graduó en la universidad, con una licenciatura en Químicas, durante los cuatro últimos años había trabajado para varias familias. Tenía un cerebro privilegiado. Sara se sorprendió de que una mujer de tal inteligencia estuviera dispuesta a limitarse profesionalmente de aquella forma. Pero no quiso preguntarle al respecto. Eran pocos días los que llevaba todavía y ya estaba encantada con ella. No quería arriesgarse a perderla husmeando en su vida privada.

El rancho de Wyoming era enorme. Lindaba con un parque nacional y abarcaba centenares de hectáreas. Criaba ganado selecto Black Angus y una pequeña cabaña de caballos, más aquellos con los que los vaqueros trabajaban cada día. Sara tenía montura propia, una bella yegua Appaloosa, blanca como la nieve con manchas marrones en los flancos. La llamaba Snow y la quería con locura. Su mayor tristeza era que tenía miedo de montar, dada su actual condición.

Grayson, afortunadamente, no sabía nada de su embarazo. Sara tenía mucho cuidado de guardar el secreto. Había notado que tenía una Biblia y que la leía por las noches mientras ella veía películas por Blu-Ray. Una persona religiosa podría encontrar desagradable que estuviera embarazada siendo soltera. Y por nada del mundo quería ofender a una mujer que rápidamente se estaba convirtiendo poco menos que en indispensable para ella.

Las pesadillas habían estado remitiendo. Pero, una vez que hubo regresado a Wyoming, volvieron con saña. Una noche se despertó gritando, bañada en sudor.

Grayson acudió corriendo, con su largo camisón y su igualmente pudorosa bata.

—Señorita Brandon, ¿qué pasa? —exclamó. La larga melena había escapado de su moño. No parecía en absoluto la mujer recatada y tranquila que Sara había llegado a conocer.

—Una pe-pesadilla —balbuceó, y apoyó la cabeza sobre sus rodillas flexionadas—. Lo siento. Debí haberla avisado —las lágrimas rodaron con mayor fuerza por su rostro.

—Ahora mismo vuelvo —dijo Grayson.

Regresó minutos después con una toalla húmeda, se sentó junto a Sara y procedió a lavarle la cara.

—Estoy preparando té de camomila —le informó con tono suave—. Venga a la cocina.

Sara se puso la bata y siguió a Grayson a la cocina, casi tambaleándose. Se sentó a la mesa. Por alguna razón, esa vez Wolf había estado presente en el sueño. Se había hallado en algún oscuro y peligroso lugar. No se acordaba bien, pero había habido mucha sangre. ¡Tanta sangre...!

—Tenga —Grayson le puso una taza de té delante—. Bébase esto. La ayudará a serenarse.

—Gracias, señorita Grayson —dijo Sara con voz ronca, y se mordió el labio inferior—. Lo siento.

—Todo el mundo tiene pesadillas —repuso la mujer con tono suave.

Sara sonrió entristecida.

—No como las mías. Tengo miedo.

—Algo horrible debió de haberle sucedido, entonces —fue su sorprendente comentario.

Sara levantó la vista, asombrada.

—¿Cuando era usted niña? —insistió Grayson.

Sara volvió a morderse el labio inferior.

—No tiene que hablar de ello. Pero debería hablar con alguien.

Sara se rio por lo bajo.

—Tengo una psicoterapeuta. Hacemos sesiones por Skype —un brillo de leve humor asomó a sus ojos—. Tiene serpientes como mascotas.

Grayson frunció el ceño.

—¿Emma Cain?

Sara se quedó sin aliento.

—¿Cómo es que...?

—No pregunte. No se lo diré.

Sara abrió la boca para hablar, pero volvió a cerrarla.

—Está bien, luche contra esos impulsos —dijo Grayson con un toque de humor—. Yo tampoco hablo de mi pasado.

Sara estaba intrigada. Arqueó las cejas.

—¡Vergüenza debería darle, por pensar en esas cosas! —exclamó la mujer, con tono bromista—. ¡Deberían lavarle el cerebro con jabón!

Sara estalló en carcajadas. Y Grayson sonrió finalmente.

—Así está mejor.

Sara suspiró y sacudió la cabeza.

—Grayson, contratarla a usted ha sido la mejor idea que he tenido en toda mi vida. Y, si alguna vez intenta marcharse, ordenaré a Marsden que le siga la pista y la traiga de vuelta a casa.

—¿Marsden?

—Un antiguo agente del FBI. Nuestro capataz.

—Oh, ese hombre alto. Parece buena persona.

—Lo es, y mucho —Sara bebió un sorbo de té. Se sentía un poco mareada, pero la bebida la serenaba—. Esto está muy bueno.

—Me gustan las infusiones de hierbas. Usted bebe demasiado café.

—Es descafeinado —repuso Sara—. Lo que pasa es que lo hago fuerte. No me lo puedo quitar del todo.

—Pues yo tuve que hacerlo —explicó Grayson, triste—. Lo echo de menos.

—Todavía podría tomar descafeinado.

—Eso sería como comerse un filete con pajita.

Sara se rio de nuevo.

—Está bien. Renuncio al café.

—Bien hecho. Yo suelo ganar casi todas las batallas —Grayson se recostó en la silla y suspiró—. ¿Sabe? Me alegro mucho de que quisiera trasladarse aquí y no a Comanche Wells —comentó con naturalidad.

—Pero el rancho de allí es muy parecido a este —repuso Sara, perpleja.

—Él vive en Comanche Wells —pronunció la mujer entre dientes.

—¿Él?

—Un... conocido mío —dijo, titubeando—. Ya nunca voy allí.

Sara podía entenderla. Pensó en el enorme rancho de Wolf, así como en el goce que había sentido al estar con él, pese a los recuerdos tan íntimos como problemáticos que habían compartido. No la había llamado después del concierto. Ella había esperado que lo hiciera, o que le mandara algún mensaje de texto, o que le dijera que todo había sido un error, que en realidad no le importaba aquella bella rubia. Pero era una estupidez. Resultaba dolorosamente obvio que no la quería. Y ella tenía que aprender a aceptarlo.

—No se preocupe —le dijo Sara con tono suave—. Yo tampoco quiero volver a Comanche Wells.

Grayson la miró curiosa.

—Por la misma razón que usted —añadió Sara, tensa.

—Oh —Grayson bebió un sorbo de té. Parecía pensativa. Pero, al cabo de unos segundos, su expresión volvió a suavizarse—. ¿Cree que podrá dormir ahora?

Sara sonrió soñolienta.

—Creo que sí. Gracias, Grayson. Muchas gracias.

—No hay problema —repuso la mujer.

—No puedes hacer esto —protestó Eb Scott, enfadado—. Te estarás metiendo tú mismo en la boca del lobo si te acercas a ella, ¿es que no te das cuenta?

El hombre alto y de ojos azules no lo estaba escuchando. Estaba guardando su equipo en una bolsa y poniéndose la ropa que alertaría a cualquier espectador avisado de que estaba profundamente involucrado en alguna operación secreta. Ropa negra. Una cartuchera fijada con velcro a uno de sus muslos, armas automáticas, guantes de cuero, botas militares.

Se volvió hacia Eb Scott.

—Ya no tengo nada por lo que vivir —le espetó, rotundo—. Esa mujer ha destrozado mi vida, cualquier oportunidad que pudiera haber tenido para alcanzar la felicidad. Está ahí fuera, ahora mismo, conspirando para acabar con otras vidas. He recurrido a ayuda de tres naciones diferentes. Contaré con el mayor respaldo posible, incluidas un par de agencias secretas del gobierno de las que ni siquiera yo pienso contarte nada. Y, si me mata, ¿qué? —añadió—. Eso acabará con mi dolor.

Eb esbozó una mueca.

—Escucha. Sé que no querías poner a Sara en la línea de fuego. Puedes decírselo cuando hayamos detenido a Ysera...

—Ella nunca volverá a dirigirme la palabra mientras viva

—dijo con tono dolido. Sus ojos rezumaban tanto dolor que hasta Eb se resistía a mirarlo.

—Eso no lo sabes.

—Lo sé.

—¿Cómo? No has tenido ningún contacto con ella...

—Tus hombres conservan un registro por escrito de todos sus movimientos hasta que se fue a Wyoming, una semana después de que yo la viera en el concierto de la sinfónica —explicó—. Lo leí.

—¿Y?

Wolf bajó la mirada a la bolsa sin cerrar.

—Fue a una clínica, Eb —dijo con una voz tan fría como la muerte—. Yo estaba fingiendo salir con la mujer con la que me vio. Sara no sabía por qué, y yo tampoco pude decírselo. Pensó que no quería saber nada más de ella, que un bebé lo complicaría todo. Así que fue a una... clínica —tuvo que interrumpirse. Se le había quebrado la voz. Se secó una humedad en los ojos que no había sentido en años.

—Oh, Dios mío. ¡Lo siento! —gruñó Eb.

—Que haya hecho eso significará una herida más. Y ya cargaba con suficientes cicatrices del pasado.

—¿El bebé era tuyo? —preguntó lentamente Eb.

La mirada de Wolf se tornó peligrosa mientras se le acercaba.

—¿Qué clase de mujer crees que es Sara? ¡Por supuesto que era mío!

Sentía terriblemente lo del bebé. Por lo que sabía de Sara, era incapaz de matar a una mosca. El impacto que aquello tendría sobre sus sentimientos resultaba impensable.

—Lo siento —repitió Eb en voz baja.

Wolf retrocedió de nuevo.

—Es igual —replicó, tenso—. Todo esto, desde la manera en que yo me he comportado durante todos estos años hasta esta última acción de Sara, ha sido culpa de Ysera —sus ojos adquirieron la frialdad del hielo. Se volvió hacia Eb—. Esa mujer va a pagar por lo que hizo. Y yo voy a asegurarme de ello.

Cerró de golpe la cremallera de la bolsa.

—¿Qué diablos está pasando? —preguntó Gabriel, consternado ante la inesperada presencia de Wolf en su campamento—. ¡Estás retirado del servicio!

—Ya no —respondió Wolf. Parecía distinto. Estaba distinto. El ranchero que se había burlado de manera inmisericorde de su hermana, que la había hecho enfadar y reír, ya no existía. Su lugar lo ocupaba el mercenario de fría mirada, el hombre que había sido cuando Gabriel lo conoció.

—Sara no quiere decirme nada —insistió Gabriel—. Se ha ido a vivir al rancho de Wyoming, por el amor de Dios. Estuvo hablando conmigo, y me pareció que estaba terriblemente triste...

—No quiero hablar —pronunció Wolf con voz ronca, y desvió la mirada.

—¡Está bien, dispara de una vez! —se le encaró Gabriel—. ¡Ahora!

—Eres el mejor amigo que he tenido en el mundo. Esto te va a doler.

—¡Dímelo!

Wolf bajó la vista a sus botas militares.

—No sé cómo, la verdad.

—Le has hecho daño.

Wolf asintió. Soltó un profundo suspiro.

—Sí —admitió, todavía con la mirada baja. Cerró los ojos y se estremeció—. Ella me preguntó si pensaba ir al concierto de Beethoven, y yo le respondí que sí. Cuando la vi... parecía talmente un ángel, casi hasta me cegó. Yo fui allí con una acompañante, una rubia con la que estaba saliendo. Y delante de Sara hice ver que la mujer me gustaba, que la quería.

—¿Que tú qué? —explotó Gabriel.

—Ysera tenía a alguien vigilando en el teatro —continuó Wolf, ciego a la súbita inmovilidad de su amigo—. No podía poner a Sara en peligro. No me atreví a prestarle atención, a expresar el más mínimo... Así que la ignoré. La traté como si fuera una simple conocida —volvió a cerrar los ojos, estremecido—. Le hice muchísimo daño. Y ni siquiera pude decirle por qué. No podía hablar con ella, ni establecer contacto, sin regalar a Ysera un segundo objetivo —no era capaz de mirar a Gabriel a los ojos—. Sara pensó que le había dado la espalda, que la había rechazado. Así que a la mañana siguiente... —tuvo que interrumpirse antes de poder terminar la frase—. Fue a una... clínica.

Gabriel se lo quedó mirando fijamente.

—¿Una clínica? —de repente comprendió lo que estaba diciendo Wolf. Su mente casi estalló con el descubrimiento de que su hermana, que hasta entonces no había tolerado la menor caricia de un hombre, se había quedado embarazada de su mejor amigo—. ¿Una clínica?

Wolf asintió. Una fina niebla parecía velar su mirada. Volvió la cabeza hacia otro lado. Estaba pálido, atormentado.

—Ella es incapaz de hacerle el menor daño a nadie —murmuró, triste—. Que haya hecho eso significa que tendrá que cargarlo para siempre sobre su conciencia... —se giró hacia su amigo—. Pégame un tiro —le pidió—. Eso sería un acto de bondad.

—Dios mío —solo entonces Gabriel lo vio todo claro: lo que sentía su amigo y lo que Sara debía de haber sentido—. Ella te ama —murmuró.

—Lo sé —repuso Wolf con voz ahogada. Desvió la vista. Un rubor teñía sus altos pómulos—. Yo tenía planes. Toda clase de planes. Le dije a Sara que no podría contactar con ella durante unas semanas. Ella ya sabía lo de Ysera. Pero lo que no sabía era lo que yo iba a tener que hacer con tal de protegerla.

Que tendría que hacerme ver por ahí con una cohorte de mujeres, para que Ysera no descubriera que ella era la única sin la cual... yo no podría vivir —cerró los ojos—. Sara se había quedado embarazada de mí, y pensó que yo me había liado con otra, que no la quería. Ella pensó... que el bebé me estorbaría el camino.

—Dios mío, lo siento —musitó Gabriel.

Wolf se irguió con una expresión conmovedora.

—No, soy yo el que lo siente, por el desastre en que he convertido su vida —tardó unos segundos en dominar su emoción—. Afortunadamente, y gracias a mí, está en terapia. Es lo único bueno que he hecho por ella.

—¿En terapia? ¿Sara? ¿Y lo conseguiste tú? ¿Cómo? —inquirió Gabriel. Él lo había intentado durante años, sin éxito.

—¿Te acuerdas de Emma Cain?

Gabriel se estremeció.

—La mujer que tiene serpientes por mascotas.

Wolf asintió.

—Pero es buena en su trabajo. Yo... también hablé con Cain.

Gabriel estaba asombrado.

—Pero si tú nunca...

—Nunca me presté a hacerlo —dijo Wolf, asintiendo de nuevo—. Pero Sara y yo, bueno... —se interrumpió. No podía hablar de ello con su mejor amigo, no cuando se trataba de la hermana de Gabriel. Se ruborizó—. Tuvimos una especie de encuentro... íntimo. No debería haberse quedado embarazada. Pero se quedó.

Gabriel leyó entre líneas.

—Sara debió de amarte, pese a lo que sucedió...

—Sí —Wolf bajó la cabeza, soltando un tembloroso suspiro—. Y en estos momentos debe de estar viviendo un infierno, por mi culpa. ¡Detesto haberla dejado sola...!

—No lo está —replicó Gabriel—. Puso un anuncio en la red ofreciéndose a contratar a una asistente personal cuando se fue al rancho, y yo me aseguré de que la mujer que contrató fuera de confianza. Seguro que estará bien.

—¿La conoces?

—No importa quién sea. Si por mí fuera, llamaría ahora mismo a Sara —dijo Gabriel, triste—. Pero tenemos órdenes de mantener la radio en silencio. Ni siquiera puedo decirle dónde estoy o lo que está pasando.

El rostro de Wolf se volvió duro como el granito.

—Ysera es la razón por la que Sara fue a la clínica. Por su culpa le hice daño, en lugar de protegerla. Por su culpa perdimos a nuestro hijo. Y yo voy a hacérselo pagar... ¡aunque sea la última cosa que haga en esta vida!

—Tú quieres a Sara —afirmó lentamente Gabriel.

—¡Querer! —Wolf soltó una fría carcajada—. ¡Dios mío! —su rostro parecía el vivo retrato de la angustia. Volvió a suspirar—. Necesito algunas cosas —dijo al cabo de un rato, mientras intentaba borrar el dolor de sus duros rasgos.

Pero Gabriel lo vio. Comprendía. Le puso una mano en el hombro.

—Sea lo que sea lo que necesites, yo te lo conseguiré.

—Gracias.

—Sara lo superará. Cuando conozca la verdad, lo superará.

Wolf lo miró directamente a los ojos.

—No —dijo—. No lo hará.

Ysera había comprado un club nocturno, justo en la zona del mercado. Bautizado como «El Maroc», servía platos de cocina marroquí y contaba con bailarinas del vientre traídas de España, porque ninguna mujer árabe decente habría soñado con exhibir su cuerpo ante hombres. Pero el establecimiento no era otra cosa que una tapadera para lo que se cocía por dentro. Una guarida de delincuentes dedicados a secuestros, prostitución, drogas y cosas aún peores.

Wolf miró a su alrededor con una frialdad de hielo en sus ojos azules. Tenía una pistola automática del 45 enfundada en la cartuchera, debajo de su chaqueta negra. Llevaba también un machete en el cinturón, y otra arma oculta encajada en la caña de una bota. Estaba dispuesto a todo.

En las sombras reconoció a un contacto, un federal que había trabajado en la zona en operaciones especiales. Fingió no verlo, y el hombre le devolvió el favor haciendo lo mismo.

Atravesó lentamente la sala y ocupó una mesa situada cerca del escenario donde las bailarinas del vientre se movían a los sones de una orquesta marroquí. Pidió un whisky y se dedicó a contemplar el espectáculo. Sabía perfectamente que estaba vigilado por las videocámaras instaladas no muy discretamente cerca del techo.

No había bebido más que un trago cuando reconoció un perfume familiar. Volvió la cabeza, muy levemente, y descubrió a una alta morena, ataviada con un atrevido vestido negro, acercándose hacia él. Su larga melena flotaba todo a lo largo de su espalda. La mirada de sus ojos negros era risueña, como siempre que lo había mirado. Solo que bajo aquella diversión se ocultaba el mayor de los desprecios.

—Hola, Ysera —la saludó con naturalidad.

CAPÍTULO 11

Sara condujo ella misma hasta la consulta del obstetra, después de haberle mentido a Grayson diciéndole que necesitaba comprar algunas cosas en la ciudad y aprovechar al mismo tiempo para respirar un poco de aire fresco. Era primavera y todo a su alrededor parecía florecer, feliz.

El doctor Hansen era un hombre alto y desgarbado, de sonrisa risueña y carácter bondadoso. La examinó en presencia de la enfermera. Ceñudo, se ausentó un momento para recoger unos análisis.

Para cuando volvió, seguía frunciendo el ceño.

—¡Oh, por favor, que no le haya pasado nada a mi bebé! —sollozó Sara.

—¡No, no, el bebé está bien! —se apresuró a tranquilizarla el médico.

—¡Gracias a Dios!

—Pero hay un pequeño problema. Nada importante —entrecerró los ojos—. Tiene usted una lesión cardiaca.

—Lo sé. No es seria —dijo ella, mordiéndose el labio inferior—. Solo un pequeño defecto de nacimiento...

—El síndrome de Wolff-Parkinson-White —explicó él, asintiendo—. No debería causarle ningún problema, pero la posibilidad de que surjan no puede descartarse. Tenemos que tratarla.

Me gustaría derivarla a un cardiólogo local, solo para asegurarnos de que no vaya a haber complicaciones durante el parto.

—De acuerdo —aceptó ella.

—Podrá tratarla también de su hipertensión.

—Bien —estaba perpleja. La doctora Medlin le había mencionado aquel término—. Eso tiene que ver con el estrés, ¿verdad?

—Puede. Usted siga tomando las pastillas —le ordenó, sonriente, dando por hecho que la doctora Medlin se lo había contado todo sobre la hipertensión—. No tiene nada de qué preocuparse. En serio.

Aliviada, se llevó una mano al vientre. Todavía no se le notaba. Aquella minúscula vida, sin embargo, le era muy querida.

—Realmente quiere tener a este hijo —observó el doctor Hansen, fascinado.

—Más que cualquier otra cosa en el mundo.

El médico vaciló de pronto.

—¿Lo sabe el padre?

Sara se quedó callada. Negó con la cabeza.

—Él no me quiere. Yo... no puedo decírselo. Pero lo haré —prometió—. Tendré que hacerlo. Aunque no ahora mismo, ¿de acuerdo?

—No es mi intención curiosear en su vida privada —dijo el médico—. Pero el padre tiene derecho a saberlo.

—Estoy de acuerdo con usted.

—Muy bien, entonces —él sonrió—. Joan le dará cita. De aquí a un mes quiero examinarla de nuevo.

—Gracias.

—Es mi trabajo —repuso el médico, riendo suavemente.

Bajo la furiosa mirada de Wolf, Ysera deslizó una mano por la mesa hasta acariciarle el dorso de la mano.

Él no se la agarró, como antaño habría hecho, excitado por su contacto. En lugar de ello, continuó mirándola indiferente.

Aquello la sorprendió. Pero lo disimuló con rapidez.

—Me sorprende verte por aquí —dijo ella con una sonrisa que destilaba puro sarcasmo—. Destrozarme el negocio, ¿no fue suficiente venganza para ti? ¿Has venido a resarcirte una vez más? No veo por qué. Yo lo único que hice fue enseñarte el placer —ronroneó.

—No. Lo que tú me enseñaste fue la sumisión y la humillación —replicó él sin alzar la voz—. Fui un buen alumno tuyo.

—Me deseabas a mí más que a cualquier otra —Ysera se rio—. Una vez lo hicimos en el suelo de un bar, detrás de la barra, rodeados de gente porque no podías esperar.

El recuerdo de la humillación de aquel encuentro le puso enfermo, pero no reaccionó. Aquella era otra forma que había tenido Ysera de controlarlo: con recuerdos embarazosos, vergonzantes. Se limitó a mirarla fijamente.

—Estás... distinto —dijo lentamente ella. Entrecerró sus ojos oscuros al tiempo que sonreía con expresión rencorosa—. Sabía que tenía que haber una mujer, en alguna parte. Tengo a mi gente buscándola. Descubrirán quién es. Y cuando eso suceda.... —se inclinó hacia delante, ronroneando de nuevo— la mataré. Mandaré que la violen antes y...

—Tú no vas a matar a nadie. Nunca más —amartilló su pistola bajo la mesa. Su sonrisa era tan fría que la hizo estremecerse.

Aquello la tomó desprevenida. Jamás habría esperado eso de su antiguo amante. Miró a su alrededor.

—Tus hombres están siendo rodeados mientras hablamos —añadió él, sin dejar de sonreír—. Toda tu documentación ha sido incautada y a tus socios de negocios los están interrogando. Y tú te encaminas hacia una larguísima condena a prisión, por cargos de asesinato.

—¡Te arrastraré conmigo! —exclamó de repente, furiosa—. ¡Fuiste tú quien mató a ese hombre y a su familia...!

—Pero cumpliendo con un encargo tuyo. El incidente fue investigado y tanto mis hombres como yo quedamos exonerados de toda culpa. Pero tú no. Por eso huiste. Pero el show ha terminado, cariño —añadió—. No puedes huir. Ya no.

—Deja que me detengan ellos —le espetó furiosa, al tiempo que se llevaba disimuladamente la mano a un bolsillo. Pulsó un botón rezando para que pudiera funcionar, para que el hombre al que acababa de avisar no estuviera aún detenido—. ¿Sabes? Puedo trabajar desde la cárcel —dijo, y sonrió—. ¡Puedo localizar a tu mujer y hacerla matar incluso desde la más oscura y profunda celda donde quieran encerrarme! ¡Nunca estarás a salvo! ¡Y ella tampoco!

Mientras ella continuaba gritando, un hombre se asomó detrás de una cortina y apuntó su arma contra Wolf.

Wolf vio la intención de Ysera, el brillo de triunfo en sus ojos, una fracción de segundo demasiado tarde para poder salvarse. Pero todavía en el instante en que la bala atravesaba su pecho, por la espalda, pudo accionar el gatillo de la pistola que empuñaba debajo de la mesa, directamente contra el cuerpo de Ysera. Mientras perdía la consciencia, vio la expresión de absoluto asombro de sus ojos y el diminuto hilo de sangre que escapó de sus perfectos labios rojos.

Sara condujo de vuelta a la casa, algo inquieta por el deseo del doctor Hansen de que la viera un cardiólogo. Esperaba que no pensara que ese pequeño defecto cardíaco que tenía pudiera ser peligroso para el bebé. ¿Y qué era lo que le había dicho sobre la hipertensión? Sabía que últimamente había estado sometida a un gran estrés, así que quizá fuera esa la razón de las pastillas que le había prescrito. El estrés podía causar muchos problemas.

Se tocó el vientre con una mano, sonriente, mientras conducía. El bebé estaría bien. Lo único que le dolía era no poder decírselo a Wolf. Pero él no la quería. Un bebé solo conseguiría complicarle la vida, de modo que era mejor no decir nada.

Estaba tan ensimismada en esas reflexiones que se pasó el desvío. En lugar de dirigirse a su rancho, se encontró en la carretera que llevaba al Rancho Real. Pertenecía a los hermanos Kirk, Mallory, Dalton y Cane. Pero la mujer de Mallory era su amiga. Morie Brannt Kirk y ella eran amigas desde hacía muchos años. Se habían conocido en una función benéfica en San Antonio, cuando Morie todavía vivía en Branntville con sus padres y su hermano.

Sonrió al recordar que Morie había sido una trabajadora incansable, sobre todo por lo que se refería a los grandes negocios por los que King Brannt era famoso. El hombre criaba ganado selecto de la raza Santa Gertrudis, y todos los años vendía partidas enteras de toros jóvenes. De hecho, los Kirk le habían comprado un semental hacía cerca de un año.

El camino hasta el altar para Morie y para su marido, Mallory Kirk, había estado sembrado de dificultades. Morie, harta de que los hombres la desearan solo por el dinero de su padre, se había marchado a Wyoming para enrolarse en el Rancho Real como vaquera. Pero King se había negado en redondo a encargarle trabajo físico alguno en el rancho, de modo que ella había tenido que aprender con la ayuda de Darby Hanes, el capataz de los Kirk.

Y se las había arreglado bastante bien, hasta que la malvada novia de Mallory la acusó de haber robado un objeto artístico de altísimo valor de un armario de curiosidades del hogar de los Kirk.

Morie había regresado a su casa destrozada por el hecho de que Mallory no había creído en sus protestas de inocencia.

Pero luego Mallory se había presentado en una subasta de ganado en Skylance, el rancho de King Brannt en Texas, y había tenido un encuentro cara a cara con una joven y bella experta en diamantes: la propia Morie.

Morie todavía se reía cuando contaba aquella historia. La exnovia de Mallory, que la había acusado a ella de robo, se había quedado aterrada y sin habla cuando descubrió que su víctima no era una simple y pobre vaquera, después de todo.

Luego Mallory había sido secuestrado por un convicto escapado. Morie había partido a rescatarlo, a pesar de las protestas de su padre, porque conocía al hombre que lo había amenazado. Había conseguido acceder al delincuente y sonsacarle el lugar donde lo tenía retenido. Había sido un acto de enorme valentía, pero Morie había amado demasiado a Mallory como para quedarse esperando de brazos cruzados, resignada a verlo morir.

Sara se sonrió al recordar cómo King y Mallory habían hecho las paces después. De enemigos, habían pasado a ser grandes amigos. King había acudido al rancho justo después del nacimiento del hijo de Morie para salir a pescar truchas con Mallory.

Sara aparcó ante la puerta principal y bajó del coche. Morie debía de haberla visto acercarse, porque salió a recibirla con el bebé en brazos, sorprendida de ver a su antigua amiga.

—¡Entra a tomar un café! —la invitó Morie, abrazándola—. Pensaba acercarme a verte en uno o dos días. Acababa de enterarme de que estabas de vuelta en el rancho —el último comentario fue casi una acusación.

—Perdona, no avisé a nadie de que venía —le dijo Sara con tono suave—. He tenido... algunos problemas.

Morie la hizo pasar al salón. Mavie, el ama de llaves, se acercó también.

—No he conseguido tener al niño en brazos en todo el día —se quejó Mavie—. ¿Qué tal si os traigo a las dos algo de comer? Así podré quedarme luego con el bebé.

—Trato hecho —Morie se rio.

Mavie les sirvió café con bizcochos en un antiguo servicio de plata, para luego llevarse al pequeño en brazos al cuarto de juegos.

—Es un tesoro de mujer —comentó Morie a su amiga—. No sé lo que haríamos sin ella.

—Parece muy agradable —Sara bebió un sorbo de café.

—Si estás aquí, deduzco que Gabriel debe de estar fuera.

—Sí. En algún otro peligroso destino, supongo. No puede vivir sin esas descargas de adrenalina. Pero yo me preocupo.

—Lo sé —Morie bajó su taza y estudió de cerca a su amiga—. Algo va mal, ¿verdad?

Sara esbozó una mueca.

—Siempre te das cuenta, ¿eh?

—Somos amigas desde hace mucho tiempo —Morie se inclinó hacia ella—. Vamos. Dispara.

Sara se mordió el labio inferior.

—Estoy.... embarazada.

Morie, que conocía su historial, se la quedó mirando boquiabierta y con unos ojos como platos.

—¿Que estás...?

—Embarazada —no tuvo más remedio que repetir Sara.

Su amiga empezó a abanicarse.

—Bueno, pues debe de tratarse de un hombre especial, teniendo en cuenta tus antecedentes.

—Sí. Era... muy especial —bajó la mirada—. Pero no me quería. No para una relación estable. Lo vi en San Antonio. Le había preguntado si iba a asistir al concierto de la orquesta sinfónica de aquella noche. Me dijo que sí. Yo iba a contarle lo del bebé —cerró los ojos y se estremeció—. Él se presentó allí... pero del brazo de una rubia despampanante. Se mostró muy frío conmigo, indiferente. Supe entonces que todo había terminado.

—Lo siento tanto, Sara... —le dijo Morie con ternura, cubriéndole una mano con la suya.

—Yo pensé... Bueno, ya sabes, un bebé necesita dos padres, y como él no me quería.... Pensé en aquel momento que eso sería lo mejor —tragó saliva—. Fui a una clínica. Bueno, intenté ir a una clínica. Lo que pasa es que me vine abajo completamente. La médica que me atendió era tan dulce... Me dijo que necesitaba volver a casa y pensármelo un poco más. Así que lo hice —sonrió, triste—. No pude hacerlo. Quizá él no quiera un hijo, pero yo sí —pronunció con nerviosa ternura mientras se acariciaba el vientre con una leve sonrisa—. Lo quiero más que a cualquier otra cosa en el mundo.

—A ese hombre deberían pasarle por la quilla —masculló Morie.

—En realidad no es culpa suya —dijo Sara—. No tienes idea de lo mal que lo ha pasado en la vida. Lo que vivió fue horrible, peor que lo que yo tuve que soportar. No confía en la gente. Y, en su lugar, a mí me habría pasado lo mismo. Yo quería amarlo, pero él no me dejó.

Morie entrecerró sus ojos oscuros.

—Todavía le amas.

Sara sonrió con expresión triste.

—Con todo mi corazón —le confesó—. No puedes matar el amor. Lo he intentado, créeme.

—Puede que se entere.

—No es probable. Mi hermano es amigo suyo, pero él no lo sabe. Y, cuando se lo diga, yo siempre podré obligarle a que mantenga el secreto. Aunque se pondrá furioso.

—No lo dudo.

Sara suspiró profundamente y tomó otro sorbo de café.

—Así que no tengo que preocuparme de que lo descubra, por un tiempo al menos. Mientras tanto, pienso disfrutar de la paz y de la tranquilidad que se respiran en este lugar. Tengo un obstetra. Y también una asistente personal —añadió con una sonrisa.

—¿Una asistente personal?

Sara asintió.

—Se llama Amelia Grayson. Es un encanto de mujer. Se hace cargo de la casa y de mí. La gente para la que trabajó la ha tratado muy mal, pero yo la estoy mimando. Se me ha hecho indispensable. Y además sabe cocinar —terminó, riéndose.

—Pues sí que es indispensable —le dio la razón Morie.

—Tu pequeño es una preciosidad. No sé si se parece más a ti o a Mal.

—A los dos —repuso ella con una sonrisa soñadora—. Nunca me imaginé que podría ser tan feliz —sacudió la cabeza—. Creí que mi padre mataría a Mal antes de que yo tuviera oportunidad de casarme con él.

—Nadie que te conociera bien te habría considerado capaz de robar algo.

—Sí, bueno, Gelly Bruner se mostró muy convincente. Ella nunca quiso realmente a Mal, pero él era rico y ella quería serlo —se rio—. ¡Si hubieras visto su cara cuando Mal y ella se presentaron en la subasta de ganado! ¡Se me quedó mirando como si estuviera intentando tragarse una sandía entera!

—Me imagino que Mal tendría el mismo aspecto —observó Sara, irónica.

—Sí. Yo no sabía que papá había invitado a Mal a la subasta. No hasta que entró con Gelly y mi padre se fue directamente hacia el tío Danny cuando los saludó. Entonces el tío Danny me hizo señas de que me acercara con Darryl... ¿te acuerdas de Darryl?

—Claro. Es un hombre muy guapo.

—Y muy dulce también, pero en realidad yo no quería casarme con él. Yo seguía dolida por el rechazo de Mal, compadeciéndome a mí misma. Si no, nunca habría aceptado comprometerme con él.

—Seguro que encontrará a alguien algún día.

—Alguien digno de él, espero.

—¿Qué tal está tu hermano?

Morie puso los ojos en blanco.

—¿Quién sabe? Está teniendo problemas de tipo... avícola.

Sara parpadeó asombrada.

—Su vecina tiene un gallo. Y el gallo odia a Cort. De hecho, se escapa al rancho para atacarlo. Lo último que he oído de ese gallo es que estuvo corriendo entre varios vaqueros, uno de los cuales se cayó y aterrizó con sus posaderas sobre una sustancia maloliente que no voy a nombrar. Luego acorraló a Cort en el porche. Cort intentó dispararlo y falló.

Sara se estaba riendo a carcajadas.

—¿Un gallo?

—Un gallo. Cort se ha quejado a la dueña, pero la mujer adora a ese estúpido animal y no quiere deshacerse de él.

—¿Quién es?

—Una chica joven y dulce que está intentando llevar un pequeño rancho ella sola, con la única ayuda de su tía-abuela. Yo creo que Cort le gusta, pero ese gallo lo está convirtiendo en su enemigo. Además —añadió con tristeza—, está Odalie Everett.

—La hija de Heather —asintió Sara, recordando a la hermosa joven de voz de ángel.

—Aspira a convertirse en cantante de ópera. Cort quiere casarse con ella, pero la chica es demasiado egoísta y se muere por hacer carrera en la música. Él se lamenta constantemente. Ahora mismo ella está en Italia, preparándose con una profesora de canto.

—Pobre Cort.

—Tú le gustabas. Lo intentó contigo —le recordó Morie. Ella se echó a reír.

—Solo por un día, hasta que se dio cuenta de que yo no salía con nadie.

—En aquel tiempo, yo pensaba que nunca llegarías a tener una vida normal —le confesó Morie, y sonrió de manera enigmática—. Ahora pareces... no sé... diferente. Ya no tienes esa mirada de animal acosado que recuerdo tan bien.

—Es el bebé —repuso Sara—. Nunca he sido tan feliz. O tan triste —bajó la vista a su taza—. Si él me hubiera amado, no habría deseado nada más en la vida.

Morie suspiró.

—¡Hombres! No se puede vivir sin ellos, pero pueden llegar a ser un gran quebradero de cabeza.

—Ya lo he notado —miró su reloj—. Dios mío, tengo que irme. Amelia va a hacer crepes para cenar.

—¿Sabe hacer crepes?

—Es una cocinera maravillosa —dijo Sara.

—Viniendo de ti, ese es un gran elogio —comentó Morie, porque sabía que su amiga era una buena chef.

—Estoy hambrienta. Y nunca tengo mucho apetito cuando tengo que ir al doctor.

—¿Qué te dijo el médico?

Sara sonrió.

—Que todo está yendo bien, que el bebé está perfecto... pero que tengo que ir al cardiólogo —añadió, pesarosa.

—¿Al cardiólogo?

—Tengo una lesión cardiaca. Muy pequeña, y él dice que no afectará al parto, pero quiere que me la miren bien. Me dijo que no tenía por qué preocuparme.

—¡Gracias a Dios!

Sara la abrazó.

—Eres estupenda. Siento no haberte visitado hasta ahora, pero la verdad es que las últimas semanas han sido frenéticas. La mayor parte del tiempo lo he pasado en San Antonio. Me va a costar volver a acostumbrarme a estar aquí.

—Te encantará cuando te aclimates un poco. ¡La primavera es increíble!

—¿Más bonita que en Texas? —bromeó Sara.

—Distinta —respondió su amiga, sonriente—. Pero preciosa.

Morie la acompañó hasta el coche, con la mirada clavada en los altísimos pinos cuyas copas se balanceaban al viento.

—¿No son impresionantes? En Texas no tenemos pinos como estos.

—No, es verdad. Son magníficos.

—Vuelve para una visita más larga —le dijo Morie—. Y te dejaré jugar con el bebé.

—¡Ese sí que es un buen incentivo! —Sara se rio—. Necesitaré clases. Ni siquiera sé cómo se cambia un pañal o se prepara un biberón de leche maternizada...

—Podrías plantearte la lactancia natural —le sugirió Morie—. Es un buen comienzo para el bebé. Y mucho mejor que la leche maternizada.

—Ya me documentaré al respecto —repuso Sara.

—Internet y tú —exclamó Morie, sacudiendo la cabeza—. ¿Sigues jugando a ese videojuego todas las noches?

—Casi cada noche —Sara sonrió—. Tengo un amigo. Está en la misma facción que la mía. Nos llevamos bien. Él también está herido —añadió con una triste sonrisa—. No sé quién es, pero dice que forma parte de las fuerzas de la ley. Es muy tierno. En realidad, no tengo a nadie con quien hablar.

—La tienes delante —dijo Morie, señalándose a sí misma.

—Gracias.

—De nada. Te llamaré dentro de una semana o dos y saldremos a comer juntas.

—Eso me gustaría —abrió la puerta del coche y se sentó al volante—. Gracias por haberme escuchado.

—Para eso están las amigas. Llámame si necesitas algo. Que no te importe la hora que sea.

—Lo haré. Gracias de nuevo.

—Conduce con cuidado.

Sara sonrió, encendió el motor y se marchó.

Grayson la estaba esperando en la puerta.

—¡Por fin! —exclamó—. Estaba preocupada.

—Podías haberme llamado —Sara se rio, tuteándola.

—¿A tu móvil? —Grayson alzó un teléfono. Era el de Sara. Se había olvidado de llevárselo.

—Ah, bueno, entonces menos mal que no me ha secuestrado un grupo de malvados terroristas de camino a casa —dijo con una sonrisa.

Grayson sonrió a su vez.

—Me alegro de verte sonreír, para variar.

Sara suspiró profundamente mientras recogía la chaqueta y el bolso.

—Últimamente no he tenido muchos motivos para ello —le confesó—. Pero estoy mejorando.

Se volvió. Grayson parecía preocupada.

—De verdad que sí —insistió Sara.

—De acuerdo, entonces. Tengo las crepes casi listas. He hecho merengues de postre, también.

—¡Mi postre favorito!

Grayson se echó a reír.

—Ya lo he notado.

Sara la siguió a la cocina. Todavía se sentía un poco nerviosa, pero lo disimuló. Grayson no sabía que estaba embarazada. La mujer era profundamente religiosa, y podría encontrar ofensivo su estado, teniendo en cuenta que no estaba casada. Podría incluso renunciar a seguir trabajando para ella. Decidió que sería mejor explicárselo con el tiempo. Grayson era un tesoro.

Acababan de cenar cuando alguien llamó a la puerta.

Grayson se colocó inmediatamente entre Sara y la puerta. Se asomó a la mirilla y retrocedió de inmediato como si hubiera visto una serpiente.

—¿Quién es? —inquirió Sara.

Grayson abrió la puerta en silencio.

Un hombre alto de ojos grises apareció ante ella. Le sonrió.

—¡Ty! —exclamó.

Lo conocía porque había ayudado a su abogado defensor a recabar información que exculpara al agente de policía que disparó contra su padrastro. Le había caído bien desde el primer momento. Gabe y él se habían convertido en grandes amigos. Más tarde, Morie le había contado que Ty había estado ayudando a rastrear al convicto escapado que había secuestrado a Mallory, cuando Morie lo estuvo buscando.

—¿Qué estás haciendo aquí?

—Estoy con un caso —respondió él—. Es curiosa la cantidad de trabajos que estamos haciendo en Wyoming últimamente.

—¡Entra! ¿Has comido? Amelia ha hecho crepes. Creo que todavía quedan dos…

Ty miró entonces a la rubia que estaba al lado de Sara, y la sonrisa se borró de golpe de sus labios. Lanzó a Amelia una larga y detenida mirada.

—Hola, Grayson —la saludó.

Ella asintió lentamente.

—Harding…

Sara frunció el ceño.

—¿Os conocéis?

—Ligeramente —contestó Grayson, tensa—. Muy ligeramente.

Ty tardó más en reponerse de aquel inesperado encuentro. Alzó la barbilla.

—Ha pasado mucho tiempo.

Sara estaba perpleja ante la repentina tensión del ambiente.

—Ty vive en Houston, y tú eres de San Antonio, ¿verdad? —le preguntó a Grayson.

—Crecí en Comanche Wells —explicó Grayson con tono apagado—. Él pasaba los veranos allí con sus abuelos.

—Estudiamos juntos en el instituto —aseveró Ty, y continuó mirando a Grayson—. De eso hace mucho tiempo.

Grayson asintió. No se atrevía a mirarlo.

—¿Has visto a Currier? —le preguntó él.

—No —contestó, tensa—. Está en África.

Ty esbozó una mueca.

—No estaba dispuesto a renunciar, ¿eh? No fue culpa tuya.

—Sí que lo fue —lo corrigió ella, apartándose.

—Tómate al menos un café con nosotras —lo invitó Sara, fascinada de lo mucho que estaba aprendiendo sobre su asistente sin que ella le hubiera dicho la menor palabra.

Ty vaciló. Amelia parecía estar sufriendo por dentro.

—Será mejor que me vaya. Solo quería saludarte y preguntarte por Gabriel. Hace tiempo que no sé nada de él.

—Le está yendo muy bien —explicó Sara—, por lo que yo sé. Está metido en una especie de proyecto secreto, en un país cercano a Arabia Saudí.

—Cuando sepas algo sobre él, dile que me llame, ¿de acuerdo? —le pidió Ty—. He recibido una oferta. Creo que él también podría estar interesado.

—¿No estabas trabajando para esa agencia de detectives privados de Houston, la de Dane Lassiter?

—Sí, pero me apetece un cambio.

Sara sonrió.

—Es la única información que voy a poder sacarte, ¿eh?

Él se rio por lo bajo.

—Así es.

—Bueno, me alegro de todas formas de haberte visto.

—Lo mismo digo, Sara —repuso, sonriente.

—Le diré a Gabe que te llame —le prometió ella.

—Gracias —Ty desvió la mirada hacia la tensa espalda de Amelia, que fingía ocuparse de otras cosas—. Hasta la vista, Grayson.

La joven no respondió. Se limitó a asentir con la cabeza.

Sara se reunió con ella en cuanto hubo cerrado la puerta.

—Lo conoces.

Amelia volvió a asentir, con la mirada baja.

—Antaño éramos amigos.

—¿Solo amigos?

Amelia pareció cerrarse sobre sí misma como una planta hipersensible. Su sonrisa era forzada.

—Rebuscar en el pasado solo interesa a los arqueólogos —dijo—. ¿Qué pasa con el merengue?

Sara renunció a seguir preguntando.

—De acuerdo. Me encantaría comerme uno.

Amelia se dirigió de vuelta a la cocina, con Sara siguiéndole el paso a duras penas. De repente se volvió hacia ella, ceñuda.

—Estás resoplando como si fueras una locomotora.

Sara se echó a reír.

—Supongo que sí —titubeó, recordando—. Me pasé a ver a Morie Kirk de camino para casa. Éramos amigas cuando ella vivía en Texas. Tomábamos mucho café —añadió—. Ahora ya no tomo tanta cafeína como entonces. Supongo que eso me afectó.

—Pues basta ya de café —le sugirió Amelia.

Sara se echó a reír.

—De acuerdo. Se acabó el café. Tengo una leve lesión cardíaca —le confesó—. Se supone que no puedo tomar nada que lleve cafeína. ¡Pero el café es tan rico…! —añadió con un suspiro.

Aquella noche, antes de intentar dormir, Sara volvió a evocar el encuentro con Wolf en el concierto de la sinfónica, la indiferencia que él le demostró, su acusado interés por su rubia acompañante. Fue como si le clavaran un puñal. Habían llegado a intimar tanto, mientras estuvieron juntos en su rancho, después del trauma que había abierto las esclusas de las aguas del pasado para cada uno de ellos…

Lo había amado. Y había llegado a pensar realmente que tendrían un futuro en común.

Pero luego lo había visto con aquella mujer. Aquella noche había planeado contarle lo del bebé. Y había planeado también más cosas. Pero el destino le había puesto palos en las ruedas. Lo que había empezado como una deliciosa expectación había terminado en doloroso desengaño.

Y ahora allí estaba, embarazada de un bebé que él nunca conocería. Estaba dispuesto a salir con otras mujeres sin remordimiento alguno por lo que había ocurrido. Eso le dolía más que cualquier otra cosa que le hubiera sucedido, más incluso que su propio y trágico pasado.

Lo peor de todo era que todavía lo amaba. Que pudiera amar a una rata cruel y mentirosa como él venía a ser un terrible enigma. Debería odiarlo. Lo había intentado. Pero su recuerdo seguía acosándola.

Pensó entonces en el extraño comportamiento de Grayson con su visitante, Ty Harding. Había algo extraño allí. Estaba segura. Se preguntó qué sería. Quizá algún día, si llegaba a enderezar su propia vida, podría hacer algo para ayudar a la pobre Grayson. Tenía la sensación de que Amelia tenía su propia tragedia con la que lidiar.

Apagó la luz e intentó dormir. Pero ya casi había amanecido para cuando lo consiguió.

Sara estaba preparando una ensalada cuando sonó el teléfono. Fue a responder, segura de que sería la enfermera dándole noticias del cardiólogo o Michelle con noticias sobre su nuevo trabajo. Pero no fue ni una ni otra.

—¿Sara? —era la voz de Eb Scott, muy seria—. ¿Eres tú?

Ella se sentó, temblando. Evocó la pesadilla que había tenido, casi como si su mente hubiera estado conectada con la de Wofford Patterson de la más extraña de las maneras.

—Se trata de Wolf, ¿verdad? ¡Algo horrible le ha pasado!

Eb podía escuchar el terror en su voz.

—Sí, le han disparado. Le hemos aerotransportado a un hospital de Houston. Está muy mal. Quiere verte…

—¡Saldré en el primer avión!

—Toma una limusina al aeropuerto —le dijo Eb con tono firme—. Allí te esperará un avión para llevarte directamente a

Houston. Alguien te recogerá en el vestíbulo del hotel Sheridan. Te hará una seña. Ve con él.

—Sí, sí —Sara estaba sollozando—. Tiene que vivir. ¡Debe vivir!

—Los médicos están haciendo todo lo posible. Es solo que...

—¿Qué?

—Avisa primero a la compañía de limusinas. Y luego vuelve a llamarme. Te lo contaré todo.

Llamó a la compañía, pidió un vehículo para una emergencia y le dijeron que ya estaba uno en camino. Devolvió luego la llamada a Eb mientras ordenaba a Grayson que le preparara el equipaje.

—Te lo explicaré en un momento —le dijo.

—Scott —respondió Eb.

—Soy yo. ¡Cuéntame!

Él sabe que fuiste a la clínica. Se volvió loco. ¿Sabes?, no se atrevió a hablar contigo aquella noche. Ysera tenía a un hombre en el concierto de la sinfónica. Wolf tenía un miedo cerval de que tu vida corriera peligro, si acaso ella llegaba a enterarse de lo que sentía por ti. Ysera tenía el dinero y los recursos necesarios, además de gente en el lugar para hacerlo. Estuvo saliendo con un montón de mujeres durante aquellas semanas para despistarla.

—Dios mío —Sara se estremeció. Las lágrimas corrían por sus mejillas.

—Después de aquello, ya no le importó nada —prosiguió Eb, detestándose a sí mismo por tener que decírselo—. Y fue directamente a por Ysera.

—Oh, no —gruñó Sara. Apretó los dientes—. ¡Ella lo disparó!

—No. Avisó a uno de sus pistoleros para que lo hiciera. Pero cometió un error fatal. Wolf la estaba encañonando con una pistola del 45. Cuando el pistolero hizo fuego, él también. No estoy seguro de que pretendiera hacerlo. Realmente quería detenerla para llevarla a juicio. Fue un acto reflejo, cuando la bala impactó en su cuerpo.

Sara estaba sollozando.

—Tiene que vivir —murmuró—. Porque, si no, yo no podré. ¡No podré! ¡No viviré sin él!

—Sara —le dijo Eb con tono urgente—. Todavía estaba vivo. Tienes que venir aquí. Díselo. Puede que eso…

Oyó detenerse un coche frente a la puerta. Se asomó a la ventana.

—La limusina está aquí.

—En este momento está aterrizando el avión. Es un DC-3. Se trata de un antiguo aparato militar, no muy cómodo, pero allí estarás segura, ¿de acuerdo?

—De acuerdo. Eb… ¡gracias!

—Gracias a ti. Él es amigo mío, también.

—¿Has hablado con Gabriel?

—No puedo —respondió, triste—. Hay una misión en marcha, información clasificada. No puedo contactar con él y él tampoco puede contactar contigo. Lo siento. Habría venido, de haberse enterado. Wolf es su mejor amigo.

—Voy para allá.

—Te veré en Houston.

Colgó el teléfono. Grayson tenía hecha la maleta para un par de noches. Sara le dio un beso en la mejilla.

—Gracias. Lo siento. Debo irme —tenía los ojos enrojecidos—. Puede que muera —dijo con los labios temblorosos.

—Se pondrá bien —le aseguró Grayson con tono suave—. Ya lo verás. Créeme. Un hombre tan duro no se rinde tan fácilmente.

Sara no le preguntó por un comentario tan extraño. Estaba demasiado alterada. Sonrió simplemente y corrió hacia el coche, con Grayson siguiéndola con dos maletas de ruedas.

—Solo necesitaré una —le dijo, mirándolas.

—He cerrado con llave y avisado a Marsden para que se

encargue de cuidar la casa. Voy contigo —le dijo con voz firme—. No pienso dejar que vayas sola.

Sara empezó a llorar otra vez.

—Vamos —le dijo Grayson con ternura—. Sube ya. Tenemos que marcharnos.

Sara asintió entre lágrimas y subió al asiento trasero.

El hospital era nuevo y muy moderno, de largos corredores y plantas por todas partes. Sara se hubiera sentido impresionada si no hubiera estado tan aterrada. Eb Scott la estaba esperando. Corrió a sus brazos y se dejó consolar mientras sollozaba.

—Está resistiendo —le dijo Eb—. El capellán del hospital está siendo de gran ayuda.

Sara se apartó para mirarlo, enjugándose las lágrimas con un pañuelo bordado.

—¿Tiene algún familiar? —le preguntó—. Sé que era un niño de acogida, pero quizá tenga algún primo…

Eb sacudió la cabeza y sonrió.

—Solo nos tiene a ti y a mí.

Sara se llevó una mano al vientre y soltó un tembloroso suspiro.

El rostro de Eb reflejó un gozoso asombro cuando sus miradas se encontraron. Ella se ruborizó.

—Yo tengo dos niños —le dijo Eb con un brillo risueño en sus ojos verdes—. Recuerdo muy bien los síntomas —frunció los labios—. Así que… ¿entraste por la puerta principal de aquella clínica y saliste por la trasera sin detenerte?

Ella se rio, avergonzada.

—Más o menos.

—Cuando Wolf haya salido de esta —le dijo—, despellejará a mi pobre socio por no haber calculado bien el tiempo que estuviste en esa clínica.

—Se suponía que él no tenía que saberlo —informó ella, triste—. Yo estaba intentando protegerlo.

—Y él estaba intentando protegerte a ti.

Ella asintió. Le escocían los ojos por las lágrimas, saladas y calientes.

—¿Cuándo?

—¿Que cuándo lo sabremos? Pronto, espero —respondió él.

Se sentaron en la sala de espera. Había una familia cerca. Una mujer mayor estaba llorando. A su lado, un sombrío adolescente se esforzaba por no hacerlo. Sara los miró y logró esbozar una compasiva sonrisa. Se la devolvieron.

Pasaban los minutos. Apareció un médico para hablar con la familia. La mujer estalló en una exclamación de gozo tal que hizo que Sara se alegrara y se sintiera bien por ella. Se rio, incluso. El adolescente que tenía a su lado lanzó una sonrisa de oreja a oreja. Todos sonrieron a Sara antes de seguir al médico pasillo abajo.

—Al menos alguien ha recibido buenas noticias —murmuró—. ¡Oh, ojalá a nosotras nos pasara lo mismo!

—¿No has venido sola? —le preguntó Eb, preocupado.

Estaba pensando en lo que podría suceder si Wolf no salía adelante. Ella lo sabía, pero no lo dijo en voz alta.

—Grayson ha venido conmigo. Es mi asistente personal —esbozó una sonrisa—. No quiso dejarme que viniera sola.

—¿Grayson? —preguntó lentamente Eb, con una extraña expresión en los ojos—. ¿Amelia Grayson?

Sara arqueó las cejas.

—¿La conoces?

Eb sonrió.

—No importa.

Se disponía a preguntarle por lo que quería decir cuando un hombre con guantes quirúrgicos entró en la sala, quitándose la mascarilla sin detenerse. Se aproximó a Eb.

Sara aferró la mano de Eb, aterrorizada, rezando y suplicando en silencio, cuando el hombre se detuvo ante ellos.

—La bala hizo algunos daños —le dijo a Eb—. Atravesó un pulmón, rompió parte de una costilla, rebotó y arrancó un pedazo de hígado aparte de tocar un intestino. Pero soy un gran cirujano. He extirpado el tejido dañado, retirado las astillas de hueso, cosido el intestino y extraído la bala... algo que no habría hecho si eso hubiera causado un daño mayor —añadió, y esbozó una mueca—. Ya llevaba suficiente plomo dentro del cuerpo —entrecerró sus oscuros ojos—. La gente como vosotros hace nuestro trabajo más estimulante.

La expresión de Sara resplandecía casi de alivio. Las lágrimas rodaban por su rostro mientras permanecía muy quieta, escuchando, esperando.

Eb se encogió de hombros.

—Considéralo como una práctica. Piensa en lo mucho que te damos.

El médico se encogió de hombros.

—Si quieres llevártelo a casa, Micah Steele se encargará de él. Probablemente ha tratado muchos más casos de este tipo que yo. Por no hablar de tu amigo Carson, que está de vuelta como psicólogo en Jacobsville,

—Cierto —Eb le estrechó la mano—. Gracias.

—¿Para qué están los amigos? —miró a Sara—. ¿Es usted amiga del paciente?

—Podría decirse que sí —murmuró Eb—. Está embarazada de un hijo suyo.

—¿Ella...?

Toda la excitación, todo el miedo se apoderó de repente de Sara. Se deslizó hasta el suelo antes de que cualquiera de los dos hombres pudiera agarrarla.

★★★

Sara se despertó en una cama del hospital. Intentó sentarse, pero la enfermera la empujó suavemente al tiempo que la fulminaba con la mirada.

—Oh, no —le dijo—. ¡Yo nunca dejo que un paciente se me escape!

—Pero él ya está operado —suplicó—. Tiene que dejarme verlo. ¡Tengo que verlo...! Usted no lo entiende. ¡Él no quiere vivir!

—Sí que quiere —replicó la enfermera, frunciendo los labios—. Eb Scott le dijo que usted estaba aquí. Está despierto y consciente y maldiciendo a los médicos porque no le dejan verla.

Su rostro se ruborizó de placer. Volvió a recostarse contra las almohadas.

—¿Él sabe que estoy aquí?

—Sí.

Sara suspiró profundamente varias veces. El gozo le desbordaba por los ojos, que hasta el momento solo habían estado llenos de miedo y de dolor.

—¿Cuándo?

—¿Que cuándo podrá usted verlo? Tan pronto como su presión sanguínea se lo permita.

—Pero si yo no tengo la presión alta.

—Sí que la tiene, querida —le informó la enfermera con tono suave—. Su psicóloga de San Antonio le prescribió una medicación. ¿Acaso no sabía lo que estaba tomando?

—Ella me dijo algo sobre hipertensión. Yo pensaba que se refería a que estaba tensa... —enrojeció—. Vaya, parece que yo antes era más lista que ahora. Dicen que el embarazo hace a las mujeres más vulnerables a los ataques de estupidez —añadió—. ¿Nadie le ha dicho a él lo del... bebé?

—Aún no. Todos pensamos que debería hacerlo usted —añadió la enfermera con ternura.

Sara suspiró.

—Se pondrá furioso cuando sepa que se lo he estado ocultando.

—Ese hombre no se va a poner furioso con nada —replicó la enfermera—. A excepción del hecho de que lo hayan apartado de usted —se interrumpió—. Escuche.

Se oyó una voz muy alta, fuerte y profunda, utilizando palabras que podían convertirse en motivo de arresto caso de que continuara gritando así.

—Por favor... —suplicó Sara, ya que había reconocido la voz.

—Espere un poco, que voy a buscar una silla de ruedas.

La llevaron en la silla de ruedas hasta la sala de recuperación. Wolf estaba despierto y exigiendo ver a Sara. Cuando por fin la vio, su expresión se transfiguró por entero.

Ella se levantó de la silla de ruedas y fue hacia él. Wolf tenía el cuerpo enganchado por lo menos a media docena de aparatos. Un tubo de oxígeno le permitía respirar. Olía a antiséptico y a sangre, y a algo más que ella no lograba identificar: pólvora, quizá. Tenía sangre por todas partes, incluida la cara.

Pero en aquel momento le parecía bellísimo a Sara, que había vivido aterrada desde que recibió la llamada telefónica de Eb Scott. Acercándose, le echó hacia atrás el negro cabello. Con lágrimas en los ojos, se inclinó para besarle la frente, la nariz, los labios resecos.

—Sara —pronunció con voz medio ahogada.

—No pasa nada —musitó ella—. Estoy aquí. Aquí, contigo. No pienso irme a ninguna parte.

—La maté, ¿verdad?

Sara miró a Eb Scott, que permanecía cerca. El hombre asintió con gesto sombrío.

—Sí —respondió por él, y esbozó una mueca—. ¡Lo siento tanto...!

—Sabía por su aspecto que tenía algo planeado, pero reaccioné demasiado tarde —Wolf había cerrado los ojos—. La estaba apuntando con el 45 debajo de la mesa, porque no confiaba en ella. Lo tenía amartillado ya, con el seguro retirado. Mi intención era detenerla y entregarla a las autoridades. Cuando oí el disparo, actué de manera refleja. El arma se disparó. Yo no pretendía matarla.

—Las autoridades lo saben —dijo Eb, acercándose—. No habrá cargo alguno contra ti. La organización de Ysera está contra las cuerdas. Ya se han producido muchas detenciones. Algunas resultarán sorprendentes, ya que han sido realizadas en los Estados Unidos —asintió—. También tenemos al hombre que estuvo en el teatro la noche en que Sara y tú fuisteis a la sinfónica.

Un brillo asesino asomó a los ojos de Wolf.

—Retenedlo. Cuando pueda levantarme otra vez, le mataré.

—Hice que lo enviaran a África, su tierra natal. Para que lo juzguen allí —explicó Eb—. No vas a terminar en prisión, Wolf, por muy loables que sean tus motivos.

Wolf seguía furioso. Sara se le acercó entonces, y la ferocidad de su expresión se evaporó de golpe. Sus ojos claros escrutaron su rostro.

—Has estado llorando, cariño —observó él con ternura—. No pasa nada. Mi estado no es tan malo como parece.

—No, claro —pronunció ella con tono medio ahogado. Le temblaba el labio inferior—. Creía que no me querías...

Wolf alzó una mano para acercarle el húmedo rostro al pecho, estremecido.

—¡Tonta!

Ella apretó la mejilla contra su piel y dejó correr las lágrimas. Apenas era capaz de parar, de levantar la cabeza.

—Lo siento —susurró—. No quería hacer eso.

Le acariciaba tiernamente el labio inferior con el pulgar. Parecía tan angustiado como ella.

—Eb me contó que te habías desmayado —dijo con tono sombrío—. Lamento de verdad que te asustaras tanto.

Había sido el embarazo, y no el miedo, la causa de su desmayo. Pero no pensaba decírselo, aún no. Sabía que él sentía algo por ella. Pero no quería que el descubrimiento de su embarazo lo empujara a una relación que en realidad no deseaba. Iba a tomarse su tiempo, a descubrir lo que él deseaba realmente, cuando no estuviera traumatizado... antes de tomar una decisión al respecto.

—Solo necesitaba saber que estabas bien —le dijo ella.

Él sonrió.

—No lo estaba. Pero ahora sí —añadió, escrutando sus húmedos ojos—. No llores más. Me duele verte llorar.

—De acuerdo —ella se enjugó las lágrimas.

Wolf se fijó en el pañuelo de puntillas que se llevaba a los ojos, y sonrió.

—Bonito pañuelo.

—Es un pequeño vicio que tengo —se encogió de hombros—. Los pañuelos de puntillas.

Él se rio por lo bajo, se recostó en las almohadas y cerró los ojos. Exhaló un profundo suspiro.

—Me drogaron —se quejó—. No funcionó, porque me asusté mortalmente por ti cuando me enteré de que te habías desmayado —abrió los ojos—. ¿Seguro que no es nada?

—Seguro —mintió de manera convincente.

—Está bien. Puede que duerma algo, un poco al menos... —y se quedó dormido. El trauma vivido y la fuerte medicación se impusieron al fin.

Sara estaba emocionalmente agotada para cuando salió con Eb al pasillo. Grayson estaba allí, esperando.

—Hice que llamaran a tu médica —le informó él—, solo para asegurarme de que tenías todo lo que necesitabas. Ese desmayo tuyo me dejó muy preocupado.

—Gracias, Eb —murmuró Sara—. Estoy tan cansada...

—Llévatela al hotel, Grayson, y acuéstala —le pidió él en voz baja—. Ha vivido un verdadero infierno.

—Y él también, me imagino —repuso la mujer, y sonrió—. Me alegro de verte.

—Yo también, Grayson. Sara estará en buenas manos contigo —añadió Eb, transmitiéndole con la mirada un tácito mensaje.

—Creo que me echaría a dormir ahora mismo —dijo Sara, volviéndose hacia Eb—. ¿Seguro que Wolf estará bien? Llámame en caso de...

—Te llamaré. Te lo prometo.

—De acuerdo —dijo Sara, y siguió a Grayson por el largo corredor.

Sara durmió como un tronco, por primera vez en años. Grayson la despertó con la noticia de que iban a trasladar a Wolf a una habitación, fuera ya de urgencias, donde había pasado la noche.

—Parece que se está recuperando con tanta rapidez que incluso el cirujano está asombrado. Si sigue así, le transferirán en un par de días.

—Tengo que ir a verlo —dijo Sara—. Tú puedes volver al rancho de Wyoming y esperar allí...

—Tranquila —la interrumpió Grayson—. No voy a dejarte sola.

Sara se mordió el labio inferior.

—Grayson, eres la mejor persona que he conocido.

—No. Tú eres la mejor persona que he conocido yo —puso un plato de huevos con beicon sobre la mesa y lo acompañó de algunos cruasanes de la cesta. Había recibido el servicio de desayuno antes de despertar a Sara—. Y ahora come.

—Cruasanes —dijo Sara, iluminada su expresión.

—Recuerdo que me dijiste lo mucho que te gustaban —fue su divertido comentario—. El servicio del hotel los tenía en el menú.

—Y la mermelada de fresa —Sara se preparó un cruasán con el café y se dispuso a disfrutar de un buen desayuno, para variar.

Tan pronto como terminaron de comer, fueron en taxi al hospital. Sara había telefoneado antes a Eb, que la estaba esperando en el vestíbulo.

—Wolf no está nada contento —le dijo él, sonriente—. Quiere irse a casa. Pero creo que, si puede verte, dejará de vociferar al menos por un rato, antes de que las enfermeras le pongan una mordaza y lo aten a la cama.

Sara se echó a reír.

—¿Tan mal está la cosa?

—Peor, en realidad.

Eb la llevó a una habitación y abrió la puerta. Wolf estaba sentado en la cama, ataviado con un camisón de hospital que apenas cubría su ancho pecho. Alzó la mirada al verla entrar, y su expresión de enfado se vio sustituida por una deslumbrante sonrisa.

—Hola —la saludó, alegre.

—Hola —le sonrió ella a su vez.

—Tengo algunas cosas que hacer. Luego vuelvo —anunció Eb discretamente, y salió para reunirse con Grayson en el pasillo.

—¿Cómo la ves? —preguntó Eb a Grayson, muy serio.

—Mal —respondió ella—. La vigilo como si fuera un halcón—. No creo que corra peligro alguno, pero eso nunca se sabe. Ysera pagó a alguien para que liquidara a Wolf. No sé quién ni dónde, pero ya sabes lo que quiero decir.

Eb asintió.

—Nos lo llevaremos al rancho tan pronto como pueda

moverse, y enviaré allí a los mejores hombres que tengo —estudió a Grayson, que había palidecido visiblemente. A él no —añadió con tono suave—. Está en África.

La mujer se relajó.

—Está bien. Lo siento.

—Yo también.

—Sara ha estado padeciendo de hipertensión —le informó ella—. El médico la estaba tratando —agregó—. Ella no sabe que eso puede tener un impacto sobre el embarazo. El obstetra no se mostró muy comunicativo conmigo, pero la derivó al cardiólogo. Ella faltó a la cita. Han pasado dos días desde entonces —se rio por lo bajo—. Sara no sabe que yo estoy al tanto de lo de su embarazo. No le he dicho nada.

—Bien. Haré que Micah la derive a un médico en Jacobsville. Dile a Sara que el cardiólogo telefoneó y que tú le diste tu número y le contaste todo lo que había estado pasando. Dile que él te recomendó a Micah, ¿de acuerdo?

—De acuerdo,

Eb entrecerró los ojos.

—¿Sigues llevando encima esa pistola del 45?

—No lo dudes —respondió ella, y se abrió la chaqueta lo suficiente para mostrarle la culata del arma que escondía bajo el brazo—. Nadie conseguirá acceder a él, ni a ella, a no ser que pase por encima de mi cadáver.

Eb sonrió.

—Te creo. Eres buena, Grayson. Que consiguieras meterte en su casa sin revelar tu identidad fue algo sencillamente genial por tu parte.

—Tuve un buen maestro —repuso ella, sonriendo también.

—¿Qué fue lo que le dijiste a Sara, para que yo pueda fingir que no sabía nada?

Grayson le soltó un discurso entero sobre sus antiguos patronos y los trabajos que había desempeñado hasta entonces. Se echó a reír.

—Me tuvo tanta compasión que me sentí fatal por haberla engañado de aquella forma.

—Fue por una buena causa. No podíamos correr riesgos. Y sobre Wolf sigue pendiendo la amenaza.

—No si yo estoy cerca —replicó Amelia con otra sonrisa—. Soy una tiradora de primera.

—Sí que lo eres, y yo debería saberlo mejor que nadie. Yo mismo te entrené —dijo él, sonriente.

Wolf estaba mirando indignado la comida que acababan de servirle.

—No me gusta la comida de hospital —masculló.

Sara se acercó, destapó la bandeja, tomó un tenedor y se dispuso a alimentarlo.

—No protestes —le dijo con tono suave, sonriendo.

Él la observó mientras comía, con una expresión rebosante de ternura. Casi adoradora, pensó Sara. Pero luego recordó la noche del teatro y, concretamente, a la joven rubia que lo había acompañado entonces. Él le había dicho a Eb que solo lo había hecho para despistar a Ysera. ¿Sería verdad?

De repente, Wolf rodeó con los dedos su muñeca. Esbozó una mueca, porque le costaba mover la mano. La bala le había atravesado el pecho.

—No podía decírtelo —le dijo con la culpabilidad reflejándose en su rostro—. Aquella noche Ysera tenía a un hombre en el teatro...

—Me lo dijo Eb.

—Era verdad —le aseguró él—. Tienes que creerme. Yo no podía convertirte en un objetivo. ¡No podía consentir que te hicieran daño!

Sara leyó la emoción en sus ojos. Ni siquiera estaba intentando ocultarla. Su expresión consiguió despejar todos sus miedos.

—Era muy guapa —dijo lentamente.

—Pero no eras tú —susurró él con voz ronca. La manera en que lo dijo la hizo estremecerse de placer, de los pies a la cabeza—. Y no existe, en ningún lugar sobre la Tierra, una mujer tan bella como tú. No hay una mujer a la que yo quiera más.

Sara se ruborizó de placer.

—Cuando salga de aquí —continuó él— y esté otra vez en pie, me encantaría demostrártelo.

Ella sintió un cosquilleo por todo el cuerpo. Bajo los ojos hasta su boca.

—¿Lo harías? —susurró.

—Mientras tanto, podrías someterte a una pequeña operación de cirugía —dijo él con una sonrisa maliciosa.

—¡Wolf!

—Cuidado, que estás derramando el café.

—Perdona —le acercó la taza a los labios y lo observó mientras tomaba un sorbo. Le temblaban las manos.

—No será como la última vez, Sara —le aseguró con voz ronca—. ¡Te lo juro!

Ella retiró la taza.

—Ya lo sé.

Wolf alzó entonces una mano para acariciarle el rostro, esbozando una mueca de dolor al hacer el gesto.

—Y si tú quisieras... —murmuró con ternura—, haría todo lo posible por dejarte embarazada.

CAPÍTULO 12

El café salió disparado por todas partes. Ruborizada, Sara dejó de golpe la taza sobre la bandeja mientras recogía una toalla de la mesa y la usaba para limpiar a Wolf.

Wolf gruñó para sus adentros. No había tenido intención de decir aquello, de recordarle al niño que habían perdido.

—No importa —le dijo—. De todas maneras, es demasiado pronto para hablar de eso. Todavía tengo mucho tiempo de recuperación por delante. ¿Vas a volver al rancho conmigo, cuando me den el alta?

Sara escrutó su rostro. Antes, por unos segundos, había sonado como si él quisiera realmente tener un hijo con ella. Pero ahora volvía a ser el de antes. Nada se reflejaba en aquella plana expresión. Nada en absoluto. Era incapaz de interpretarla.

—Si tú quieres...

Wolf se recostó contra las almohadas. Esbozó una mueca, pero en esa ocasión no fue de dolor físico.

—Te he hecho mucho daño, Sara —le dijo con voz tierna y profunda—. De muchas maneras. Sé que va a llevar tiempo. Pero no hay otra mujer en mi vida. Solo tú.

Ella se acercó un poco más.

—Por mi parte, no hay otro hombre —le confesó—. Yo

nunca.... podría hacer aquellas cosas con nadie, con ningún otro.

Una involuntaria sensación de orgullo llenó su pecho. Ella seguía deseándolo, al menos.

—Puedes hacerlas conmigo —dijo con voz ronca—. Pero la próxima vez será diferente. Muy, muy diferente.

Parecía preocupada. Pensó en un futuro con los dos relacionándose íntimamente de cuando en cuando, de manera ocasional. Sin lazos ni compromisos. La perspectiva era decepcionante.

—¿En qué estás pensando? —le preguntó él.

—Me estaba preguntando... —Sara se interrumpió de golpe. Logró esbozar una sonrisa—. Me preguntaba si Grayson no se estará impacientando. La he dejado en el pasillo.

—¿Grayson? —inquirió Wolf. Frunció el ceño—. ¿Amelia Grayson?

Sara arqueó las cejas. Eb entró en la habitación justo antes de que ella pudiera preguntarle si conocía a su asistente personal.

—¿Amelia Grayson está trabajando para ti? —insistió Wolf.

—Ya te lo dije —intervino Eb al tiempo que le hacía señas a espaldas de Sara, hasta que Wolf finalmente comprendió—. No es la Grayson en la que tú estás pensando. Aquella otra Grayson está en una prisión federal, ¿recuerdas? —volviéndose hacia Sara, le explicó—: Una traficante de armas. Wolf y yo la conocimos en Barbados. Él la detuvo en el transcurso de una investigación sobre lavado de dinero negro. Pero era Antonia Grayson, Wolf, no Amelia.

—Oh. Es verdad —Wolf suspiró—. Supongo que todavía sigo algo atontado por la anestesia y la medicación —dijo con una tímida sonrisa—. ¿Qué tal es tu asistente personal?

—Muy dulce —respondió Sara—. Me cuida maravillosamente bien. De verdad que no sé lo que habría hecho de no haber sido por ella —sonrió, enternecida—. Me mima mucho.

—Pues ese va a ser mi trabajo, una vez que me dejen salir de aquí —afirmó Wolf, casi devorándola con sus ojos claros.

—Me alegro tanto de que sobrevivieras... —le susurró ella. De repente su expresión se endureció, con un brillo en sus ojos oscuros—. ¿Por qué? —exclamó—. ¿Por qué hiciste algo tan increíblemente peligroso? Existen todo tipo de agencias oficiales cuya misión es lidiar con gente como esa, pero tú decidiste intervenir por tu cuenta. ¡Pudiste haber muerto!

—Oh, Dios mío, la escoba y los monos voladores otra vez —gruñó Wolf, recostándose contra las almohadas—. ¡Sálvame! —suplicó a Eb, bromista.

Eb se estaba riendo a placer.

Desgarrada entre la diversión y la furia, Sara se limitó a fulminarlo con la mirada. Sus emociones estaban a flor de piel. Eb sabía por qué. Wolf, no.

—Voy a agarrar efectivamente una escoba y a pegarte con ella —le prometió—. Y, si alguna vez te cuelgas un arma del cinto e intentas volver a tu antiguo trabajo, haré que hasta el último vaquero de la comarca te ate a una valla... ¡y yo misma me aseguraré de que no te desaten!

Él le lanzó una sardónica mirada.

—Los hombres tienen que ir al servicio de cuando en cuando...

—Pues les conseguiré un orinal.

Wolf se rio por lo bajo.

Ella sonrió, tímida.

—No te lo consentiré. Nunca.

—De acuerdo —Wolf le devolvió la sonrisa.

Aquello le dio ánimos. No parecía importarle que le dieran órdenes. Lo cual resultaba bastante intrigante.

—Puedes disfrutar dándome órdenes. Hasta que me haya levantado de esta cama —añadió él, frunciendo los labios—. Luego veremos quién consigue que el otro haga qué cosas...

Sara alzó la barbilla.

—Puedo echarte mis monos voladores cada vez que quiera —le advirtió.

Wolf se rio con ganas. Su vida había estado acabada cuando abandonó los Estados Unidos. No había tenido nada a lo que volver, ninguna razón para seguir viviendo. Y ahora allí estaba Sara, delante de él: la alegría de su vida. Y nunca había tenido más ganas de vivir que en aquel preciso momento.

—Tengo que telefonear a Sally para decirle que te estás recuperando rápido —dijo Eb—. Te aprecia.

—Y yo a ella —repuso Wolf—. ¿Qué tal están los chicos?

—Creciendo demasiado rápido —contestó Eb. Quiso decir algo más, pero no se atrevió. No podía arriesgarse a deslizar información alguna sobre Sara—. Volveré —dijo, y se marchó.

—No sé lo que habría hecho sin él —le confesó ella, acercándose a la cama—. Me organizó el vuelo hasta aquí. Yo me encontraba tan afectada que jamás habría podido hacerlo sola.

Wolf le tomó una mano y se llevó la palma a los labios, besándosela con avidez.

—No sabía si quería vivir o no —le confesó con voz ronca—. Hasta que me dijeron que estabas aquí. Entonces pensé: si ella ha venido, eso quiere decir que le importo, aunque sea un poco.

—Me importas mucho —repuso Sara.

Su pecho se elevó con un profundo suspiro.

—Nunca vas a olvidar aquella noche en el teatro —afirmó en voz baja—. Lo sé bien —la interrumpió cuando ella intentó hablar—. No puedo compensarte como te mereces. Pero voy a intentarlo, tan pronto como haya salido de aquí.

—¡Pero no porque te sientas culpable!

—Definitivamente, no porque me sienta culpable —le aseguró Wolf con tono suave, y escrutó su expresión—. Sigues sin saber gran cosa sobre los hombres —añadió—. Te deseo, Sara. Te deseo hasta la locura.

Ella se ruborizó ante la mirada de sus ojos brillantes, entrecerrados.

—Y puedo hacer que tú me desees a mí también —musitó—. Podría borrar de tu cabeza todos esos malos recuerdos y sustituirlos por otros bien dulces. Si tú me dejaras.

Sara tragó saliva con fuerza, y se mordió el labio inferior. Allí estaba. La verdad desnuda. Quería llevársela a la cama.

—No me mires así —le pidió él—. No.

Ella se encogió de hombros, inquieta.

—Yo sé que no me negué a... nada de lo que me hiciste, y que por tanto piensas que yo soy... que no me importa...

—Sara —la interrumpió, acercándola a la cama—. Yo quiero casarme contigo.

—¿Qué? —ella puso unos ojos como platos.

—Que quiero casarme contigo —Wolf frunció el ceño—. ¿Qué creías que te estaba sugiriendo? ¿Algún tipo de acuerdo flexible mediante el cual yo pasaría alguna que otra noche en tu apartamento? Cariño, si alguna vez intentara algo así... ¡Grayson me tiraría por una ventana!

—Oh, así que sabes que ella lee la Biblia por las noches.

—¿De veras? —inquirió Wolf, intentando dar marcha atrás—. Eb me dijo que se mostraba muy protectora contigo. Yo no la conozco —mintió.

—Así es —Sara lo miró fijamente a los ojos—. ¿Quieres casarte conmigo?

Wolf sonrió con expresión sardónica.

—Soy demasiado viejo para ti. Ambos lo sabemos y...

—¡No! ¡No vuelvas a decir eso! —se le acercó, apoyando una mano sobre sus sensuales labios—. No eres demasiado viejo para mí —sus ojos recorrieron su rostro como si lo acariciaran—. Para mí, eres hermoso.

Él perdió entonces el último temor que le quedaba, el de que ella pudiera arrepentirse alguna vez de haber aceptado su proposición. Sara se estaba mostrando verdaderamente feroz, como una mamá gallina que estuviera defendiendo a sus polluelos. Se la imaginó comportándose de aquella manera con un hijo suyo. Le entristeció pensar que ella había renunciado a su hijo movida por la errónea impresión de que él no la quería. Pero tendrían otros. Estaba seguro.

—¿Dónde quieres casarte? —le preguntó con tono tierno, acunándole una mano entre las suyas.

—¿Podríamos hacerlo en el rancho? —inquirió ella a su vez, ilusionada.

Él frunció los labios.

—Oh, sí, podríamos hacerlo en el rancho, pero casémonos primero, ¿de acuerdo?'

—¡Malvado! —exclamó ella.

Él se rio al ver su expresión. Resultaba tan fácil, tan relajado hablar con ella de esa manera... Se la quedó mirando con una expresión de maravillada sorpresa, teñida de ternura.

—Perdona. No he podido resistirme —de repente dejó de sonreír—. Pero necesitarás someterte a esa operación antes, Sara. No quiero arriesgarme a hacerte más daño del que te he hecho ya. ¿Lo comprendes?

—Ya lo hice —tragó saliva.

—¿Cómo?

—Que fui al cirujano. Antes de... la noche de la sinfónica —bajó la vista. Había estado tan llena de planes para aquella noche... cuando todo salió mal. Unos planes tan fantásticos...

Wolf suspiró profundamente, porque lo sabía. Cerró los ojos y se estremeció. Si las cosas no hubieran salido como al final salieron...

Ella leyó el dolor en su rostro y rápidamente hizo un esfuerzo por animarse y animarlo a él.

—En cualquier caso, ya está hecho —dijo con tono firme.

Wolf alzó la mirada, con la angustia reflejada en su rostro.

—Tanto dolor... —musitó.

Sara le delineó los labios con un dedo, asintiendo.

—Sí, pero ya ha terminado —repuso con voz ronca.
—Sí, ya ha terminado —le dio la razón, besándole la mano.

Tardó varios días en poder levantarse. Lo trasladaron a Jacobsville en ambulancia aérea. Pasó un par de días en el hospital antes de que Micah Steele le diera el alta, con una sonrisa y la advertencia de que no intentara forzarse demasiado.

Sara le aseguró que lo mantendría bajo vigilancia. El gigante, que parecía mucho más un luchador que un doctor en medicina, asintió recatadamente.

Los vaqueros formaron para recibir al jefe cuando llegó en ambulancia. Compungidos, con los sombreros en la mano.

—Cuando me levante, os daré una buena paliza —gruñó Wolf, fulminándolos con la mirada—. ¡Las balas no pueden matarme! Tengo una capa roja y una camiseta con una «S» estampada en el pecho —añadió, echándose a reír y esbozando luego una mueca, debido al dolor.

—Me alegro de que estés bien, jefe —dijo su nuevo capataz, Jarrett Currier, sonriente—. Estamos tan contentos de que hayas... —de repente descubrió a las dos mujeres que se acercaban por el sendero y sus ojos azules despidieron llamas—. ¿Qué diablos estás haciendo aquí?

—¡Cuidado con lo que dices! —empezó Wolf, creyendo que el hombre se refería a Sara.

—He venido para cuidar de la señorita Brandon —explicó Amelia, cortante—. ¿Y tú? ¿Qué estás haciendo tú aquí? ¡No recuerdo que nadie me dijera que estabas trabajando para Wolf Patterson!

—Empecé la semana pasada, cuando su capataz se jubiló. Pero, si hubiera sabido que ibas a venir tú, jamás habría echado la instancia.

Lo dijo por pura malicia. Amelia se lo quedó mirando fijamente.

—Me dijeron que aún seguías en África —comentó con tono glacial.

—He vuelto —fue su rotunda respuesta.

—¿Cómo puede soportarte Eb Scott? —le preguntó ella con una fría sonrisa.

—Si es una indirecta, no me voy a marchar —le espetó Currier, fulminándola con la mirada—. No a no ser que él me despida —señaló a Wolf.

—Acabo de volver de una zona de combate —dijo Wolf desde la camilla—. ¡Y os agradecería que no convirtierais este rancho en otra, por lo menos hasta que me haya recuperado!

—Perdona, jefe —se disculpó Currier, sombrío.

—Eso, perdona —pronunció al mismo tiempo Amelia.

Currier se despidió con un gesto de su jefe, giró sobre sus talones y se encaminó con paso enérgico hacia el granero. Los otros vaqueros, murmurando, se despidieron también y siguieron a su capataz.

—Así que esta es la razón por la que no querías volver a Comanche Wells —le dijo Sara a Amelia mientras instalaban a Wolf en su dormitorio—. Lo siento, Amelia. Si quieres volver al rancho de Wyoming...

—No puedo —repuso Grayson en voz baja.

Pero su expresión era trágica. Sara ignoraba lo que había sucedido entre ella y el nuevo capataz, pero, fuera lo que fuera, seguía siendo algo obviamente traumático.

—Sí, sí que puedes —le aseguró Sara—. Escucha, aquí estaré perfectamente a salvo. Y tú lo sabes —la abrazó—. Vamos. Estaré de vuelta antes de que te des cuenta.

—Pero vas a casarte...

Sara sonrió.

—No voy a dejar el rancho. Mientras tanto, ¿quién sabe lo que podría suceder? Vamos. Todavía no has deshecho la maleta. Telefonea a la empresa de limusinas. Primera clase, Amelia, nada de turista. Así podrás vigilar a Marsden y a los demás mientras yo esté fuera. ¿De acuerdo?

—Eres la jefa más buena del mundo —le dijo Amelia, pensando en que tendría que hablar secretamente con Eb Scott para informarle de que se marchaba. Pero Sara tenía razón. Allí había protección suficiente para salvaguardar a diez personas amenazadas, y a dos con mayor motivo.

—Llámame cuando llegues a casa, ¿de acuerdo? —le pidió Sara.

—De acuerdo —Amelia sonrió débilmente.

Sara se preguntó de nuevo por el motivo del inmenso dolor que había visto en el rostro de Amelia cuando aquel atractivo vaquero empezó a gritarle. Pero se trataba de algo personal, y ella no quería fisgonear. Vio a su amiga alejarse y, acto seguido, fue a ver a Wolf.

—¿Mejor? —le preguntó, advirtiendo que su rostro había recuperado el color y que parecía descansado y relajado.

—Mejor —respondió él, y la miró con expresión tierna y comprensiva—. Has enviado a Grayson de vuelta a Wyoming.

Sara asintió y esbozó una mueca.

—Tu nuevo capataz es un grano en el trasero —le informó—. No me gustó la manera que tuvo de hablarle a Amelia.

—Ni a mí. Me aseguraré de que él lo sepa. Pero no es una mala cosa que estemos aquí solos, tú y yo, en este momento —añadió con voz suave, profunda—. No lo es en absoluto, Sara.

Ella se ruborizó, pero sonriéndole con sus ojos negros.

—Todavía no estás recuperado para... eso —le recordó.

—Lo sé —se recostó contra las almohadas.

—¿Quieres que te traiga algo?

—Mi ordenador. Está ahí, sobre la mesa. Agarra luego unos cojines más y vuelve aquí conmigo.

—¿Qué es lo que vamos a hacer? —le preguntó.
Wolf le lanzó una maliciosa sonrisa. Y ella perdió el aliento.
—No, eso no —él se rio—. Aún no. Vamos a ir de compras, preciosa.
—¿De compras?
—Sí. Lo que no tiene Amazon, es que no existe, ¿verdad? Ella se echó a reír.
—Verdad.

Eligieron un anillo de boda para Sara, de esmeraldas y diamantes, y una simple alianza de oro para él. Los recibirían en veinticuatro horas. Sara había aprovechado para hacerse un análisis de sangre en el hospital mientras Wolf estuvo allí, y Micah ya le había sacado muestras a él para las pruebas. Habían tenido los resultados antes incluso de que recibiera el alta.

—Y mañana tendremos los anillos. Le pedí a Eb que se ocupara de la licencia de matrimonio. Dos días a partir de hoy —le dijo Wolf, escrutando su expresión—. Voy a casarme contigo. Aquí mismo, en el rancho. Quiero que vayas a la boutique de Marcella en Jacobsville. Ella te hará el vestido.

—¿El vestido? Un vestido de novia… —no había pensado en ello.

—Yo me embutiré en un esmoquin blanco —él se rio—. E intenta no desmayarte en el altar —sacudió la cabeza—. No dejaré que te me escapes —entrecerró los ojos—. Eres mía.

Sara se encontró con su mirada.

—Y tú mío —susurró.

El pecho de Wolf se elevó con un profundo suspiro.

—¿Te importa dejar esto a un lado? —le pidió, apagando el ordenador rápidamente, antes de que ella pudiera ver los iconos. Tal vez Sara no reconociera el videojuego, pero no quería compartir aquella parte de su vida con ella todavía. Tal vez le entraran celos de la desconocida con la que llevaba jugando cerca de dos años. Se lo diría, eso era seguro. Pero aún no.

Sara dejó el portátil sobre la mesa y volvió a conectarlo a la red. Se volvió luego hacia él.

—Puedo prepararte algo de comer, si tienes hambre.

—Estoy muy hambriento —repuso, mirándola con aquel suéter de cuello alto y aquellos ajustados pantalones negros que llevaba—. Cierra la puerta y suéltate el pelo.

Sara se lo quedó mirando fijamente.

—¿Qué?

—Cierra la puerta y suéltate el pelo. Tengo un hambre voraz.

Se quedaba sin aliento solo de mirarlo.

—Wolf, tu pecho...

—No me importa que esto me mate —susurró con voz ronca. La tensión se reflejaba en su rostro—. ¡Oh, Dios mío, cariño, me estoy muriendo...!

Sara fue y cerró la puerta con llave. Desconectó el teléfono. Se soltó el cabello. Se quitó luego el suéter y el pantalón. Vaciló cuando iba a desabrocharse el sujetador.

—Ven aquí —le pidió él con tono suave—. Lo haré yo mismo.

Sara se le acercó, tan hambrienta como él. Había pasado mucho tiempo desde la última vez. Sus conversaciones con Emma Cain le habían hecho tomar conciencia de que había dejado que un triste incidente del pasado gobernara su vida durante demasiado tiempo. Wolf no era un hombre inclinado a hacerle daño. Era, en un sentido muy real, su amante. Y ella lo deseaba. Quería casarse con él, vivir con él, amarlo por el resto de su vida.

Wolf llevaba puesto el pantalón del pijama, pero se lo quitó en cuanto ella se acostó a su lado. Retiró el edredón y dejó que ella lo mirara. Ya estaba dolorosamente excitado.

—Eres... eres... magnífico —murmuró, temblorosa.

—Esto es solo para ti —repuso, y abrió los brazos.

Sara se refugió en ellos, temblando un poco cuando su cuerpo entró en contacto con el suyo. Él esbozó una leve mueca. Los músculos todavía le dolían.

—¿Estás seguro? —inquirió ella.

Él le acarició los labios con los suyos.

—Estoy muy seguro de que me moriré si no puedo tenerte ahora mismo —respondió en un susurro.

—Yo no querría eso —musitó Sara, arqueándose mientras él localizaba el broche de su sujetador y se lo soltaba, liberando sus senos.

Se los quedó mirando, ceñudo.

—Son más grandes. ¿O son imaginaciones mías?

—He ganado peso —mintió Sara.

—¿De veras? —Wolf sonrió—. Me gustan —delineó la tersa piel hasta sus pezones y deshizo luego el camino, viendo cómo se movía sensualmente bajo la leve presión—. ¿Te gusta a ti esto?

—Me encanta.

Él le quitó la braguita y la lanzó al suelo. Su expresión era muy seria.

—Ya hemos jugado a esto —le dijo con ternura—. Pero esta vez es de verdad. Tengo que ser lento y cuidadoso contigo. Puede que sea algo incómodo para ti, aun con la cirugía. Estoy muy excitado.

—Ya lo he visto —se ruborizó, intentando parecer sofisticada y fracasando miserablemente.

Él sonrió.

—Estás nerviosa. Tranquila. Sé exactamente lo que estoy haciendo. Esta vez —susurró mientras se disponía a besarla— no habrá comentarios ofensivos. Solo deseo darte placer, de todas las maneras posibles.

Sara intentó responder algo, pero la boca de Wolf estaba ya ocupada con las duras puntas de su pezones, y se sintió perdida. Su boca subía y bajaba por su cuerpo, acariciándola de nuevas maneras, en lugares que no había esperado. Ella se resistió algo al principio, hasta que la sensualidad de sus caricias la volvió atrevida, ávida, desinhibida.

Gritó suavemente mientras él la tocaba, con sus dedos explorando, seduciendo, tentándola sin cesar. Volvió a acariciarle la boca con los labios mientras la excitaba hasta tal punto que empezó a gemir sin que pudiera evitarlo, mucho antes de que empezara a moverse sobre ella.

—Aquí es donde la cosa... puede complicarse —susurró contra sus labios mientras empezaba a entrar lenta, suavemente en ella.

Sara abrió mucho los ojos cuando sintió, por primera vez en su vida, aquel íntimo contacto con un hombre.

En el dormitorio a oscuras, quedaba todavía luz suficiente para que él pudiera ver su rostro tenso, vacilante.

—Shh —musitó. Se recolocó, observándola—. Así —murmuró cuando ella dio un respingo—. Sientes cuando lo hago, ¿verdad? Levanta las caderas, solo un poco... así. Lo estás haciendo muy bien. Muy bien.

Apenas lo oía. Algo estaba sucediendo. Algo nuevo. Desorbitó los ojos, y su boca se abrió cuando un estallido de sensaciones tan dolorosas como la muerte misma la impulsó a acudir a su encuentro con la pasión más exquisita.

—¡Así...! —gritó—. Ahí. ¡Oh, ahí...! —cerró los ojos al tiempo que soltaba un ronco gemido. Se alzó una vez, y otra, y otra más, suplicante, con su cuerpo pugnando por alcanzar un placer tan dulce que ni siquiera sabía si podría sobrevivir al mismo—. Así —pronunció con voz ahogada, estremeciéndose—. Sí, justo ahí, ahí...

Chilló, un sonido que jamás antes había brotado de su garganta. Su cuerpo se convulsionaba bajo su deleitada mirada. Él la observaba, gozando con la tensión con que se arqueaba su cuerpo, con sus involuntarios gritos de placer, en el estremecedor e involuntario clímax que la hizo apretarse tanto contra él que sintió los huesos de sus caderas clavándose en su piel. Ella se estremeció después, y sollozó, abrazada a él, rígido su rostro de éxtasis, cerrados los ojos, apretados los senos contra su pecho.

Lo sintió dentro de ella. Lo sintió llenándola por dentro, sintió su potencia y su calor. Pero él solo le estaba dando placer, no recibiéndolo. Se esforzó por recuperar el aliento, por dejar de llorar. Aquello había sido tan dulce, tan hermoso...

—Por favor —musitó.

Wolf sonreía con ternura. Movió las caderas.

—¿Así?

—No. Para ti —le dijo ella en un susurro—. El placer que acabo de recibir, lo quiero para ti. Dime lo que tengo que hacer y haré lo que sea. ¡Lo que sea!

El rostro de Sara era el vivo retrato de la ternura.

—No tienes que hacer nada —movió de nuevo las caderas y apretó los dientes—. Ahora no.

—No miraré —susurró Sara—. Te lo prometo —y cerró los ojos.

—No hagas eso —le pidió él a su vez con voz tensa mientras se movía aún más profundamente en su interior—. Mírame. Mírame bien. Te pertenezco, tanto como tú me perteneces a mí. Te has entregado a mí. Y ahora yo voy a hacer lo mismo contigo. ¡Mírame...!

Explotó de golpe. Sara vio cómo se arqueaba sobre ella, amasándola con el movimiento de sus caderas, una atormentada expresión en el rostro, tensos como sogas los músculos de su cuello. Se estaba estremeciendo. Su boca se abrió en un ronco e impotente grito mientras su cuerpo se convulsionaba sobre el suyo una y otra vez. Sollozó incluso cuando su pasión se vio saciada, mientras se sentía explotar por dentro de placer. Era la segunda vez en su vida que había tenido un orgasmo. Pero, como aquel, la primera vez había sido con Sara, con la bella y sensual mujer que se retorcía en aquel momento debajo de su cuerpo, que se aferraba a sus brazos mientras él descendía lentamente desde una altura increíble.

—Tranquilo —susurró ella, tocándolo, acariciándolo con ternura, besándole el rostro, los ojos extrañamente húmedos—. Tranquilo, cariño. Tranquilo.

La exquisita ternura de sus labios en su rostro lo desgarró por dentro. No podía soportar el dolor que le había causado. Le había dado tan poco... mientras que ella acababa de entregarle el paraíso. Nunca había conocido tanto placer. Ni tanta paz.

La acunó contra su pecho, empapado de sudor, todavía temblando después del orgasmo.

—¿Estás bien? —le preguntó ella, preocupada—. ¿Te ha dolido?

—Nunca supe el verdadero significado de la palabra «orgasmo» hasta que te conocí —murmuró con voz temblorosa—. ¡Dios mío! Tuve la sensación de que me estallaba todo el cuerpo.

Ella se rio por lo bajo, disimuladamente.

—A mí me ha pasado lo mismo.

—Sí, ya lo he visto, Te estuve observando.

—¿De veras?

Él rodó a un lado y se quedó mirando sus bellos y grandes ojos.

—Soñé con entrar en ti de esta manera —musitó—. Me moría de ganas de hacerlo, de hacerte sentir lo que sentí la última vez que estuvimos juntos. Pero entonces Ysera regresó y te puso en peligro. Y yo... —se le quebró la voz.

—¿Wolf?

—Mi reacción tuvo como precio la vida de nuestro bebé —hundió el rostro en su cuello. Estaba llorando.

—Oh, cariño, no... ¡no! ¡No es verdad!

—¡Fuiste a una clínica!

—Wolf, mírame. ¡Mírame!

Él se secó los ojos y alzó la cabeza, reacio. Su expresión le hizo daño. Estaba rígida de angustia.

Ella le tomó una mano y se la puso sobre sus senos.

—Enciende la luz, por favor.

La habitación no estaba del todo a oscuras, pero costaba distinguir los detalles. Wolf esbozó una mueca mientras estiraba un brazo para encender la pequeña lámpara de la mesilla.

—Mírame —le pidió ella, tomándole las manos y deslizándoselas por sus senos—. No tengo la tez tan pálida como para que se note demasiado —susurró—, pero... ¿no distingues las pequeñas venas que se transparentan?

Wolf frunció el ceño. Sí, había muchas. No las recordaba de antes.

—Sí.

—Son las que riegan las células mamarias —explicó ella—. Mis senos se están preparando para que puedan producir leche.

Él parpadeó extrañado. Su mano parecía fascinada con su hermoso seno. Era más grande, más suave de lo que recordaba. Sonrió de placer. ¿Qué era lo que acababa de decirle Sara? ¿Algo sobre leche?

—Cariño, un cuerpo femenino solo produce leche cuando va a tener un bebé —dijo con una leve sonrisa.

—Sí, lo sé.

Wolf se quedó inmóvil por un momento. Presionó el seno que estaba tocando al tiempo que alzaba la mirada hasta sus ojos.

—Oh, Dios mío —musitó con tono reverente. Se quedó muy pálido.

—Prácticamente salí de la clínica por la puerta trasera nada más entrar por la principal —Sara vaciló—. No pude. Simplemente... no pude. No sabía cómo ibas a reaccionar. Pensé que quizá tú no querrías el bebé, pero yo sí. Y...

La boca de Wolf interrumpió el resto de su atropellado discurso. La estaba besando, y de una manera en que nunca había hecho antes. Temblaba de los pies a la cabeza. La estrechó entre sus brazos y se dedicó a acunarla, con el rostro hundido en su cuello.

—¿Wolf? —inquirió, sorprendida.

—Dame solo un momento —le susurró al oído—. Uno tarda algo en adaptarse después de un viaje del infierno al cielo.

Sara no pudo reprimir una suave carcajada. Le rodeó a su vez la cintura con los brazos, apretándolo con fuerza.

—Te lo habría dicho antes. Tenía miedo.

—Pensabas que yo no quería el bebé.

—No lo sabía. Tenía miedo de que no quisieras tener algo permanente conmigo. Y yo no podía vivir en otra parte y hacerte venir para ver al bebé...

—Tuvimos un comienzo difícil —le dijo Wolf al oído—. No sabíamos gran cosa el uno del otro. Y además estábamos demasiado hambrientos, también el uno del otro, para tomarnos tiempo para hablar.

—Sí.

—Quiero un bebé —pronunció él con tono solemne, alzando la cabeza—. Te quiero. Quiero el matrimonio.

Sara escrutó su expresión.

—¿Estás seguro?

—Nunca en toda mi vida he estado más seguro de nada.

—De acuerdo —ella se relajó un tanto.

Su leve movimiento disparó una súbita, intensa excitación. Él esbozó una mueca mientras se disponía a apartarse.

—¿A dónde vas? —le preguntó ella, arrastrándolo de vuelta.

—Estás embarazada —empezó él—. De hecho, he podido ya hacer daño al bebé. Estaba tan hambriento de ti. ¡He sido muy brusco!

—No has sido brusco, y los bebés son muy duros —murmuró Sara. Bajó entonces una mano, atrevidamente, para acariciar su excitación. Lo sintió estremecerse—. Y ahora vas a volver exactamente donde estabas y a dejar que yo me ocupe de ese pequeño problema que tienes…

—¿Pequeño? —logró pronunciar mientras la tumbaba de espaldas para volver a entrar en ella.

—De… acuerdo —dijo ella, sin aliento—. ¡No tan pequeño…!

Wolf se rio, malicioso.

—Y, muy pronto, quizá ni siquiera lo bastante grande —dijo con voz ronca mientras le acariciaba los labios con los suyos—. Permíteme que te enseñe algo nuevo. Flexiona las piernas entre las mías.

Sara volvió a quedarse sin aliento.

—Oh, sí, así —gruñó mientras se hundía aún más profundamente en ella

Se estremeció. Su cuerpo se tensó cuando el placer regresó de nuevo, repentino y punzante. Se arqueó hacia él.

—Eso me gusta —murmuró Wolf contra su boca—. Hazlo otra vez.

Ella lo hizo. La sensación fue aún más poderosa que antes. Se quedó sin respiración conforme él se hundía cada vez más profunda, más lentamente.

—Estás muy, pero que muy excitada —murmuró Wolf contra sus labios— y sensibilizada también. Voy a hacer que te dispares como un cohete —pronunció con voz ronca—. Y no pienso dejar de mirarte.

Sara se estremeció. El placer parecía morderla como si fuera una garra al rojo vivo, alzándola, empujándola a apretarse más contra él. Estaba francamente nerviosa, temerosa de que fuera incapaz de sobrevivir a todo aquello, de tan abrumador como era.

No se dio cuenta de que le había susurrado eso mismo a Wolf, frenéticamente, hasta que oyó su suave y vibrante risa.

—Vivirás —musitó él con voz temblorosa mientras los violentos, rápidos movimientos empezaban a elevarla en espiral hacia alturas insospechadas—. Pero te ruborizarás cada vez que me mires... durante una semana al menos —concluyó.

Empezó a chillar, con una voz que latía a tono con su cuerpo mientras se arqueaba y estremecía, y enseguida fue alcanzando un clímax tras otro hasta que creyó que no podría soportarlo. Al final, escuchó un profundo gruñido, sintió un furioso estremecimiento y luego arrolladores embates que terminaron en convulsiones tan violentas que la preocupó que él tampoco fuera a sobrevivir a ello.

Se estremecieron juntos, sudando copiosamente, temblando de resultas de algo tan potente e inefable que ninguno de los dos fue capaz de hablar.

—El bebé —susurró él con voz ronca, deslizando una mano por su vientre con gesto protector.

—El bebé está bien —musitó ella.

Wolf intentó apartarse, pero Sara se lo impidió, reteniendo aquel maravilloso peso encima de ella.

—No te muevas. Me encanta sentirte sobre mí, sentir tu peso.

—Peso bastante —protestó él.

—No, no te creas —sonrió contra su cuello.

Wolf volvió a estremecerse.

—Maldita sea —gruñó.

—¿Qué pasa?

—Estoy dolorido —se echó a reír.

Ella abrió mucho los ojos.

—¿Que estás... qué?

—Dolorido —frunció los labios mientras la miraba con posesión, cariño y un puro gozo en los ojos—. Muy dolorido —se apartó, esbozando una mueca.

Sara hizo también una mueca de dolor.

—¿Lo ves?

Wolf rodó a un lado y quedó tendido de espaldas, gruñendo.

—Son las consecuencias de un esfuerzo excesivo —explicó.

Sara se sentó, riendo deleitada. Volvió a hacer un gesto de dolor.

—No sabía que la gente acabara dolorida después de esto.

Él arqueó una ceja.

—¿No lo sabías, después de haber leído todas esas tórridas novelas?

—Son novelas románticas, no libros de anatomía —replicó ella.

Wolf suspiró profundamente, relajado, cómodo, dejando que ella lo mirara con complaciente diversión.

—Hablando de lecciones de anatomía...

Sara se ruborizó.

—Ya te dije que te ruborizarías durante una semana entera —le recordó, sonriente.

Ella se echó a reír, deleitada.

Él se apoderó de su mano y se la llevó a los labios.

—Así que ahora tenemos un buen problema.

—¿Un problema? —Sara se tensó.

—Sí. Grayson va a tener que volver para quedarse aquí. ¿Cómo nos las arreglaremos para que eso sea posible sin que yo tenga que despedir a mi nuevo capataz?

Aquello terminó de despejar el último de sus temores.

—Vamos a casa y le decimos lo del bebé —propuso, y sonrió—. No necesitamos más.

—El bebé —la acercó hacia sí y deslizó ávidamente los labios por la curva de su vientre—. Me pregunto si un hombre puede llegar a morir de felicidad.

—Ni se te ocurra averiguarlo —repuso ella con tono firme.

Wolf sonrió contra su vientre.

—¿Vamos a tener un niño o una niña?

—Lo descubriremos cuando él o ella nazca —replicó Sara—. No quiero saberlo. Aún no.

—Yo tampoco —Wolf alzó la cabeza—. La gente se reirá de nosotros.

—Que se rían. Se trata de mi bebé. De nuestro bebé.

—Nuestro bebé —repitió él en un susurro. El corazón le estallaba de gozo. Nunca se habría imaginado que de semejante tragedia pudiera nacer tanta alegría.

Pero, a la mañana siguiente, todo cambió.

CAPÍTULO 13

Sara seguía dormida cuando sonó el teléfono. Wolf estiró un brazo por encima de su cabeza para recoger el móvil de la mesilla.

—¿Diga?

—Soy Eb. Escucha, tienes que sacar a Sara de ahí, ahora mismo —dijo con tono urgente.

Wolf se sentó en la cama. Ella se despertó para quedárselo mirando soñolienta.

—¿Qué pasa? ¿Se trata del hombre que envió Ysera....?

—No, lo tienen detenido. Esa amenaza está desactivada —explicó Eb—. Esto es algo nuevo, algo peor. Los periodistas tienen la historia. ¿Sabes dónde está Gabe, lo que está haciendo?

—Sé dónde está. ¿Se encuentra bien?

—Sí. Lo tengo en la reserva, junto con su unidad, en un lujoso hotel de Oriente Medio. Pero ¿te acuerdas de Michelle Godfrey, la chica a la que Sara y él tienen tutelada?

—Sí —respondió Wolf.

—Es periodista. La semana pasada me entrevistó. Pensé que no pasaría nada si le contaba la verdad. Confié en su discreción. Pero me equivoqué —sentenció Eb con frialdad—. Contó a todo el mundo que Gabriel y sus hombres fueron los autores de una masacre de mujeres y niños. Publicaron fotos...

—¡Gabriel sería capaz de morir antes de hacerle daño a un niño! —exclamó Wolf.

—Ya lo sé —gruñó Eb—. No es lo que parece. Los tengo ocultos y he contratado abogados y a un investigador privado, pero, durante un tiempo, eso va a ser una verdadera pesadilla publicitaria. Localizarán a Sara, si es que no lo han hecho ya.

—La devolveré hoy mismo a Wyoming —le informó Wolf.

—No estás en condiciones de viajar —protestó Eb.

—Pienso ir. En Wyoming hay médicos —bajó la mirada al rostro preocupado de Sara y se lo acarició con ternura—. Nos marcharemos tan pronto como hayamos hecho el equipaje. Entonces, ¿la chica a la que tienen tutelada hizo esto? ¿Michelle?

—Michelle —repitió Sara, abriendo mucho los ojos—. ¿Qué es lo que ha hecho? —le preguntó en un susurro.

Wolf tapó con una mano el auricular del teléfono.

—Ahora mismo te lo digo —y siguió hablando con Eb—. ¿Por qué? —quiso saber.

—Ella no sabía que Gabe usaba un nombre distinto cuando hacía trabajos para mí —explicó sucintamente Eb—. Uno de los nuestros debió de habérselo dicho. Yo no fui consciente de lo que podía suceder. La chica se quedó destrozada, pero las cosas han ido demasiado lejos. Sal de allí lo antes posible. Últimamente las furgonetas de los periodistas con antenas de satélite están creciendo como setas. Están por todas partes.

—Gracias, Eb. Por todo.

—Eres mi amigo. Te ayudaré como sea. Date prisa —le urgió, y colgó.

Wolf se levantó de la cama, arrastrando suavemente a Sara consigo.

—Nos daremos una ducha rápida y después haremos el equipaje. Te lo explicaré mientras tanto.

La metió en la ducha y le contó lo que había hecho Michelle. Las lágrimas de Sara se mezclaron con el agua y el jabón. Wolf la abrazó, meciéndola tiernamente mientras ella se desahogaba.

—¿Cómo ha podido hacerle eso a mi hermano? —sollozó—. ¡Yo creía que lo amaba!

—Ella no sabía quién era Angel Le Veut —replicó él—. Nadie se lo dijo.

—Nunca se lo perdonaré. ¡Nunca!

—Nunca es mucho tiempo. Tenemos que movernos.

—Tú todavía no estás recuperado —protestó ella—. Y la boda...

—Nos lo llevaremos todo a Wyoming. Seguro que hay sacerdotes allí —frunció los labios—. Y será mejor que encontremos uno rápido, porque seguro que no nos libraremos de Grayson sin una licencia de matrimonio.

—¿Cómo es que sabes tanto sobre ella? —le preguntó Sara.

Wolf la besó con ternura.

—Tengo espías. No te preocupes, celosita mía, que la única mujer a la que he deseado lo suficiente como para pensar en casarme eres tú. Punto.

¿Porque la deseaba? ¿No porque la amaba? No estaba segura. Pero no tenía la fuerza necesaria para apartarse de su lado. Lo amaba demasiado, y en aquel momento más que nunca, con un hijo suyo creciendo en sus entrañas.

Volaron a Wyoming en un avión privado.

—Ya sabes que tengo una propiedad cerca —comentó él.

—Sí, fuiste allí y te quedaste mucho tiempo —recordó Sara.

—Así es. Huyendo de los recuerdos —le apretó la mano—. Pero nunca puedes huir demasiado lejos. Y luego yo te llevé al ballet que nunca llegamos a ver —su expresión se ensombreció, y desvió la vista—. Daría lo que fuera por poder retroceder en el tiempo para cambiar aquella noche —añadió en voz baja.

—Pues yo no —susurró ella, acurrucándose contra él—. Porque fue entonces cuando hicimos el bebé.

Wolf se estremeció. La abrazó con mayor fuerza, hundiendo el rostro en su cálido cuello.

—Ya, pero aun así...

—Ya me compensaste lo suficiente anoche —le dijo ella al oído, estremeciéndose nuevamente de placer—. Fue algo... indescriptible.

—Para mí también lo fue, Sara —replicó él. Le besó los párpados cerrados—. Para mí también.

Contrataron una limusina en Sheridan para que les llevara al rancho, pero en el camino se detuvieron en una pequeña iglesia metodista.

—No tendrás un vestido en condiciones —le dijo Wolf, llevándola del brazo—. Ni los anillos, ya que aún no los hemos recibido. Pero yo tengo todos los papeles que necesitamos, por si quieres casarte ahora mismo.

—Me casaré hasta en tejanos, si esa es la única manera —replicó deleitada.

Él sonrió.

—El reverendo Bailey es amigo de Jake Blair, el sacerdote a cuya iglesia acudías en Jacobsville. También es amigo mío. Así que Jake llamó al reverendo y se lo explicó todo. Nos está esperando.

Entraron en la iglesia. El altar estaba adornado con flores. El reverendo salió a recibirles portando un joyero.

—Qué oportunidad la suya —murmuró Wolf sonriendo al sacerdote, que en realidad había ido a comprar los anillos de su parte. Abrió el joyero. Dentro había dos alianzas de oro, anchas. Una para ella, otra para él—. Oro amarillo. Me fijé en que era el único metal que llevabas.

—Me encanta —Sara acarició los anillos y alzó la mirada hasta sus ojos—. De todas formas, por ti sería capaz de llevar hasta una vitola de puro en el dedo. Con eso me bastaría.

Wolf se inclinó y le besó los párpados cerrados con tal ternura que una de las mujeres que se hallaban cerca del altar, para actuar de testigos, tuvo que enjugarse una lágrima.

—Mi madre y mi mujer harán de testigos —informó el reverendo Bailey—. Si están dispuestos ya...

Wolf se volvió para mirarla.

—Nunca en toda mi vida he estado más dispuesto a algo.

—Lo mismo digo —repuso Sara en voz baja.

—Entonces empecemos.

Fue una ceremonia breve, pero intensa. Wolf le deslizó la alianza en el dedo. Encajó a la perfección. Y lo mismo hizo ella. Repitieron las palabras del ritual, mirándose durante todo el tiempo a los ojos. El reverendo los declaró marido y mujer.

Sara lloró en silencio cuando él se inclinó para besarla con conmovedora ternura.

—Señora Patterson... —susurró, sonriente.

Ella le devolvió la sonrisa.

Él le enjugó las lágrimas a besos mientras el reverendo rellenaba la licencia de matrimonio.

—Y ahora —dijo Wolf una vez que recibieron los parabienes de los testigos, y después de asegurarse de que el reverendo se llevara un buen recuerdo de su amabilidad en forma de una jugosa donación para su proyecto de beneficencia—, vámonos a casa. Espero que tengamos suerte y Grayson nos permita dormir juntos... previa muestra de la licencia matrimonial, claro —añadió riéndose mientras abordaban la limusina.

Sara se rio también, apretándose contra él.

—Por desgracia —continuó—, dormir es lo único que voy a poder hacer en un futuro inmediato —inclinándose hacia ella, agregó en voz baja—: Sigo estando dolorido.

Ella soltó una carcajada, procurando no ruborizarse.

Grayson salió a la puerta a recibirlos. Era todo sonrisas.

—¡He preparado una tarta! —exclamó—. Es la primera vez que intento hacer una. Puede que no me haya quedado muy bien. Pero he hecho también quiches y cruasanes... ¡y esos sí que me han quedado perfectos!

Wolf se la quedó mirando de hito en hito.

—¿Te encuentras bien, Grayson?

La mujer lo fulminó con la mirada.

—Sé cocinar.

—¿De veras?

—Entra de una vez y prueba mi comida antes de hacer comentarios sarcásticos —resopló. Sonrió a Sara—. ¿Qué tal estás?

—Triste —respondió ella—. Nuestra tutelada ha traicionado a Gabriel.

—Ya lo he oído. Está en las noticias, por todas partes —dijo Grayson—. Probablemente intentarán venir aquí —añadió, lanzando una preocupada mirada a Wolf.

—Ya me he encargado de ello —replicó él—. He avisado a todas las agencias y cuerpos de seguridad que conozco. Incluido el Servicio Forestal de los Estados Unidos. Dado que este rancho linda con sus terrenos, contamos con algunos, digámoslo así, beneficios.

—¿Cuáles? —quiso saber Sara.

—Espera y verás —le sonrió. Atrayéndola hacia sí, le dio un beso en la mejilla.

—¡Un momento...! —empezó a protestar Grayson.

Pero Wolf le mostró rápidamente su licencia de matrimonio. Ella se quedó mirando fijamente el documento, y luego al matrimonio, con un brillo de incredulidad en sus ojos castaños.

—Oye, que soy tan capaz de casarme como cualquier otra persona —dijo él a la defensiva.

Grayson se llevó una mano a la frente.

—Quizá esté alucinando...

—¿Es que os conocéis? —preguntó Sara, sospechando de la complicidad que parecían compartir aquellos dos.

—Más o menos —respondieron al unísono, y sonrieron.

Wolf miró a Grayson, alzando las manos.

—Maldita sea, es imposible guardar un secreto con esta mujer... Está bien. Fue idea de Eb. Grayson trabaja para él.

La cara que puso Sara resultó sencillamente cómica.

—¿Eres una... mercenaria?

Grayson se removió inquieta.

—Soy una soldado profesional —gruñó.

—Una mercenaria, vamos —masculló Wolf.

Grayson suspiró.

—Bueno, sí.

—Pero ¿por qué...? ¿Cómo...?

—Teníamos miedo de que Ysera pudiera enterarse de tu existencia —explicó Amelia con tono suave—. Ninguno de nosotros quería que sufrieras daño alguno, pero no podíamos meter a nadie en tu casa a no ser que fuera como asistente personal tuyo. Y vimos tu anuncio. Todo encajó en su lugar perfectamente.

—Mi hermano debió de estar detrás de esto... —adivinó Sara—. ¡Él lo sabía!

—Sí. Fue cuando vino a casa por la graduación de Michelle —le recordó Amelia.

Sara no respondió. Alzó la mirada a Wolf.

—Yo te había hecho tanto daño... —le explicó él, esbozando una mueca—. No podía soportar la posibilidad de que te sucediera algo. Y tu hermano tampoco. Así que te convenció de que publicaras el anuncio e hizo que fuera Grayson quien lo contestara.

Sara soltó un profundo suspiro.

—Bueno, al menos ahora me siento más segura —miró a Grayson y luego a Wolf—. ¿Quién de los dos va a decírselo?

—Tú eres una mujer. Y ella también —parecía incómodo.

—Sí, pero tú la conoces desde hace más tiempo que yo.

—Creo que yo no debería hacerlo, de verdad...

—Estás exagerando las cosas.

—¿Decirme qué? —inquirió de nuevo Amelia, impaciente.

—Hazlo —gruñó Sara.

—No quiero —gruñó a su vez él.

—¿Decirme qué? ¡Maldita sea! —estalló Amelia.

—Estoy embarazada —le espetó Sara al mismo tiempo que Wolf soltaba:

—Está embarazada.

Amelia se lo quedó mirando de hito en hito.

Wolf volvió a sacar entonces la licencia de matrimonio y la agitó ante su nariz.

Grayson miró a Sara, cuyos ojos se estaban nublando de emoción.

—Oh, ven aquí —dijo, abrazándola—. No te estoy juzgando. Soy religiosa y voy a la iglesia, pero no le digo a la gente cómo tiene que vivir. Y, si te has quedado embarazada antes del matrimonio, la culpa es de él, de todas formas.

—¿Qué? —exclamó Wolf.

Amelia lo fulminó con la mirada por encima del hombro de Sara.

—Lo sé todo sobre los hombres —murmuró—. Solía trabajar con ellos. Tipos duros que abominaban de los compromisos. Y hablaban de las mujeres a las que engañaban...

—Lo nuestro fue un accidente —dijo Wolf con tono sumiso, y miró a Sara con expresión adoradora—. Pero no lo siento. Nunca lo sentiré. Tengo a Sara, y vamos a tener un hijo. Es como si estuviéramos en Navidad.

Amelia se apartó de Sara para acercarse al hombretón.

—Lo siento. La verdad es que no te conocía tan bien. Me precipité a sacar conclusiones —le dio un rápido abrazo—.

Lo siento —dijo, pero de repente pareció animarse—. Ah, por cierto. Sé hacer ganchillo. Le haré al bebé unos patucos y unas mantillas y... ¿Os apetece algo de comer?

—Ha ido mejor de lo que esperábamos —susurró Wolf al oído de Sara mientras seguían a Amelia a la cocina.

La mujer seguía hablando, con lo que no se dio cuenta de nada

—Cobarde —musitó Sara, y le dio un golpe de cadera.

—Lo mismo digo —repuso él también por lo bajo, respondiendo con otro golpe de cadera. Soltó un gruñido, porque se había hecho daño.

Ella soltó una carcajada y lo abrazó.

Pero poco después, cuando pusieron las noticias, fue una angustia para Sara ver a su hermano acorralado por los periodistas. Y por algo que ella sabía que no había hecho.

Gabriel se las arregló para llamarla a lo largo del día.

—La historia está que arde —le dijo—. No sé cómo diablos lo han descubierto con tanta rapidez.

—Michelle se lo contó a la prensa —replicó fríamente Sara.

—¿Qué? —exclamó Gabriel, consternado—. ¡No! No, ¡ella jamás me haría algo así!

—Pues lo hizo —fue su tensa respuesta—. Fue a los medios a explicar su postura. Les dijo que los estadounidenses que perpetraban tales desmanes debían ser ahorcados públicamente.

Él se quedó callado.

—Jamás habría creído algo así de Michelle.

—Ni yo. No después de todo lo que hemos hecho por ella —dijo Sara.

—No quiero volver a verla. Nunca. La quiero fuera de mi vida. Y de la tuya.

—Sí. Ya me encargaré yo de ello. Ten mucho cuidado —añadió ella con tono suave—. Te quiero.

—Yo también.

—Hay una cosa más que debería decirte...

—¿De qué se trata?

—Estoy embarazada.

Un silencio de asombro acogió sus palabras.

—Wolf me dijo que fuiste a una clínica...

—Así es. Pero entré por la puerta principal y salí por la trasera. Y Wolf y yo nos hemos casado esta misma mañana.

—Creo que necesito sentarme.

Sara soltó una risita.

—Soy tan feliz... —susurró, bajando la voz para que no la oyera Wolf, no fuera a sentirse avergonzado—. Le amo tanto que apenas puedo soportarlo. Y él quiere al bebé. Muchísimo.

—Seguro que también te quiere a ti —repuso él.

—Sí, se ha encariñado mucho conmigo —dijo Sara, disimulando su tristeza. Wolf jamás le había confesado sentimientos más profundos por ella. Esperaba que los tuviera algún día, una vez que naciera su hijo—. Y resulta, además, que mi asistente personal ha resultado ser una mercenaria. ¿Qué te parece? —le preguntó, con tono malicioso.

—Guns Grayson jamás dejaría que sufrieses el menor daño... —empezó él.

—¿Guns?

—Es la mejor tiradora de la unidad —explicó Gabriel, riéndose—. Es muy religiosa. En su presencia, no podemos blasfemar. Ha puesto en su lugar a más de un compañero.

—¡Me lo puedo imaginar! Así que Guns, ¿eh? —se rio por lo bajo.

—Tengo que dejarte.

—Eb Scott me dijo que te había conseguido buenos abogados. Todo terminará bien. Estoy segura.

—Yo también, pero durante un tiempo esto va a ser muy

duro, hasta que los medios encuentren un hueso más jugoso que masticar —dijo él con tono resignado—. Estaré en contacto, pero puede que tenga que ser a través de Eb. No puedo arriesgarme a que alguien me siga la pista.

—De acuerdo. Ten cuidado.

—Lo mismo digo. Wolf cuidará de ti. Dios mío, deberías haberlo visto cuando vino aquí, de camino para buscar a Ysera. Te aseguro que... ¿Cómo? —parecía que estaba hablando con alguien. Hizo una pausa—. Está bien. Tengo que irme. Te quiero, hermanita.

—Te quiero.

Sara colgó, preguntándose por lo que su hermano había estado a punto de decirle sobre Wolf. Pero luego sus pensamientos regresaron a la fuente de aquel nuevo misterio. Su vida volvía a sumergirse en un remolino. Y también la de Gabriel.

Y ella sabía a quién culpar. Llamó a Michelle. Para cuando colgó, estaba segura de que nunca más querría volver a ver a la joven ni saber nada de ella.

Wolf la abrazó mientras lloraba.

—Nunca me imaginé que nos haría esto a nosotros. Yo sabía que ella quería ser periodista. Yo misma la animé a ello. Y Gabriel también. Pero nunca soñé siquiera que ella...

—Shh —susurró él con ternura, acunándola en sus brazos—. La vida continúa. La gente hace cosas horribles. Y luego tiene que pagar por ellas.

Su voz estaba cargada de remordimientos.

Ella se apartó para mirarlo.

—Yo nunca te culpé a ti.

—Yo me culpé a mí mismo —le apartó suavemente la larga melena negra del rostro—. Estuve a punto de morir. Pero en mi agonía seguía escuchando tu voz, susurrándome. Me aferré a ella, porque pensaba que era posible que me quisieras, aunque fuera un poco.

Sara se apretó contra él.

—¡Un poco! —gruñó, y se apretó todavía con mayor fuerza.

Wolf se quedó muy quieto. Estaba pensando, acumulando cosas y más cosas en su mente, como por ejemplo la dispuesta reacción de Sara hacia él, a pesar de su trágico pasado. O lo mucho que parecían gustarle sus caricias. O la manera que tenía de reaccionar cuando la tocaba, dando, siempre dando...

—Tú me amas —musitó, maravillado.

Ella suspiró.

—Hombre grande y estúpido... Por supuesto que te amo. ¿Por qué si no habría dejado que me tocaras?

Wolf se echó a reír.

—¿Hombre grande y estúpido?

Sara se apartó, ruborizándose.

—Está bien. Estúpido, no. Pero sí grande.

Él frunció los labios y arqueó las cejas. Un brillo malicioso asomó a sus ojos.

Ella se puso roja.

—¡No era eso lo que quería decir! —exclamó.

Wolf se rio de nuevo. Acercándola otra vez hacia sí, la besó.

—Perdona. No he podido resistirme.

—Te advierto que sé dónde tengo la escoba. Para zurrarte con ella.

—No lo hagas. Me reformaré. ¡Grayson! —llamó de repente.

La mujer acudió corriendo.

—¿Qué pasa?

—Vigila la ventana. Por si pasan monos voladores.

Amelia, que estaba al tanto de la broma, lo saludó a la manera militar.

—¡Sí, señor! Los localizaré y los abatiré, aunque me cueste la vida. Lo juro —dijo, llevándose una mano al corazón. Luego sonrió y los dejó solos.

★★★

Los periodistas llegaron a la ciudad. Ocuparon todos los moteles disponibles, llenaron los restaurantes de la localidad y acosaron a sus habitantes en busca de cualquier pista o información sobre la hermana de Gabriel, Sara.

Pero Billings, en Montana, al igual que Jacobsville y Comanche Wells, en Texas, eran poblaciones pequeñas y cohesionadas, que recelaban de los forasteros. Incluidos los forasteros que sacaban billetes grandes con los que pagar cualquier dato. Los forasteros consiguieron buenos alojamientos y buena comida. Pero información, ninguna.

Así que intentaron acceder al propio rancho, lo cual resultó inútil. Wolf Patterson salió a recibirlos al final del sendero, acompañado por una partida fuertemente armada de vaqueros y varios agentes federales. Los periodistas fueron advertidos en contra de dar un solo paso en territorio federal y causar daño alguno, por mínimo que fuera. Por supuesto, ignoraban dónde terminaba la propiedad de los Brandon y dónde empezaba el territorio federal, y nadie se molestó en decírselo. Wolf les hizo unos cuantos comentarios más, con tono socarrón, y regresó a la casa del rancho.

Gabriel les telefoneó una semana después, perplejo.

—¿Has visto las noticias?

—No, las hemos estado boicoteando —le dijo Sara por Skype, estudiando el demacrado rostro de su hermano—. Malas, ¿verdad?

—De hecho, Michelle acudió a un programa televisivo de ámbito nacional para defenderme —dijo Gabe—. Localizó al único testigo que sabía que no habíamos sido nosotros, y se lo contó al mundo entero. Escribió artículos, fue a las televisiones, incluso se entrevistó con el detective privado que estaba trabajando en el caso para nosotros —se ruborizó—. Supongo que en realidad no sabía que era yo la persona a la que había acusado.

Sara esbozó una mueca.

—Pues yo le dije unas cosas horribles.

—¿Le dijiste también lo que te había dicho yo? —quiso saber él.

Sara se limitó a asentir.

—Nunca me lo perdonará.

—Para eso se necesita tiempo —dijo Wolf a su espalda, deslizando los brazos alrededor de sus hombros y plantándole un tierno beso en la frente—. Te perdonará. Y tú a ella. Todo terminará bien. Han retirado las acusaciones, ¿verdad?

—Sí. Y los verdaderos culpables están detenidos. Pero no voy a volver todavía a casa —añadió Gabriel con una sonrisa—. Tengo una oferta de trabajo. Nunca adivinarás de quién.

—¿De quién? Vamos, escúpelo —lo animó Sara.

—La Interpol. Parece que les gusta lo que he estado haciendo por aquí. Me dijeron que podría ser un interesante complemento para su plantilla. Así que estoy pensando en aceptar. Por el momento, al menos.

—¿Qué opina Eb?

—Está completamente a favor —respondió él—. Me dijo que necesitaba un cambio de ritmo, y que este trabajo me vendría bien. Tiene un montón de nuevos discípulos que podrían ocupar mi lugar, cuando necesite ayuda.

—Yo podría ir —se ofreció Grayson, apareciendo también a espaldas de Sara.

—¡No! —gritaron los tres.

Amelia alzó las manos, sonrió maliciosa y volvió a la cocina.

—Esa mujer es nuestro tesoro —comentó Sara—. No pienso dejarla escapar.

Wolf se rio por lo bajo.

—Y que lo digas...

—Sí que es un tesoro —añadió Gabriel—. A mí me salvó la vida una vez. Bueno, será mejor que me vaya. Pero seguiré en contacto. Puede que esté de vuelta por ahí de aquí a unos meses. A tiempo del parto del bebé, espero.

Sara alzó la mirada hacia Wolf.

—En invierno —susurró.

—Este invierno —repitió Gabriel con una sonrisa de oreja a oreja—. Voy a ser tío. No puedo esperar. ¿Sabéis ya si es niño o niña?

—Es un bebé —respondió Wolf—. Sin más.

—No tenemos ni idea —dijo Sara con un brillo en sus ojos oscuros, acunada por los brazos de su marido—. Queremos que sea una sorpresa.

—A mí me encantaría una adorable niña con unos ojos como los de mi chica favorita, aquí presente —intervino Wolf.

—Y a mí me encantaría un adorable niño con unos ojos azul claro —replicó ella.

—A mí me encantarían mellizos —dijo Gabriel.

—¿Qué? —exclamó Sara.

—Uno de cada. Eso podría suceder. Tenemos mellizos por ambas ramas de la familia.

—¡Bien! —exclamó Wolf, sonriendo de oreja a oreja.

—Bueno, mantenedme informado, ¿de acuerdo? —se dispuso a despedirse Gabriel.

Ambos sonrieron.

—Por supuesto —respondió Sara.

Los periodistas se marcharon finalmente, pero no antes de que las flores del verano empezaran a marchitarse y a desprenderse de sus tallos.

Un nuevo escándalo político de escala nacional volvió a atraer la atención mediática a Washington D.C.

—Ya era hora —comentó Sara cuando estaban viendo las noticias.

—Sí. ¿Qué te ha dicho la obstetra? —inquirió Wolf, sonriendo—. Debí haberte acompañado, pero tú no me dejaste.

—Aquello está lleno de mujeres. Y no voy a exhibir a un bombón como tú ante tanta mujer.

Wolf frunció los labios.

—Pero todas están embarazadas, ¿no? No hay mucho riesgo de que quieran echárseme encima.

—Pues yo quiero echarme encima de ti cada vez que te veo —repuso ella, con el corazón en los ojos.

Atrayéndola hacia sí, la besó.

—Te acompañaré a donde tú me digas. Y cuando tú me digas.

Ella trazó un imaginario dibujo sobre la pechera de su camisa.

—¿Crees que estoy sexy así como estoy, con esta tripa tan grande?

—Me quitas el aliento —respondió él con voz ronca.

—Grayson fue a la ciudad a hacer compras —le informó, con la mirada clavada en su camisa—. Estará fuera durante una hora, por lo menos...

Pero él no le dejó terminar la frase y ya la estaba cargando en brazos rumbo al dormitorio.

—¡Bien! —exclamó ella mientras Wolf la depositaba sobre la cama, cerraba la puerta con llave y comenzaba a desnudarse.

—Has pronunciado las palabras mágicas —comentó él. Ya estaba totalmente desnudo. Se acercó a la cama, impresionante en su excitación, y procedió a desnudarla con eficacia.

—¿Qué... palabras mágicas? —logró pronunciar justo cuando sintió la caricia de su boca.

—Que Grayson está fuera de casa —estaba deslizando los labios por la cara interior de sus muslos, excitándose con sus gemidos—. Esa mujer me inhibe por las noches. Necesitamos construirle una maldita casa para que no tenga que estar callado cuando hagamos el amor.

—¡Wolf! —gritó cuando su boca hizo que le explotaran luces detrás de los párpados. Se arqueó de placer.

—A eso exactamente me refería, ese sonido que acabas justo de hacer —se rio por lo bajo—. Me gusta cuando te hago chillar.

—Oh... ¡Dios... mío! —chilló Sara.

—Otro ejemplo de lo mismo —fue subiendo, con la boca sobre sus senos. Pero se apartó de pronto, inesperadamente.

Ella comprendió por qué y se echó a reír.

—Oh, querido. Lo siento. Me olvidé de decírtelo... a veces me supura leche.

Se estaba limpiando un pequeño chorro de leche de las mejillas. Se rio.

—¿No estás enfadado?

—Creo que es extremadamente sexy —murmuró él. Cambió de posición y le abrió las piernas—. ¿Sabes otra cosa que también es extremadamente sexy? ¿Umm?

—¿Qué? —inquirió sin aliento.

Se deslizó en su interior. Ella soltó otro grito, tembloroso en esa ocasión, cuando él movió las caderas de un lado a otro y se hundió aún más profundamente.

—Ese grito que acabas de soltar —musitó Wolf—. ¿Te importaría repetirlo? —repitió a su vez el movimiento, arrancándole un gemido. Se echó a reír, perverso.

—No puedo... seguirte —jadeó ella.

—Estás llegando —susurró. Se hundió todavía más, encantado con la manera que tenía de cerrar los músculos sobre su miembro, intensificando la sensación de placer—. Sí. ¡Haz eso...!

—¡Enséñame!

—Me... ocuparé de ello —se interrumpió—. ¡Pero ahora no...!

—Por supuesto que ahora no —gimió ella.

Movía las caderas violentamente, en un rápido ritmo que la disparó al cielo en una explosión de inmenso goce que la hizo sollozar y sollozar... hasta que finalmente chilló sin poder evitarlo, clavándole las uñas en la piel.

La acompañó en cada paso del camino, percibiendo su placer, compartiéndolo con ella, y tensándose por fin cuando él también alcanzó el orgasmo. Jadeó mientras su cuerpo parecía derretirse completamente contra el suyo en medio de una pasión que se le antojó interminable.

Estaba temblando cuando se derrumbó sobre su cuerpo.

—Esto está mejorando por momentos —susurró Sara, aturdida.

—Y que lo digas —le acarició los labios con los suyos. Se removió y gruñó.

—¿Puedes... todavía? —le preguntó ella.

Wolf alzó la cabeza y la miró fijamente a los ojos mientras volvía a excitarse dentro de ella.

—Tú... —abrió la boca, asombrada.

—Sí —se inclinó y la besó con ternura mientras sus caderas empezaban a moverse de nuevo—. Contigo tengo más potencia de la habitual. Son todos esos gritillos que sueltas... —le dijo, malicioso—, y que espero no te atrevas a soltar cuando Grayson esté caminando por el pasillo —se movió con mayor violencia, y emitió un gruñido—. Oh, maldita sea —masculló, estremecido—. ¡Es demasiado pronto...!

—No, no lo es —y se movió con él, sintonizados sus cuerpos, sintiendo cómo el placer de Wolf crecía por momentos mientras arqueaba el cuerpo para acudir al encuentro de cada rápido, duro embate—. Hazlo —susurró—. ¡Hazlo, hazlo, hazlo...!

Wolf gritó cuando el placer se apoderó de su ser, ahogándose en él, ardiendo, sufriendo, de tan intenso como era. Se arqueó sobre ella y se estremeció, sintiendo fijos sus ojos en él. Abrió entonces los ojos y la miró, la vio observándolo. El éxtasis era tan abrumador que estuvo a punto de desmayarse.

Mucho tiempo después rodó a un lado, unido aún a ella, y quedó tumbado de espaldas, arrastrándola consigo.

—Me has mirado.

—Sí —respondió ella—. Resulta más... No sé, más...

Él se echó a reír.

—Sí. Más. A mí también me gusta mirarte.

—¿Nada de malos recuerdos? —preguntó Sara con los labios rozando su amplio y húmedo pecho, donde tenía apoyada la mejilla.

—Ninguno —le besó el pelo—. ¿Y tú?

—Se acabaron los malos recuerdos —ella suspiró y cerró los ojos—. No sabía que fuera posible tanta felicidad.

—Ni yo.

Sara soltó un profundo suspiro.

—Viene un coche.

—Es Guns. Vamos, vistámonos ya. Que no sospeche nada.

Ella se rio en voz alta.

—¡Cobardica! —lo acusó.

—Le tengo miedo a Grayson —dijo, bromista.

—No puede ser.

Se levantaron y se vistieron. Cuando Grayson entró en la casa, ellos salieron por la puerta trasera para ayudarla con las bolsas de la compra.

O se dispusieron a hacerlo, al menos. Porque Sara acababa de bajar el último escalón cuando cayó fulminada al suelo.

CAPÍTULO 14

Wolf se puso frenético. La llevó al sofá y llamó luego al médico desde la otra habitación mientras Grayson corría a por una toalla húmeda y se la aplicaba a Sara en la frente. Sara intentó protestar, pero luego abrió los ojos y sacudió la cabeza.

Wolf regresó un momento después, sombrío.

—He llamado a una ambulancia. El obstetra nos estará esperando en urgencias.

—No ha sido más que un desmayo —protestó Sara débilmente.

—Es mejor pecar de prudente que lamentarlo después —replicó Wolf, apartándole la larga melena de la cara—. Hazme caso. Estoy aterrado.

Sara alzó la mirada hacia él, con la intención de sonreír. Pero estaba muy pálida. A Wolf le brillaban los ojos, rebosantes de emoción.

—Me pondré bien —dijo ella con voz ronca, apretándole la mano con fuerza.

Él no pareció nada aliviado. Tenía un auténtico susto de muerte en la cara.

★★★

El doctor Hansen los estaba esperando en compañía de otro médico, que también la examinó. Le hicieron preguntas y tomaron notas, mientras Wolf le sostenía la mano, todavía aterrorizado por lo que acababa de pasar.

—Todo va a salir bien —les aseguró el doctor Hansen—. El doctor Butler aquí presente se encargará de monitorearle la presión sanguínea y vigilar el asunto del corazón.

—¿Qué asunto del corazón? ¿Qué es eso de la presión sanguínea? —estalló Wolf, con un brillo de horror en sus ojos azules.

—Tranquilícese, señor Patterson —le dijo con tono suave el doctor Hansen, poniéndole una mano en el hombro—. No es una presión tan alta que llegue a un umbral de peligro, y la lesión del corazón tampoco debería resultar preocupante. Simplemente reúne una serie de condiciones que hace que deba permanecer bajo control, eso es todo.

—Si creen que tiene algo grave, quizá deberíamos pensar en trasladarla a un hospital más grande —dijo Wolf.

—No —replicó Sara con frialdad—. ¡No, no quiero!

—Sara —gruñó él—, ¡por favor, tienes que escuchar al doctor!

—Eso no va a ser necesario —intervino el doctor Hansen con el mismo tono cariñoso—. Les prometo que no. Aquí tenemos un magnífico hospital. Es pequeño, pero nuestro departamento de obstetricia ha ganado varios premios. Tenemos algunas de las mejores enfermeras del estado. Está usted en buenas manos —le dijo a Sara.

—¿No correrá riesgo entonces? —quiso saber Wolf, tenso. Sus ojos aún destilaban rastros de miedo.

—No. Tiene usted mi palabra —afirmó el doctor Hansen—. Y le aseguro que no suelo darla en vano.

Wolf suspiró y desvió nuevamente la mirada hacia Sara.

—Está bien.

—Su presión sanguínea es bastante buena —continuó el

doctor Hansen—. Casi de manual. Y ahora mismo tiene un aspecto radiante. ¡Váyase a casa y tranquilice a su marido antes de que tengamos que admitirlo como paciente!

Sara logró esbozar una sonrisa, pero estaba preocupada. ¿Estaría buscando Wolf una manera de desentenderse de ella? ¿Querría acaso que abortara? ¿Era por eso por lo que le había hecho al médico aquellas preguntas? Estuvo callada y deprimida durante todo el trayecto de vuelta.

Grayson salió a recibirlos.

—¿Cómo estás? —le preguntó, preocupada.

—Bien —respondió, pero no sonreía.

—Grayson, ¿podrías acercarte a la farmacia a buscar uno de esos medicamentos para la presión sanguínea? —le pidió Wolf—. Y también podrías aprovechar para comprar algún sucedáneo decente de sal para las comidas —sacó unos billetes de la cartera y se los entregó.

—Vuelvo enseguida —anunció Amelia, y sonrió a Sara—. No te preocupes. Te cuidaremos bien.

Sara se limitó a asentir con la cabeza. Pero, cuando Amelia se hubo marchado, se volvió hacia Wolf con expresión dolida.

—En realidad no quieres que tenga el bebé, ¿verdad? No tuve cuidado y no tomé precauciones. Yo no sabía nada. ¡Debí haber...!

Wolf la levantó en brazos y se sentó con ella en el sofá. Su rostro era duro como el granito.

—Lo siento tanto... —continuó Sara, y estalló en lágrimas.

Él la atrajo hacia sí, estremeciéndose cuando sintió sus lágrimas corriendo por su cuello. La abrazó con fuerza, meciéndola, acunándola en sus brazos. Le temblaban levemente.

—Está bien —susurró—. Pongamos las cartas sobre la mesa. Yo quiero ese bebé. Será la alegría de mi vida, pero no sin ti, Sara. ¡No puedo vivir, no viviré sin ti!

Sara se quedó sin aliento. Él le estaba diciendo algo que apenas podía creer.

—Cuando pensé que habías abortado, porque me viste con aquella mujer en la sinfónica, estaba seguro de que nunca me perdonarías, por el mucho daño que yo te había causado —la abrazaba con tanta fuerza que casi le hacía daño—. Por eso me armé y salí a buscar a Ysera. Habría dejado que ella me matara, porque no podía vivir sin ti, porque no quería vivir sin ti a mi lado.

—Oh, Dios mío —gimió, temblorosa.

—Yo no he hecho otra cosa que herirte, desde el día en que nos conocimos. Eso era porque tú eras bella y dulce, y yo te deseaba con locura. Pero nunca me imaginé que tú podrías enamorarte de un hombre mayor como yo, cargado de cicatrices en el cuerpo y en el corazón. Ysera me había humillado, me había manipulado. Yo estaba resentido de todo ello, y lo demostré la primera noche que pasamos juntos —cerró los ojos, estremecido—. Te poseí, figurativamente hablando, una y otra vez. Te hice alcanzar el clímax y te miré, y dejé luego que tú me miraras. No tenía ni idea de lo que habías sufrido en el pasado. Estaba tan embriagado de ti, tan enamorado, ya entonces, que no pude… evitarlo —gruñó—. Jamás antes había sentido nada parecido. Pero luego huiste, y supe entonces lo muy lejos que había llegado.

Ella le acarició el rostro con ternura, sin hablar, mirándolo sin más. Vio que tenía los ojos húmedos. Se los besó para secarle las lágrimas.

—Así que me emborraché. Me emborraché como nunca antes lo había hecho. No podía vivir con el daño que te había causado. Saber lo que te había hecho tu padrastro casi me mató —tensó su abrazo—. Mandé llamar a Emma Cain, porque tenía miedo de que pudieras cometer un acto de desesperación. Y supe entonces que, si te perdía, ya no podría seguir viviendo.

—Tú nunca… me dijiste nada —replicó ella.

Wolf suspiró profundo y la miró, con la sinceridad brillando en sus ojos.

—Llevo amándote —musitó con conmovedora ternura—,

desde que te conocí. Te deseaba. Te necesitaba. Pero solo tomé conciencia de ello cuando tuve que dejarte marchar porque, en caso contrario, Ysera te habría matado. No había planeado ir yo mismo a por ella, pero una vez que creí que habías perdido el bebé, y pensé que te había perdido a ti, la vida careció de significado para mí.

Ella se mordió el labio inferior.

Wolf la besó con ternura, antes de continuar:

—Así que me fui a la guerra, esperando morir allí. No recuerdo gran cosa de aquello. Sentí como si alguien me hubiera golpeado en la espalda, fuerte, y empecé a verlo todo negro. Oí el disparo de mi arma. Recuerdo haber visto un hilillo de sangre corriendo por la boca de Ysera...

—Dijiste que yo me parecía a ella, al principio.

Él le sonrió.

—No. No había ninguna semejanza en absoluto. Me fijé en ello en el instante en que volví a verla. No era hermosa, ni dulce, ni amorosa, Sara. Era como una cobra. Le sorprendió ver que yo ya no reaccionaba a ella. No se lo podía creer. Supo que había otra mujer. Me soltó amenazas —no podía contarle en qué habían consistido aquellas amenazas. Apretó la mandíbula—. No creo que yo tuviera intención de matarla. Aunque quizá sí. Incluso desde la cárcel, habría podido hacerte daño —escrutó sus ojos—. Ella no es la única persona a la que he matado en esta vida. Eso forma parte de quién soy, de lo que soy. Yo te quiero. Te amo. Pero tienes que estar bien segura de la clase de hombre al que te estás entregando. Yo no...

Sara lo besó entonces, con inmensa ternura.

—Yo nunca te abandonaré —le susurró—. Te amaré hasta el día de mi muerte, y después incluso. Y nada, absolutamente nada de lo que tú puedas decirme podrá cambiar jamás eso.

Wolf experimentó una sensación de gozo tal que resultó embriagadora. La atrajo de nuevo hacia sí y la meció en sus brazos, con el rostro hundido en su cuello.

—Después de tanto terror, la esperanza —musitó.

—La esperanza —Sara se abrazó a él, y se echó a reír—. ¡Nunca en toda mi vida he sido tan feliz!

—Ni yo. Ni siquiera en sueños.

Ella le alisó el oscuro cabello.

—Espero que me hayas dado un niño —susurró—. Uno que sea igual que tú.

Wolf se apartó de repente.

—Sara, el bebé...

—Va a ser precioso —comentó con una sonrisa—. Y yo voy a estar perfectamente. De verdad que sí. Nadie que sea tan feliz puede morirse. Hablo en serio.

Él pareció relajarse, al menos un tanto.

—Se acabó la sal —dijo—. Y los cruasanes. Y la excitación...

Pero ella acalló sus palabras con un beso.

—No renunciaré a hacerte el amor —soltó una risita—. Ni siquiera te molestes en pedírmelo.

—Quizá pueda hacerlo con menos pasión —murmuró él.

—Calla —empezó a mordisquearle el labio inferior—. Me encanta cómo me amas.

—Y a mí me encanta cómo me amas tú.

—Además, el doctor Hansen dice que hacer el amor es saludable y que no entrañará daño alguno para el bebé. Estoy tomando mi medicación. Mi presión sanguínea es estable. Y vamos a tener un niño.

—De acuerdo —se recostó en el sofá, sonriendo satisfecho.

—¿Así, sin más? ¿No vas a discutir?

—Nunca discuto con una mujer embarazada.

—Eso ya lo veremos —se burló ella.

Él sonrió y la besó de nuevo.

★★★

Más tarde, aquella noche, Sara sacó su portátil y lo encendió en el cuarto de los invitados, uno de los dos que estaban libres. Grayson tenía el otro.

—¿Te importa? —le preguntó a Wolf—. Necesito enviarle un correo a Gabriel.

—No me importa —respondió él con sospechosa precipitación. Yo también necesito enviar un par de ellos. ¿Media hora?

—Bien.

Sara se sintió culpable cuando entró en el juego. Esperaba que él estuviera conectado. Seguro que sí.

Rednacht le preguntó: *¿Qué tal te ha ido?*

Ha sido duro, respondió ella. *Pero las cosas van mucho mejor. Muchísimo mejor. Jamás me imaginé que sería posible ser tan feliz. Y albergar tantas esperanzas.*

Hubo un *LOL* seguido de una respuesta. *Lo mismo me pasa a mí. Ahora tengo una familia. Apenas me lo puedo creer. Me siento como si acabara de tocarme un billete de lotería, solo que mejor.*

Sara vaciló.

Tengo algo triste que decirte.

Sé lo que es. Vas a dejar el juego.

Siento que debo hacerlo. No quiero tener secretos con él.

¿Le hablarás de mí?, le preguntó Rednacht.

Sí. Tú también le hablarás de mí, ¿verdad?

Sí, respondió él. *En un buen matrimonio no caben los secretos.*

Soy muy feliz por ti, escribió ella. *He disfrutado de cada minuto que he pasado contigo*, tecleó Sara. *Gracias por haberme ayudado a sobrellevar algunos de los momentos más duros de mi vida.*

Tú has hecho lo mismo por mí. Te echaré de menos.

Lo mismo digo. Adiós, amigo mío, escribió ella.

Hubo una leve vacilación al otro lado.

Adiós, amiga mía.

Sara se desconectó, con las mejillas bañadas en lágrimas.

Cerró el portátil y regresó el salón, arrastrando la cola de su bata de color rosa pálido, con su larga melena flotando como una seda negra a su espalda.

Wolf se hallaba de pie frente a la ventana, vestido únicamente con el pantalón del pijama. Hacía rato que Amelia se había acostado, dejándolos solos.

Él se volvió, hermoso en su desnudez. Estaba triste.

—Has estado llorando —le dijo, acercándose—. ¿Qué ha pasado?

Ella le tomó una mano y lo llevó hasta el sillón. Tras sentarlo allí, se instaló sobre su regazo.

—Tengo que hacerte una confesión.

—Adelante.

—No he sido sincera contigo —se mordió el labio inferior—. Tengo una gran afición por los juegos de ordenador. Es una afición reciente, ya que antes pasaban demasiadas cosas en mi vida. Se trata de un videojuego on line. Se juega con otra gente. Sé que tú juegas con consola, pero este es con un PC. Es un juego de fantasía llamado World of Warcraft.

En aquel momento, Wolf desorbitó los ojos de asombro.

Sara pensó que era normal que se sorprendiera. Bajó la mirada a su ancho pecho.

—El caso es que llevo varios años jugando con un hombre. Luchamos en campos de batalla, mazmorras… Yo le dije que no me parecía bien seguir con el juego porque estaba casada, y existía la posibilidad de que mi marido no lo comprendiera. Aparte de eso, no quería entrar en amistad con otro hombre, aunque fuera en un universo de fantasía.

Wolf se había quedado inmóvil como una estatua. Ni siquiera parecía capaz de respirar.

—Yo acabo de decirle a una mujer… justo lo mismo que tú, en el mismo juego —escrutó sus ojos—. Por casualidad, el compañero que tenías… ¿no será un guerrero Blood Elf?

Sara se quedó boquiabierta.

—¿Rednacht? —susurró con voz temblorosa.

—Sí. ¿Casalese? —musitó él a su vez.

—Oh, Dios mío —Sara se ruborizó. Lo miró como si no lo hubiera visto nunca antes y estalló en lágrimas—. ¡Pero si estoy casada con mi mejor amigo! —exclamó. Y lo abrazó lo más fuerte que pudo.

Él también la abrazó con fuerza, riéndose, tan encantado que apenas podía encontrar las palabras.

—¡No me lo puedo creer! Ahora entiendo por qué Gabriel no quería que te dijera cuál era el verdadero nombre de Hellie.

Sara se apartó para mirarlo.

—¿Y cuál es?

—Hellscream —Wolf se rio—. Le puse ese nombre por el líder de La Horda.

Ella también se echó a reír.

—Durante todos estos años, jamás sospeché… —vaciló—. Empatizábamos tanto cuando nos hacían daño los demás… cuando éramos nosotros los que nos estábamos haciendo daño.

—Así es —le acarició una mejilla—. Y tú me ayudaste a superar los malos momentos.

—Y tú los míos.

Sara se arrebujó en sus brazos.

—Podremos volver a librar batallas juntos —se rio—. Te amo.

—Y yo a ti —susurró él.

Después de aquello jugaron casi cada noche, encantados de descubrir que se complementaban todavía mejor después de haber descubierto sus identidades.

Pero a Wolf seguía preocupándole su embarazo.

Cuando llegó el otoño, Gabriel telefoneó a Sara.

—¿A que no adivinas la gran noticia? —le preguntó él.
—¿Cuál?
—¡Michelle y yo nos vamos a casar!
—¡Oh, Gabriel! Me alegro tanto por ti... ¿Le has dicho que lamentaba mucho lo que le dije?
—Sí. Ella lo entiende —su hermano vaciló—. Pero no le he contado lo tuyo con Wolf. Quiero decir que ella sabe que estás casada. Lo que no sabe es lo del bebé.
—No se lo digas —le pidió ella—. Estoy teniendo algunos problemas. Nada importante, pero no quiero que ella se preocupe. Yo tampoco se lo diré, ¿de acuerdo?
—¿Pero estarás bien?
—La más feroz niñera del mundo vigila cada movimiento que hago, y cada comida que pruebo...
—¿Wolf Patterson? —exclamó Gabriel.
—Él también. Pero me refería a Guns Grayson —explicó Sara—. Me esconden la sal. No puedo encontrarla por ninguna parte.
—¡Y no la encontrarás, corazón! —gritó Wolf desde la habitación contigua.
—¡Así es! —gritó también Amelia.
—Se preocupan demasiado —masculló Sara.
—Todos estamos preocupados por ti —dijo Gabriel—. Así que domínate.
—Lo intentaré. Dale un abrazo a Michelle de mi parte. Estoy tan contenta por los dos. Ojalá pudiera asistir a la boda...
—Estarás presente en espíritu. Nos casará Jake Blair.
—Me cae bien —dijo ella, sonriendo.
—Y a mí. Estaremos en contacto.
—Eso es. ¡Sé feliz!
—Eso pretendo. Hasta la vista, corazón.
—Te quiero.
—Yo también.
Sara colgó, pletórica.

—¡Gabriel va a casarse con Michelle! —exclamó, entrando en la cocina.

—Bueno, y yo que creía que esos dos no se hablaban —comentó Wolf.

Ella sonrió y le dio un beso.

—¿Dónde está la sal? —murmuró al tiempo que intentaba seducirlo, acariciándole los labios con los suyos.

—No tengo ni idea.

—Sí que lo sabes. Vamos. Dámela.

—No es la sal lo que estás buscando. Un sucedáneo de la sal funcionará perfectamente.

Sara esbozó una mueca de desagrado.

—Estoy con él —anunció Amelia.

Los fulminó a los dos con la mirada mientras se sentaba a la mesa, suspirando profundamente.

—De acuerdo —aceptó con tono triste, resignada. Pero por dentro estaba saltando de alegría, consciente de lo muy protectores que se mostraban con ella.

No mucho después, Gabriel y Michelle se comunicaron con Sara por Skype para anunciarles su embarazo.

Se echó a reír de pura felicidad, pero tuvo buen cuidado de enfocar con la cámara únicamente su cara. Estaba algo hinchada en aquellos últimos días de embarazo, pero al menos ellos no podían verle el vientre. Los felicitó e hizo un comentario de pasada sobre lo mucho que sentía no estar embarazada también ella. Una mentira.

Cuando cortó la comunicación, Wolf sacudió la cabeza.

—¡Dios mío, si pareces un autocar de línea! ¡Menos mal que no estás embarazada!

—¡Tú calla, o te daré de cenar hígado encebollado!

Él hizo un gesto de desagrado.

Sara le dio un beso.

—No quiero preocupar a Michelle. Está teniendo algunos problemas. Ella no me lo ha dicho, pero Gabriel sí. No queremos que se moleste.

—Como tú quieras, corazón —repuso Wolf con tono suave—. Lo que tú quieras. Completamente.

—¿Lo que yo quiera? —le preguntó ella.

—Lo que tú quieras. Lo que sea.

Se inclinó hacia él.

—¡Sal!

Él se echó a reír.

—Todo menos eso.

Sacudiendo la cabeza, Sara regresó al salón.

El bebé nació a mediados de febrero y no cuando lo esperaban, a primeros. Fue un día en que la nieve estaba alcanzando cotas impresionantes, pese a lo cual consiguieron bajar sin problemas al hospital. Sara no estuvo mucho tiempo de parto, pero el resultado fue sorprendente. Para Wolf, al menos. Sara lo había sabido desde hacía algún tiempo, pero no había querido preocuparlo más de lo que ya estaba.

Se echó a reír, exhausta pero gozosa.

—Mellizos —exclamó él, luchando con las lágrimas—. Un niño y una niña. ¡Un niño y una niña!

—Sí, querido. Una parejita.

Inclinándose, la besó. Sara sacó un pañuelo de papel de la caja que tenía junto a la cama y le secó las lágrimas, antes de enjugarse las suyas.

—¿Podemos tenerlos en brazos? —preguntó a la enfermera.

—En el momento en que los hayamos lavado. Necesitará un camisón, señor Patterson.

—El rojo me queda muy bien —comentó él—. ¿Quizá algo de seda roja, con tacones altos a juego?

Sara le dio un golpe a modo de broma.

★★★

Les llevaron a los mellizos. Sara alimentó a la pequeña mientras Wolf mecía a su hijo.

—Preciosos —susurró él, emocionado—. Los dos.

—¿Cómo les vamos a llamar? —preguntó ella.

—Mi abuela se llamaba Charlotte —dijo Wolf.

Ella se sonrió.

—A mí también me gusta Amelia.

—¿Por Guns? Sí, a mí también me gusta.

—Charlotte Amelia, entonces. ¿Qué hay de nuestro hijo? Su primer nombre debería ser Wofford.

—Con un Wolf en la familia es suficiente —replicó él con tono firme—. Deberíamos llamarle como tu hermano.

—Pero Gabriel querrá ponerle a su hijo el mismo nombre —Sara se rio—. ¿Tú tienes un segundo nombre?

—Sí. Dane.

—Me gusta. Y el de mi padre era Marshall.

—Entonces... ¿Dane Marshall Patterson?

Sara sonrió.

—Hecho.

Él se echó a reír.

—De acuerdo. Vamos a decírselo, para los certificados de nacimiento.

Increíblemente, Gabriel y Michelle consiguieron llegar a Wyoming para ver a los bebés, a pesar de la nieve acumulada por todas partes.

Michelle, que se encontraba en avanzado estado de gestación, abrazó a Sara y lloró de alegría al ver a los bebés. Abrazó también a Wolf, algo vacilante. No lo conocía todavía muy bien.

—¡No me puedo creer que no me lo dijeras! —exclamó Michelle—. ¡Me habría venido aquí para echarte una mano!

—Ya tenía suficiente ayuda, y no quería preocuparte. ¿Qué tal estás? —le preguntó Sara.

La joven sonrió.

—No era lo que temíamos —respondió, sonriendo—. Me hicieron todo tipo de pruebas antes de descubrir que padecía de colon irritable. Me han estado tratando de eso. El único problema que tengo ahora es la acidez de estómago —suspiró—. Te lo habría contado, si nos hubieras llamado más a menudo.

—Estaba preocupada. Ellos estaban preocupados —señaló a Wolf y a Amelia—. Y yo tenía miedo de que se me escapara alguna información sobre los mellizos...

—Son tan preciosos... —dijo Michelle, fascinada con los bebés—. ¿Me dejas a uno?

—¿Wolf?

Wolf se volvió, sonriendo, y le entregó a Dane.

Michelle estaba maravillada.

—Es perfecto. Y Charlotte lo mismo —alzó la mirada a Gabriel con el corazón en los ojos—. Y tú y yo vamos a tener uno como estos. Todavía no acabo de creérmelo.

—Yo tampoco, *ma belle* —repuso él en voz baja—. ¡No puedo esperar!

—A mí me pasa igual —Michelle se rio, apretando al pequeñuelo contra su pecho.

—Bueno, no hay posibilidad de que ese matrimonio termine en divorcio —comentó Wolf cuando Gabriel y Michelle hubieron regresado a Texas.

Sara alzó la mirada hacia él.

—Ni el nuestro.

—Eso no hace falta decirlo —repuso él con tono suave, y se la quedó mirando con los ojos entrecerrados.

—¿Qué estás pensando?

—En el largo camino que hemos recorrido juntos desde nuestro primer... encontronazo.

Ella estaba preparando un zumo en la licuadora. Detuvo la máquina y se volvió para mirarlo fijamente.

—¿A qué te refieres?

—A cuando me diste con tu coche. Al dar marcha atrás —Wolf sonrió.

—Fuiste tú el que salió sin mirar. Te echaste sobre el mío —replicó ella.

—No es verdad —dijo él, altivo—. Soy el mejor conductor del mundo... ¿Qué estás haciendo con esa cosa? No te atrevas... ¡Hablo en serio!

Amelia, que había oído la amenaza, seguida de un ruido sordo sorprendentemente alto, abandonó el salón que había estado ordenando.

Wolf Patterson caminaba por el pasillo hacia el baño. Se detuvo ante Amelia, con la frente cubierta de pulpa de fruta que le chorreaba nariz y camisa abajo hasta el suelo.

—Solo para tu información —le dijo él en tono confidencial—. No la hagas enfadar cuando esté usando la licuadora.

Suspiró y continuó su camino hacia el baño. En el pasillo podía oírse una carcajada histérica, procedente de la cocina.

Amelia sonrió de oreja a oreja y regresó al trabajo.

www.ingramcontent.com/pod-product-compliance
Lightning Source LLC
LaVergne TN
LVHW091629070526
838199LV00044B/999